U0651925

ZUI

Zestful Unique Ideal

最世文化

Shanghai ZUI co.,Ltd

©ZUI 2017 上海最世文化发展有限公司 & 中南博集天卷文化传媒有限公司

请和
孤单的我
吃饭吧

陈晨 —— 著

湖南文艺出版社
HUNAN LITERATURE AND ART PUBLISHING HOUSE

博集天卷
CS·BOOKY

在那段拼命减肥的日子里，

在她饿得眼冒金星的时候，

她唯一的安慰就是这样站在厨房里，

煮几只全素的速冻水饺。

请和孤单的我
吃饭吧

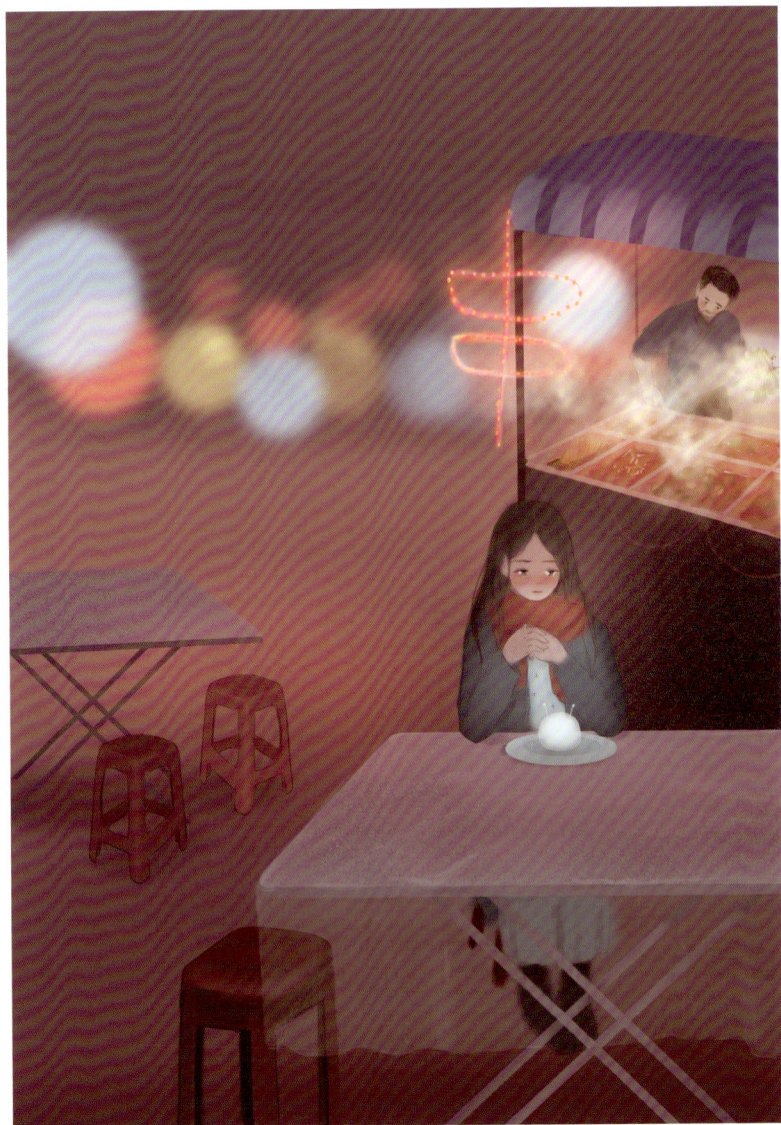

请和孤单的我
吃饭吧

她好像已经很久很久没有这样肆无忌惮地坐在街边吃串串了。

昏暗的街灯下，被劈腿都没有掉过一滴眼泪的珍香，

突然咽着满嘴麻酱的嘴，小声地哭了出来。

黑暗的房间里，

一个发着柔光的小白球静静地悬浮在了半空中。

那些所谓的宿命，

都是在黑夜里悄无声息地开始布下天罗地网的。

他有点疲惫地半躺在了摇椅上，

桌面上有一个画满圈圈的小日历。

"一个人生活的第24天。"

请和孤单的我

吃饭吧

/

9

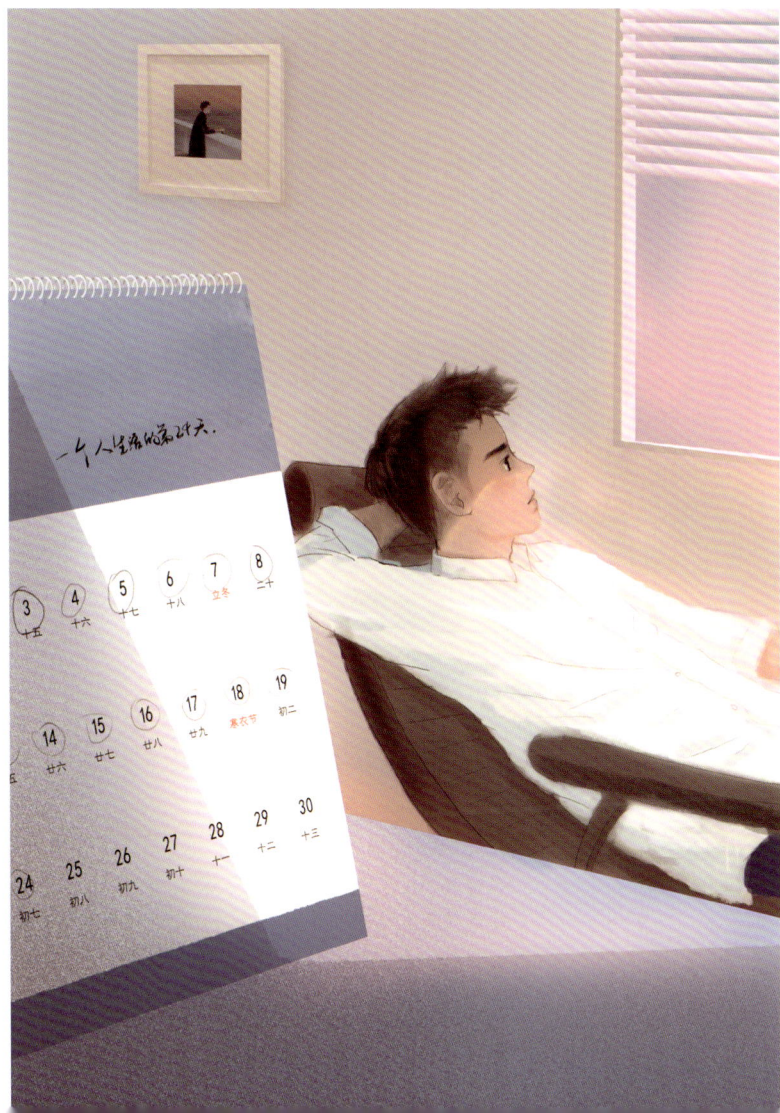

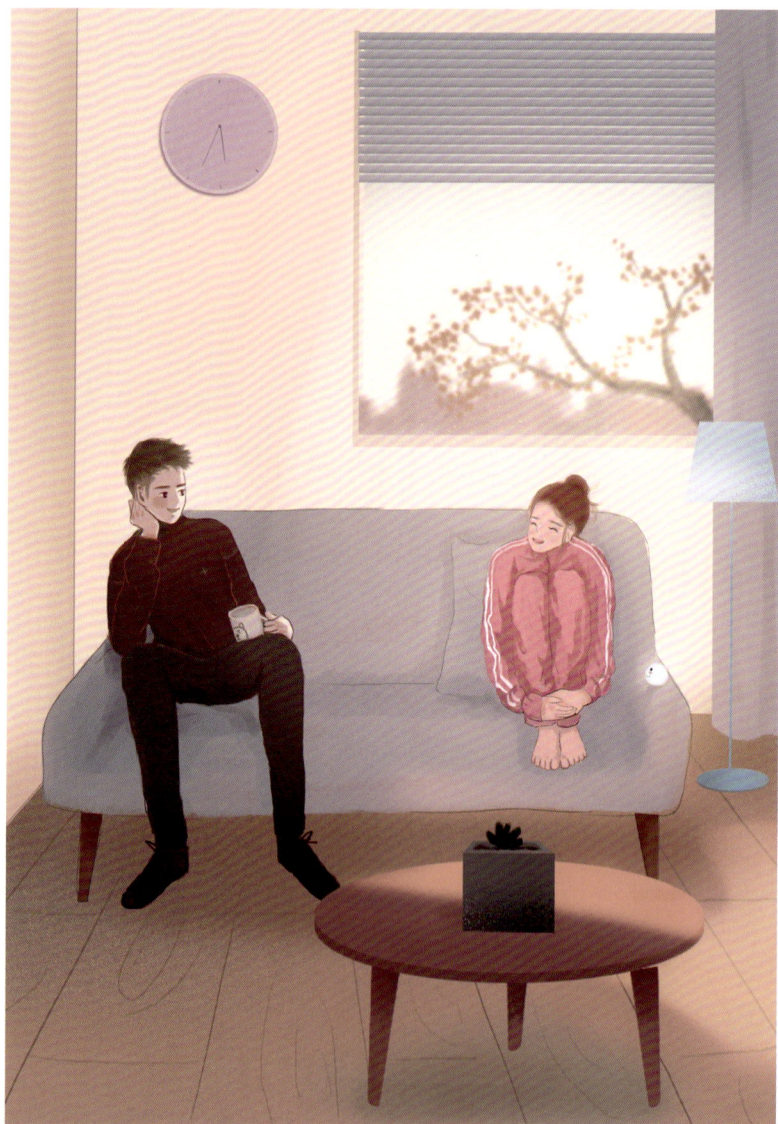

请和孤单的我

吃饭吧

人生中真正属于你的意外，

其实很少很少。

所以，能遇见，已经足够幸运。

伴随着浓浓的醉意，

她的脑袋昏昏沉沉的，

像是断了片，

趴在卓淳的肩上睡着了。

人生这顿饭

得细嚼慢咽才有味

目 录
CONTENTS

2

3

4

请和孤单的我

吃饭吧

Chapter 1

瘦女孩得所有，
胖女孩得一个"胖"字

她的这一身肥肉在这个刀光剑影的职场里，只会变成
别人的下酒菜。社会是个大油锅，如果坐以待毙，自
己就会被秒炸成渣。

李珍香人生里，最不可思议，也最倒霉的一个夜晚，是这样开始的——

周五傍晚，下班时间，北京某写字楼。

"珍香，下班去吃什么呀？"迎面走来的是销售部门的头号美女薛璐，身高一米六七，体重48公斤，最可怕的是体脂率才百分之十。

"哎哟，你叫珍香干吗啊，你难道不知道她不吃晚饭吗？"此刻站在薛璐一旁的是每个月销售业绩的吊车尾傻大妹吴霜霜。身高一米五八，体重70公斤。体脂率同样可怕，快突破百分之三十。她得以还保留这份工作是因为，她是公司财务主管的亲侄女。

"谁说我不吃晚饭啊？"此时转过身的，是我们的主角——

李珍香，女，27岁。身高一米六一，体重55公斤，体脂率暂时保密。

"看。"珍香摇了摇手里的透明水壶，"代食魔芋粉，10大卡换来整夜的饱腹感，完美。"

"就这玩意儿啊，混混浊浊，还是乳白色的，好恶心呀。"吴霜霜一脸嫌弃的表情里透着一丝微微的羞涩。

"哎呀，珍香，何必呀。我就从来不委屈自己，想吃什么就去吃什么，人生苦短，吃喝当头。"薛璐语重心长。

李珍香忍不住转过头暗暗冷笑了一声，公司里谁不知道她为了减肥只喝断食果汁，但是图便宜在网上买了劣质的而喝得上吐下泻的事啊。

"好了，霜霜，咱们一起吃火锅去。"薛璐甩了甩包。

"好嘞。"吴霜霜斩钉截铁的声音犹如天安门广场阅兵的人民子弟兵。

"得了吧你，刚才吞了多少颗餐前酵素啊。"珍香看着薛璐离去时那婀娜多姿的身段，有些愤愤地想。

没办法，在这家健身器材公司上班，而且做的还是销售，拥有一个良好的身材就是必备的业余技能之一。

打个比方，你若肿着双下巴，挥舞着胳膊上的蝴蝶袖去向客户推销："我们公司的这款跑步机性能特别好，对减肥特别有帮助。"还会有一点点说服力吗？这个道理就像商场楼下推销健身年卡的全是肌肉男一样。你要在第一时间勾起顾客的崇拜和嫉妒，让他们觉得，希望和未来就在眼前，只要刷卡买了这款跑步机，哪怕每天只是用来晾衣服，也照样可以瘦成抽过脂的效果。

所以，做这一行，身材的好坏，直接影响着每个月工资卡上的数额。为了钱，哪怕每个月多那么几百上千块的钱，李珍香都可以拼了命。

因为，每个月工资卡上那干巴巴的几千块钱，就是她生活的全部，也是她可以留在这座城市的那一点点可怜的资本。除此之外，她真的什么都没有。

这个"没有"，是真的没有。

珍香的妈妈在她6岁那年，死于一场车祸。当时，她和幼儿园里的其他孩子一样，淌着鼻涕，咬着衣角守在院里的大铁门旁，等着妈妈来把自己接走。当时的她对于回家的概念仅仅就是，可以一边用眼睛偷瞄着晚上6点的动画片，一边吃着妈妈做的温暖又可口的饭菜。往往就这样想着想着，妈妈就来了。

每次妈妈出现在幼儿园大门口的时候，她都会扑上去，然后闻她身上的味道。有的时候，她能在妈妈的指尖里闻到青椒的味道；有的时候，妈妈的头发间是透着红烧鸡翅的味道的；有的时候，妈妈的身上只有油烟味，但是珍香还是觉得香。所以，在那么仅有的一点记忆里，妈妈每次出现的时候，都是带着寥寥食物的余香的。

那是一个特别普通的黄昏，珍香坐在妈妈的自行车后座上，把鼻子埋进妈妈的针织衫里，她已经猜出今天晚上的晚餐是什么了。

"香香，你站在这儿别动，妈妈去街对面买了就回来。"妈妈突然把自行车停在路边，然后抱下珍香，摸了摸她的头嘱咐道。

当时，在一个大玻璃箱里不停360度旋转的电烤鸡刚在这座小城里风靡起来，是这条街上最吸引人的味道。她看到妈妈穿过车流和人群，对着玻璃挑了一只金灿灿的烤鸡，然后接过袋子，转身。

也就是在那一刹那，一辆装满大理石的重型货车冲了过来。妈妈就是在那一瞬间猝不及防地离开她的。李珍香的世界里，再也闻不到那种香味了。

如果李珍香是出现在韩剧里，她可能是楚楚可怜的女主角，历经生活的磨难，但是最终迎接她的一定是位九头身的长腿欧巴（注：哥哥）；如果她出现在美剧里，她可能会是一名风驰电掣的变态女杀手，有着悲惨的童年，报复着社会，却又渴望着爱情，最终被她深爱的警察一枪毙命。

只可惜，李珍香出现在四川一个你可能都没有听说过的三线城市。所以她的人生里除了火辣辣的肥肠火锅，其余的一切都像这个城市一样平淡如水。

或许是妈妈离开的时候，她还太小太小。或许是她早已把那些记忆埋起来，然后还在上面撒了泡尿发誓永远也不要再想起来，"一个没有娘的孩子"这个血泪般的事实，并没有给她的成长带来多少负面能量。

从小学到高中，如果有人旁敲侧击地问她的家事，她都能坦然自若地回答："是啊，我妈在我6岁那年死的，车祸，怎么了？要看死亡证明吗？"在家长联系栏上面，她也可以平静地在母亲后面的框框里写上"已故"两个字，就像语文老师在自己罚抄的课文后面写的"已阅"二字那般漫不经心。

因为，她知道，人活着是要往前走的，是要笑着往前走的。况且，她不是美女，她很清楚自己楚楚可怜的样子会让人掉一地尴尬又反胃的鸡皮疙瘩。

况且，人生中除了悲痛之外，还有很多事。

比如倒霉。

自始至终，她都觉得自己是一个非常倒霉的人。小学的时候，她被班主任分到和一个有挖不完鼻屎的男生做同桌，她桌子上的水杯被男生弹进去过无数颗鼻屎至今她还不知情。

中考那年，突然响应素质教育加入了体育考试，体育行啊，她李珍香从小就身强力壮，这 20 分的全面发展分稳拿啊。可是在最终的铅球考试里，她一个手滑，把裁判给砸出了脑震荡，成绩直接作废，最终只进了一所普通高中。

到了高中，她发奋努力，尽管还是只考了一个普普通通的二本，但总算是报上了北京的大学。离开这个没有香味的故乡，是她整个倒霉又乏味的青春期里唯一的愿望。

只是，出发前她才发现，那所大学在燕郊，虽然和北京通州仅一河之隔，但已地处河北省，手机信号一不小心就会变成跨省漫游。出了北京火车站，再转地铁和公车，最后搭上城际大巴，等到了学校，已经夜里 10 点多了，校门紧闭，她一个人背着大包小包在校门口愣了神。突然，一道强有力的闪光伴随着一句地道的河北口音照了过来："你干吗的！"学校旁边就是一大片果园，当时经常有人鬼鬼祟祟地趁夜里来偷桃。

然而，这些在她倒霉的人生里，都只能算是还好。她最倒霉的是，从小到大，居然都没有谈过一次恋爱。从初中开始，她就像是一个恋爱的绝缘体，坐在隔壁桌每天上课就在底下翻韩国偶像写真集的花痴女谈恋爱了，坐在第一排又瘦又小头发还天生黄的发育不良女谈恋爱了，就连口头禅是"你觉得你这样对得起你爸妈，对得起国家给你的教育吗"的学习委员四眼妹都谈恋爱了，而她却始终没有。她在班里的人缘并不算差，无论是男生还是女生都喜欢和她称兄道弟。但是，如果你认识 25 岁前的李珍香，你就会明白她始终没有恋爱的原因。

因为，她胖。

　　大学入学时的体检报告写得很清楚。李珍香，身高一米六一，体重75公斤。现在，这一份报告已经被她化为灰烬。

　　就这样，体重75公斤的李珍香又度过了大学四年平淡如水的生活。大学不同于高中，每个人都在忙碌着自己的事情，学业，爱情，事业。她周围的同学每天，每节课都在变。作为一个没有什么社交资历的胖子，她和很多人的交往只是在下课或者回寝室的路上打个招呼而已。这四年，她形单影只，她孤家寡人，她觉得自己和离学校几公里远的庙里的尼姑并没有什么区别。

　　只是，连她自己都没有想到的是，大学毕业之后，原本以为会石沉大海的简历居然得到了回复。她很顺利地就在北京找到了工作，而且是在洋气的东三环的写字楼里。

　　虽然，在这家健身器材公司，很多销售员都是从健身或瑜伽教练退役下来的，李珍香无论是人际面，还是对健身行业的了解，都没法和那群可以在跑步机上跑一个小时不喘气的人相比。

　　但是，刚毕业就找到工作这件事，彻底激发了李珍香的斗志，引爆了她内心的小宇宙。她很清醒地反省到，作为一个健身行业的新人，还是个胖子，她有什么资本去和别人拼？她的这一身肥肉在这个刀光剑影的职场里，只会变成别人的下酒菜。社会是个大油锅，如果坐以待毙，自己就会被秒炸成渣。

　　所以，要减肥，必须减肥。

珍香减肥的第一步，是要搞明白她青春期最大的困惑——自己吃得并没有很多，也从不暴饮暴食，为何就比一般人胖那么多？

医院的检查报告让她恍然大悟，原来她属于典型的易胖体质，加上她并不如意的新陈代谢，她的身体就像一个暖水袋，可以比别人储存更多的热量。别人吃一顿火锅胖一斤，到她这儿就胖两斤，甚至胖三斤。所谓的喝水都胖大概就是说的她了。

第二步，珍香决定开始给自己洗脑。既然已经知道了悲剧的源头，就要从根源开始扼杀。要消除自己对吃的一切幻想，首先要清楚那些美食的本质是什么，是她人生的绊脚石！真所谓吃饭还不如吃屎啊，吃屎说不定还有催吐功能，搞不好可以减肥。

再从科学角度来看，很久之前，珍香看到过一个在中老年朋友的微信朋友圈里流传甚广的帖子，大意是吃东西可以减寿，如果人不吃这些五花八门的美食，至少可以多活 20 年。尽管这个帖子在之后貌似被辟谣了，但是对珍香来说，她是深信不疑的。从此，她的人生座右铭就是，少吃一顿饭，多活一星期。

最后，从经济角度来论证。吃饭可谓是世界上最浪费时间的事情之一，人类在潜意识里一天三次被强制进行这种行为。如果在家吃呢，你得买菜，做饭，洗碗。如果出去吃呢，还要找餐厅，定座位。如果约了人，还得等，聊天……所以，无论是在家做还是出去吃，吃一顿饭至少需要两三个小时的时间。两三个小时啊，马云的两三个小时都可以赚到一栋楼了。虽然她的两三个小时并没有什么价值，但是，她还是愿意用这两三个小时去追几集美剧，而不是吃饭。看美剧还可以幻想自己和金刚狼谈恋爱，吃饭只会让自己越来越没人爱！

总之，她就是要瘦下来，她必须要瘦下来。

因为，她要告别这种倒霉的人生。

她花了一个多月的实习工资，以员工优惠价买了一台被客户退货的二手跑步机。尽管那台跑步机几乎占了她卧室四分之一的面积，但她还是如获至宝，对她来说，只要能瘦，每天睡在跑步机上都行。

李珍香，一发起狠来还真的不像个温暾暾的胖子。

24 岁生日的那天，她在狭小的出租屋里，捧着一碗自制的没有放任何调味酱的沙拉，对着窗外北京灰蒙蒙的夜空，许下了生日愿望。她希望有人可以发明一种"免饭药丸"，只要吞一颗下去，花上几秒钟的时间就可以解决胃里的饥饿感，同时也补充必要的营养，最重要的是，它是 0 卡路里。

"就让吃饭这件事情，从我的生命里消失吧！"

只是，"免饭药丸"还没能面世，李珍香利用她那魔鬼般的毅力，真真切切地瘦了下来。近两年的漫长瘦身道路上，无数个夜晚她都是饿着的，在跑步机上因为低血糖晕倒过无数次，别人是拿青春赌明天，她是拿命来博体重。就这样，肚子不是白饿的，汗水也不是白流的，用这种赌命减肥法，珍香从 75 公斤瘦到了标准的 50 公斤。

她，李珍香，可以正式和"肥胖"二字告别了。

只是，有一句箴言犹如魔咒般始终刻在她的心里，就是她的易胖体质。她总觉得自己哪怕只是吃上一顿随心所欲的晚餐，第二天醒来，她就立马会变成原来的样子。刚瘦下来的那段日子，她依旧过得胆战心惊，她无时无刻不被这种恐惧感所包围着。

之后，当她再下班的时候，路过人声鼎沸，香味四溢的火锅店、川菜店、甜品店、西餐店、烤鸭店……虽然是饿着肚子，但是，透过橱窗看着里面形形色色食客的时候，她好像看到了自己也坐在里面，是那个从前的自己，油腻的头发，长满粉刺的脸，肥胖的身躯，那个可怕的自己正津津有味地享用着桌上的美食。

而且，那个自己，始终是一个人。

她一惊，在那种可怕的孤独感里缓过了神，下意识地捂了捂自己的脸，然后掐了掐自己的腰。

还好，还好，这只是可怕的幻觉。

后来，当珍香在家里无意调到了美食节目，当珍香路过一家又一家香味扑鼻的餐馆，当珍香看到了关于美食的一切，她的第一反应，不再是"好想吃啊"，而是一种深深的恐惧感。渐渐地，她发现在自己的世界里，食欲这个东西，不过是填一填肚子就可以解决的事。

至于，用什么填，与味道无关，与卡路里有关。

珍香，正式进阶为一名道骨仙风的"低食欲患者"。她对自己的这番"进化"极有成就感。她觉得自己已经从根源，解决了肥胖这回事。

她，一个可以管得住自己嘴的女人。

有多可怕？有多伟大？但凡是稍微有点减肥经历的人，都懂的。

但是，管得住自己的嘴，仅仅是指食物方面。蜕变之后的标准身材像是给她打开了另一扇大门。

世界那么大，男人那么多，她想去尝尝。

一切如所愿，她恋爱了。

现在，55公斤的李珍香一勺一勺地刮完了杯子里的魔芋粉，然后细细地品尝着那微微的塑料味。最后，心满意足地舒了口气。

她饱了，而且只摄入了20大卡。在这场和卡路里做搏斗的战役里，她又胜了一局。

然后，她放下杯子，欢快地把椅子推进写字台，拎起包准备下班。下个星期就是她的第一任男友吴大毅的生日，她打算去商场选份礼物，她就在"送剃须刀还是情趣内裤"的思考中，走出了公司的大门。

她并不知道，自己人生里最倒霉的一个夜晚，就要来临了。

夜色渐暗，地铁站里人潮涌动。珍香顺着拥挤的人流往地铁出口走。出口连通着商场的地下一层，她走进商场，里面的空气终于不像地铁站里那般闷热混浊。

地下一层是个日本超市，正当她准备踏上电梯上楼的时候，她在超市门口的抓娃娃机器前，看到了一个熟悉的人影。定睛一看，居然是男友吴大毅。不对啊，一个小时之前，他还给自己发过短信说要加班，现在怎么会出现在这里？只见吴大毅正和一个陌生女生在娃娃机前谈笑风生，那女生把手里的奶茶凑到吴大毅面前，吴大毅低下头吸了一口，然后，从后面环抱住那个女生。

每个女人上辈子都是断了翅的福尔摩斯，就那么几秒钟的时间，李珍香迅速地摸清了眼前的形势。

她被劈腿了。

"要这个，要这个啦。"女生在娃娃机前娇滴滴地喊着。

吴大毅抓着女生的手，移动着摇杆。

"啪——"吊绳慢慢地下降，钢爪抓起娃娃，然后摇摇晃晃地开始向边缘处移动。

"抓到了耶，抓到了耶。"女生在吴大毅怀里撒娇。

吴大毅蹲下来取出机器里的娃娃递给撒娇女，两个人捧着玩偶你侬我侬。

在观看这一出令人鸡皮疙瘩掉满地的打情骂俏的时候，珍香的大脑是放空的。这一幕太突如其来了，一个小时之前还给自己发着短信"宝贝我在加班，好想你"的吴大毅，此刻正搂着一个陌生女人嬉笑着调情。他应该是《宠物小精灵》里的小智吧？他的宝贝也是太多。

这突然反转的设定，犹如当头一棒，打得珍香一愣一愣的。或许，她应该冲上前去，直接手撕了这对神奇宝贝，但是，她做不到。她的手是冰的，脚是软的，脑袋是木的。

她觉得自己喘不过气，只想落荒而逃。

"珍香？"就在这千钧一发之际，珍香听到了吴大毅的声音。

她抖着身子，不敢回头，停顿了一秒之后，六神无主地朝手扶电梯冲过去。

她并没有注意到此刻她正一脚踩中地上那团已经融化的奶油冰激凌。然后，她犹如动作失误的花样溜冰运动员，刺溜一滑，整个人往后面跌了下去。

更令她始料未及的是，一个棱角分明，坚不可摧的长方形不锈钢垃圾桶，正不偏不倚地立在那儿迎接着她的后脑勺。

啪！

"啊——"撒娇女一声尖叫，手一松，手里的玩偶落到了地上，滚到了李珍香此刻真正空白的大脑旁。

其实，在她昏厥过去之前，她还是有一丝意识的。

"我真倒霉啊。"

Chapter 2

食欲世界大崩塌

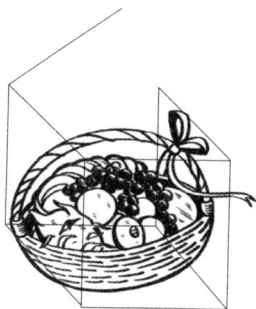

只是，那只白色的"妖怪"并没有停下来，它直接跳到了那一大串葡萄上，咕噜咕噜地把葡萄吃进嘴里，然后，一颗颗葡萄籽像喷泉一样从它的鼻孔里飞了出来。

当珍香迷迷糊糊地睁开眼睛的时候，她发现自己已经躺在了医院的病床上。

病房里人来人往，她昏昏沉沉地瞅见玻璃门上印着鲜红的"急诊"二字，一下子清醒了过来，立马直起身子坐了起来。

"哎哟！"后脑勺突然传来一阵刺痛感，她不由自主地一摸，才发现头上已经缠着厚厚的绷带。

"哎呀405病床的那位，别乱动，快躺下。"一位护士挥舞着手朝她走了过来。

"那个……我就问一下，急诊的话，医保可以报销吗？"珍香虚弱地问。这是她在清醒后最关心的问题。

"你没什么大碍，后脑被撞伤了，缝了两针。但要留院做一下检查，看看有没有脑震荡的危险。至于医药费的问题嘛，已经有人帮你付清了。"护士过来帮珍香调整好枕头，安抚她躺下。

"噢。"珍香如释重负地喘了口气。至于付清医药费的人,用脚趾想也知道是谁。

也只有他了。

正当珍香沉浸在一种莫名的伤感中时,她的被子突然鼓了一下,似乎有什么东西在里面动。

她一惊,不由得坐了起来,胆战心惊地用手抖了抖被子。她一抖,那玩意儿却在里面更闹腾了。似乎有个球在里面上下蹿动。

"别告诉我我的床里有一只野猫什么的……"怀揣着一种不祥的预感,珍香战战兢兢地把床单一掀。

一个毛茸茸,白乎乎的玩偶出现在珍香眼前。它的身体像是一个鼓鼓囊囊的白色大绒球,四肢看起来像四个笨拙的白色小绒球。那玩意儿的眼睛虽小,却骨碌骨碌地转动着,水汪汪的黑色眼球,看起来机灵极了。

"这什么鬼啊?"珍香眯着眼睛,低下头好奇地看着床单上的小玩物。

"popoppppppppp——"那白球突然蹦了起来,开心地发出诡异又搞笑的声音。

"好高科技啊,像活的一样。"珍香惊叹道。

旁边正在伺候摔断腿丈夫的大婶,不由得向她投来了一个奇怪的眼神。

"dubudubbbbbbb——"那白球叫得更欢了,在病床上像个弹球似的上下弹跳着。

"这玩意儿做得也太逼真了。得好几千吧?"那东西圆滚滚的肚皮还在微微地上下起伏着,好像是真的在呼吸一样。

"还有这眼睛，水汪汪的和真的一样，用什么材料做的啊？"珍香靠近那白球，好奇地盯着它的黑眼珠。

就是在这一刹那，那白球好似化成了一股刺眼的热光朝她迎面袭来，她下意识地闭上了眼睛，也就是在那一瞬间，她短暂地失去了意识。

如果这是一个俯瞰整个病房的全景镜头，时间在这一瞬间像是着了魔法似的被定格住了。正在拿笔做记录的护士，输液瓶里正往下滴的点滴，氧气湿化瓶里正扑通扑通喷涌着的水，喊着疼的病人，隔壁阿姨刚啃到的苹果，通通静止了下来。唯独正发蒙的珍香被一道银白色的光环所包裹着。

然后，那道光环凝聚成一个如樱桃般大小，亮光闪闪的银球，嗖——的一声钻进了珍香此刻因为惊讶而微张的嘴里。

奇妙的是，它进入的不是珍香的身体，而是她的欲望世界。

欲望世界？

说得简单一些，如果用具象来表现珍香大脑里的欲望世界，那就像是一个犹如三维弹球游戏那般五彩斑斓的迷宫。

而刚才侵入的那个小银球，就像是游戏里的发射球。此刻，它正急速地闯入这片迷炫的欲望迷宫里。

砰——此刻小银球撞击的是一片深红色的区域，在发生碰撞的那一刹那，整块区域由深红色变成了金色，然后哗啦啦地往外喷金币，像一场刺眼又夺目的金雨。这一区域，是珍香欲望世界里的财欲。

叮咚——那小银球从财欲区域被反弹了出来，撞进了一个黑洞陷阱里。突然，一座座彭于晏的半裸透明雕像在黑洞陷阱附近犹如雨后春笋立了起来，浩浩荡荡，铺天盖地，光彩夺目，然后，它们传出魔音般的回声："珍香，Please love me……"哈，欢迎来到珍香隐秘的情欲世界。

噗——小银球又从黑洞陷阱里弹了出来，落在了一个类似过山车的隧道里，然后沿着隧道飞速地滑啊滑啊滑啊。最终，扑通一声掉落在了一片白茫茫的雪地里，雪花上凝结的冰晶像是钻石一般，闪耀地铺满了这片梦幻平原。只有被雪花覆盖的平地，其他什么都没有。这的地方，代表着珍香的爱欲。至于为什么，或许只有她自己能解释得清楚。

紧接着，那小银球落入了隐藏在雪地里的逃逸槽里，经过一段隐秘的黑色隧道，落入了迷宫最边缘处的一片犹如复活节岛的石头人像里。然后，小银球飞速地上升和旋转，轰的一声，在半空中爆炸开来，石头人像顿时被炸成细小的石块，犹如飘浮在宇宙中的陨石，悬浮在了上空，最后嗖的一声化为了粉末。

此刻，她坚不可摧，暗无天日，几乎可以忽略隐藏的食欲世界，正式崩塌了。

滴答——输液瓶里的水滴滴了下来，重回到了现实世界。

"哎？"珍香在一阵微微的晕眩中，睁开了眼睛。还没弄清楚刚才那种奇怪的感觉，她忽然被一股红烧鸡腿的香味所吸引。

她转过头，隔壁床的一个大爷正有气无力地啃着饭盒里的鸡腿。珍香两眼一瞪，忍不住咽了一口口水。

一种久违的，奇妙的感觉从她大脑的意识里涌向舌尖。那种感觉在她的欲望世界里沉睡得太久了，那种奇妙又陌生的感觉，用四个简单的字概括就是——"好！想！吃！啊！"

珍香情不自禁地用手抓紧床单，然后死死地盯着大爷饭盒里的鸡腿，那种欲火焚身的表情，就像盯着此刻半裸熟睡的彭于晏。

正在这时，门外晃进来一个熟悉的身影，意外地闯入了眼前的画面。吴大毅拎着一篮水果突然出现在了珍香的病床前。

"你来做什么？"珍香收敛住表情，然后冷冷地抬着头看着他。她的后半句话是，付了医药费就可以滚了啊。但是，她还是忍住没有继续说下去。

"那个……珍香你听我解释。"他把手里的水果篮放在了床头，然后低着头说。

"好，你解释。"珍香交叉着双手，双眼死死地盯着他。

吴大毅愣住了。

珍香冷笑了一声："在你的剧本里，我是不是应该说，我才不需要你的解释？"

吴大毅低着头。

"所以，你也根本没有准备对我解释什么，或者，你也解释不出个什么所以然来？"

"珍香，对不起。"吴大毅停了几秒钟，然后小声地说。

"得了得了，劈腿被雷劈，你以后下雨天在外面走小心点。"珍香朝吴大毅摆了摆手。

吴大毅因为这一番恶毒的诅咒傻眼了，他突然冷笑了一声。

"我知道你现在有资格口不择言理直气壮，但你有没有想过你自己的问题？”

　　“你这话是什么意思？”这次换作李珍香愣住了。

　　“什么意思？我的意思就是，和你谈恋爱就是一种折磨！就是活活找罪受！你自己看看一天内给我发的几十条微信里百分之九十就是问你在干吗你在干吗你在干吗，我在干吗？我除了上班就是在加班我还能在干吗？！我每天得像一个间谍特务似的，不断地回复你早饭吃了什么，和几个女同事说过话，几点下班，下班到家20分钟的地铁为什么花了30分钟的时间……我受够了，真的受够了。我就觉得我是在和我妈交往，我觉得恶心！不，你比我妈还可怕，至少我可以在朋友圈里对我妈分组可见，而你哪次见面不是把我的手机翻了个遍？我26岁了，我真没必要这样活！”

　　珍香是第一次看到平时说话做事都温暾的吴大毅，像植物大战僵尸里的机关炮弹豌豆似的，一口气说了那么长的一段话。她看到他的手都在颤抖。

　　“你说完了吗？”珍香愣了一会儿，然后冷冷地问道。

　　吴大毅涨红着脸不说话。

　　“说完可以走了，你留在我家的那些东西我会快递到你公司里。”

　　吴大毅哆嗦着嘴唇，像是还想再说些什么。但是，他们之间横着一条冷冰冰的沉默。

　　他深呼吸了一下，然后转过身。

　　“把你的东西都带走！”珍香突然在背后大喊一声，然后把床上的那只白色玩偶朝吴大毅的后脑勺上扔了过去。

　　“aooowaaaaaaaaaa——”那白色玩偶突然发出一阵类似呻吟的喊声。

　　“你就是莫名其妙！”吴大毅的后脑勺被砸个正着，他捡起玩偶，然后随手把它扔在了门口的垃圾桶里，转身离去。

这是他们交往以来，珍香第一次看到吴大毅走得那么坚决。

在他们交往的这段日子里，吴大毅和大学同学一起合租在中关村，而她在亮马桥花了大半个月的工资租着一个小开间。他们的恋爱，如果从这两地中间的距离和交通上的时间成本上来看，应该算是异地恋了。所以，对珍香而言，每周的相聚，都是弥足珍贵的。

在 10 号线的地铁站口，在中关村吴大毅的公司楼下，在北京某条充满煎饼果子味的小街口，吴大毅的每一次说再见，在她眼里都是那么恋恋不舍和犹豫不决的。

"我真走了啊，你记得多吃一点。"

"快回去吧，路边风大。"

"我真的得回公司了，主编一直在 call（注：打电话给）我。"

往往走了很久，她还能看到吴大毅时不时地回过头，对她挥手，对她笑。而这些她感受到的真真切切的感情，她不觉得是演出来的，真不觉得。但是，今天他对自己说好恶心。

珍香瘫坐在病床上，觉得这一切都好讽刺，好滑稽。

她的眼睛有点酸酸的，但是她深呼吸了一口气，把那酸酸的感觉憋了回去。她知道自己不会哭。她李珍香从小到大遇到的倒霉事多了去了，被男友劈腿算什么。她才不要为此掉眼泪。而且，她也很清楚，并没人会配合自己上演这一出悲情戏。没人可以听她哭诉，陪她一起作。

自始至终，她都还是一个人。

　　她伸出手，抓了一颗果篮上的葡萄，然后塞进嘴里，凶狠地咀嚼着。

　　"啊，还真甜。"

　　在这个时候，刚才被吴大毅扔进垃圾桶的玩偶，不知道从哪里嗖——的一声又冒了出来。只见它直接蹦到了桌上的那一篮水果上，然后咕噜一声吞下了一颗葡萄，接着噗的一声吐出了一颗葡萄籽。

　　"dububbbbbbbbb——"它心满意足地吁了一口气。

　　"这什么……它怎么会动？还会吃水果？！"珍香第一次察觉出这家伙似乎有些什么不对劲。然后，她迟钝了几秒钟，然后大声尖叫了起来。

　　"有鬼！有妖怪！！"

　　旁边的几个病友和阿姨有些不知所措地看着此时正抱着枕头，缩在床边惊慌失措的珍香。

　　只是，那只白色的"妖怪"并没有停下来，它直接跳到了那一大串葡萄上，咕噜咕噜地把葡萄吃进嘴里，然后，一颗颗葡萄籽像喷泉一样从它的鼻孔里飞了出来。

　　"它还在吃！！它还在吃！！！"珍香连滚带爬地下了病床，抱着枕头缩在窗边。

　　"姑娘，你怎么了？发生什么了？"邻床的一个阿姨走了过来。

　　"你没看到那个怪物吗？那个会吃水果的怪物？！"

　　"啥都没有啊，你难道说的是那只布娃娃？它不是一直在你床边搁着吗？"阿姨一脸疑惑。

　　"它在动！它在吃东西！"珍香惊恐地指着在果篮上蹦跳着的白球。

"对对，它在动。姑娘，你先别急，先坐会儿。"阿姨安抚着此刻歇斯底里的珍香。然后，她转过头对病房里其他几个一脸茫然的病友说："快！快去找胡大夫，咱们病房里有人疯了！"

Chapter 3

一个人吃饭叫食，
两个人才叫吃饭

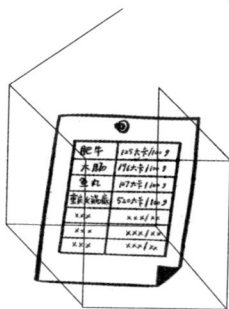

人生这东西，就像一个人吃饭，得自得其乐，得厚脸皮。
这是珍香的人生信条之一。

当珍香被几个护士五花大绑似的架到了医生办公室，然后至少解释了三遍"我真的看到一个怪物""它会吃东西，还会动""病房里有那么多人，不信你去问其他人啊"之后，戴着深度近视眼镜的精神科医生推了推眼镜，不耐烦地咳嗽了一声，然后打断了她的话。

"姑娘，还真的只有你一个人看到了。"

"不可能！"

医生像是预料到了珍香的反应，不紧不慢地说："每个病房里都有监控，我刚让护士把录像调出来了，不相信的话你自己看看。"他把电脑的屏幕一转。

珍香凑上前。

略微模糊的录像里，珍香正躲在墙角，一个人歇斯底里地大叫着，病房里的其他人不知所措地看着她。而那只白色的玩偶就像普通玩具一样搁在珍香的病床上，床头柜上的水果也完好无损。

"怎么……怎么回事……"珍香哆嗦着嘴唇，她刚想再辩解些什么，却被医生的一个手势打断了。

"没事的，没事的。"医生摆摆手，然后一脸平静地说："像你这样症状的病人吧，我每个月都会碰到好几个。"

"什么症状？"

"冒昧地问一下，听护士说，你刚和男朋友分手？"医生低了低头。

"对啊，怎么了？和这个有关系吗？"一提到分手，珍香的心里莫名地涌上了一团无名火。

"你这个属于典型的精神崩溃后出现的幻觉症，没事的，不用怕，先开点药，然后留院观察几天。"医生边说边在病历上唰唰地写着什么。

精神崩溃？幻觉症？开什么玩笑？她李珍香人生里的大风大浪哪一次不是比今天还要猛烈？虽然是被初恋劈腿，而且还是 26 岁时的初恋，但是这些能和幼年丧母，常年孤家寡人的苦难生活相提并论吗？

而且，她现在是个瘦子，还怕找不到男人？！

拜托，自己现在可是一块十分美味的蛋糕好吗？！

——尽管，珍香这么想的时候，还是有点心虚的。

但是！！

对于什么精神崩溃，她还是有十足的底气说：扯淡！这个世界能让她精神崩溃的只有一件事情——就是再变胖起来！

"拿着这个单子去一楼交费拿药，最好再做个心理咨询，不过专家门诊排到下个星期三了哦，你需要的话我现在就帮你预约一下。"医生扯下一张缴费单，然后连着病历卡一起递给李珍香。

"480 元？！"珍香一眼就瞅到了单子上的，这个明晃晃的缴费数字。

"不！我不需要，谢谢。"珍香一把拿过桌上的病历卡，然后抽出那张缴费单。面无表情地单手将单子揉成一个团，然后一把扔进了旁边的垃圾桶。

整个动作行云流水，准确无误，颇有江湖片里约架的气势。

"你……你这是什么意思？"医生一惊。

"就是准备回家的意思，您也好好歇息一下吧，全朝阳区的精神病还得靠您去拯救呢。"珍香站起身，撇开椅子，转身离去。

明天又是工作日，要是请假的话这个月的全勤奖金就拿不到了，没有比这个更重要的事了好吗？

她风风火火地杀回到病房，在病房里一双双略微惊恐的眼睛里迅速收拾好了背包，然后一把抓起那只莫名其妙的玩偶，啪的一声把它狠狠地摔进门边垃圾桶里。

"见鬼去吧！"

当珍香独自一人顶着一个受伤的后脑勺走进了小区的大门时，她才发现，在她昏迷的这十几个小时里，她还粒米未进。空虚的胃里突然翻涌起一股前所未有的饥饿感。之所以说今天的"饿"与往常不同，是因为，若在往常，她的脑海里首先浮现的是一张食物卡路里表，然后，她会在低卡食物里打钩来组合她的晚餐。

但是今天，她满脑子想的，竟然是小区门口的那家重庆火锅店。

"天哪……我怎么会想到要吃火锅？！不说别的，那锅底是多么的油腻，那调料的卡路里是多么的可怕……"珍香不可置信地捂着胸口。

"但是……还真的是很想，很想吃啊。"无数的肥牛、大肠、鱼丸像电影跳帧似的在她脑海里飘过。

"不行，不可以，我不可以去！"她摸了摸依旧昏昏沉沉的脑袋，努力地说服自己。

除了恐惧一顿火锅会将她所有的努力毁于一旦，还有一部分原因是，珍香实在没有勇气一个人去餐厅吃饭，更何况是火锅店。她无法想象自己一个人坐在火锅店里，被周围热气腾腾的欢声笑语包围着的场景。这是自己的催泪片，别人的搞笑片。

这也是厚脸皮的她，最后坚守的一点点自尊和底线。

珍香无精打采地从电梯间里走了出来。打开家门，按亮了客厅里昏暗的灯，然后整个人瘫陷在那张狭小的单人沙发上，10秒钟后，她撑着空虚的胃，支起身子走进了厨房。

打开冰箱，里面除了几瓶矿泉水其他什么都没有，为了减肥，珍香拒绝了任何有甜度的饮料。打开下层，终于翻出半包已经冻得发裂的速冻水饺。但是，不知道为什么，就连这样半包干巴巴的速冻水饺，都能让她食欲大开。

此时的珍香，还并不知道自己封闭许久的食欲，已经被摧毁式地打开了。

煮开水后，她扯开包装，把大半包水饺一股脑都倒进了沸水里。在这最后的关头，她一个急刹车，用手接住了最后一个要掉落进沸水里的水饺，然后把它重新塞回了包装袋里。

少吃一个，少摄入几十大卡。她觉得自己赚到了，她那敏感的负罪感也少了一点点。

她用筷子在锅里有气无力地搅动着。无意间，她看到了厨房玻璃上自己的倒影。眼前这个落寞的倒影是如此熟悉。两年多前，她独自搬进了这个小屋子，在那段拼命减肥的日子里，在她饿得眼冒金星的时候，她唯一的安慰就是这样站在厨房里，煮几个全素的速冻水饺。

那个时候，她还是胖的，她厌恶那个时候的自己，也厌恶那时的生活。

一个人吃东西叫食，两个人才叫吃饭。珍香想瘦下来，想恋爱。其实，在有生之年里，她也想好好吃饭。哪怕自己是那该死的易胖体质。但是，她想了，可以少吃一点嘛，戒米饭，戒油炸，或者，改吃素也行。她只是觉得，只要对面能坐着一个喜欢自己的人，她碗里的那几棵西蓝花就不再乏味。

后来，她有了这样的一个人。

现在，她又没有了。

这就是人生。呵呵呵呵。

不过还好，整个夜晚都很静谧，哪怕已经昏迷了十多个小时，珍香在几个速冻水饺下肚之后，依旧横在床上睡得像死猪一样。人生这东西，就像一个人吃饭，得自得其乐，得厚脸皮。这是珍香的人生信条之一。她的眼泪在此刻并没有人会看到，多睡会儿才是货真价实的。

只是，睡梦中的她并不知道，一个围绕着柔和光晕的小白球，正眨巴着两颗圆滚滚的小眼珠，悬浮在她房间的半空中。

"咕呱——"它好像笑了一下，然后嗖的一声犹如一道流星般瞬间消失在了黑暗里。

Chapter 4

朝阳大妈拯救世界

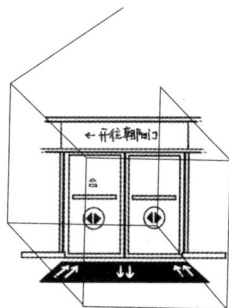

早高峰的6号线，所有人都像饿死鬼赶着去吃饭一样，丝毫没有人理会珍香这个后脑勺上还裂着血口子的外伤病人。

　　珍香的另一条人生信条是——人要睡觉，更要赚钱。

　　新的一天，阳光照进了这个狭小拥挤的房间。眼皮外的世界渐渐变得明亮了起来，半梦半醒间的珍香皱了皱眉头，然后翻了个身。

　　砰——后脑勺上的伤口不偏不倚地磕在了床板上。

　　"啊——"突如其来的刺痛感让她瞬间清醒了过来。

　　她下意识地用手摸头，手腕又刚好撞在了伤口上。

　　"唉好疼——"她那不幸的后脑勺在 10 秒钟里连遭两次伤害。

　　重回单身的第一天，她是这样醒过来的。

　　她忍痛支起身子，然后抓起床头柜上的手机看了看时间，伸了个懒腰，下床开始了一个上班狗的日常。洗漱、换衣，五秒钟对着镜子的心理暗示——啊，你好瘦，你好美！

　　最后，打开包检查了一下公交卡，换上鞋子下楼，光荣地奔赴北京早高峰的第一线。

街上人车来来往往，一片繁忙的大好景象。珍香快步走出小区大门，突然，一辆黑色本田几乎是要贴着她，飞速地在她面前驶过。她不禁被吓了一个趔趄，差点跌倒在地。

"这是非机动车车道好吗！"珍香忍不住就要爆粗口，此刻她多么希望出现一个都敏俊然后把前面那辆嚣张的黑色本田掀飞到五环之外。

只是，还没等珍香骂出口，刚才还嚣张跋扈的本田车突然在前面放慢了速度。

只见前方一个反扣着棒球帽的男生正在车道中央不紧不慢地骑着单车，本田车蔫蔫地跟在后面不耐烦地按着刺耳的喇叭，示意单车男生靠边行驶。

但是，那男生慢悠悠地往后瞥了一眼，丝毫不为所动。

"嘀——嘀——"

本田车在后方不满地将喇叭声拉长，示意前面的单车男生赶紧滚一边去。

这个时候，男生突然停下车，然后熟练地一个转身，把单车横在了路中央。

后方的本田车也一个急刹车停了下来。

"你有病呢！挡什么道呢你！"本田男摇下车窗，探出猥琐的脑袋，对着单车男生吼道。

"对不起，这里是非机动车道。"男生眨巴着小鹿似的大眼睛，表情却是一脸傲娇。说完后，他不紧不慢地做了"请去机动车道"的手势。

珍香被单车男生的举动震惊了，抱着"看好戏"的心情快步走上前。然而，当她看清单车男生的脸的时候，不由得虎躯一震。一股叫作"鲜肉"的清流穿过周围混浊的汽车尾气，向她扑面而来。

"你找抽是不是？真以为自己是交警了是不？你那脑子能考得到警官证吗你！"本田男把头探出车窗对着单车男生破口大骂。

那男生却丝毫不为所动，毫不示弱地说："要么你自己驶出非机动车道，要么我马上报警抄牌，罚款两百，扣三分。"

沉浸在单车男生那张完美五官且胶原蛋白丰盈的脸的同时，珍香不禁对单车男生那种不依不饶的精神肃然起敬。

"你个孙贼脑子进水了是不？航母都能在你脑子里掉头了！"本田男啪的一声拉开车门，边骂边气势汹汹地下车。

单车男生顿时陷入了一场暴力肉搏的危机。

站在不远处的珍香顿时心一悸，不由得抓紧了背包带。

正当珍香紧张地观察着眼前局势的时候，伴随着一句响亮的"干啥呢？怎么回事啊？"一股强大的气场，犹如《西游记》里面观世音菩萨降临人间逢凶化吉的出场，几个所向披靡，能拯救全北京全世界，堪称世界第5大情报组织的朝阳大妈，以犹如腾云驾雾般的气势，从马路的另一头走来。

本田男被这股旋风般的气势给镇住了，他瞬间摸清了现场的形势，然后一秒钟入戏，满脸对大妈们崇拜的神情，激动地走了过去。

"哎呀，总算有人来主持公道了。大妈，您瞧瞧，就是这个小伙子，大早上的中邪似的来堵我的道，我看啊，他八成就是想碰瓷儿。现在这个社会究竟是怎么了，年纪轻轻的咋整天想着这些歪门邪道呢？"本田男浮夸地叹了一口气。

朝阳大妈们微微地皱了皱眉头，似乎也质疑着本田男负分的演技，然后转过身，扬了扬下巴："你真想碰瓷儿来着？"

"我要是想碰瓷儿也得去机动车道是不？现场那么多人，您可以问问周围的人民群众。"单车男生哭笑不得地说。

大妈眨巴着大眼睛，然后把目光一瞟，落到了珍香的身上："那位姑娘，我看你刚才就站这儿了。你出来说几句。"

珍香一愣，没料到自己也被拉入了战场。她有点怯怯地走了过去，当她抬起头的那一瞬间，猝不及防地和单车男生四目相对，她冷不丁地深吸了一口气，吸进去的是比口香糖广告还要清凉沁人的青春气息，她顿时陶醉得有点腿软。

"姑娘？"大妈看了看此刻有点呆滞的珍香。

珍香顿时缓过了神，然后，她像是被打了鸡血一般，指了指本田男，"大妈，就是他。好好的大路不走，开进来和行人抢道，就刚才，我都差点被他撞了！"

朝阳大妈们听完，脸齐刷刷地转向了本田男，本田男在这眼神的攻击下瞬间蔫了下来。

"什么情况啊这是，大早高峰的把车开到非机动车道上也就算了，还想造谣诽谤是吧？"朝阳大妈步步逼近。

"就开进来咋的了，全北京违反交通条例的多了去了，用得着上纲上线吗？"本田男蔫巴地嘟囔着，站在旁边的大妈们一瞅，哎哟，还想狡辩？齐刷刷地走上前展开了新一轮更猛烈的攻势。

"什么叫上纲上线啊？这大早高峰你把车开在非机动车道上算咋回事啊？你知道这对那些骑自行车的，还有这些赶着上班的行人造成了多大的安全隐患，你知道吗？"

"哎哟喂，您不服是吗您？敢情这马路是您家门前的小道儿啊？还是这交通法是您定的啊？我看您有这个能耐吗您！"

"你着急？咱们朝阳区的人民群众哪个上班不着急？是不是上班时间太早了啊？你告诉我你哪个单位的，我找你领导谈谈去。"

"今天这件事情你要是不做深刻的反省，我们可不会放你走。我告诉你，我们治安志愿者可是咱们人民政府认证的，我们有这个权力！"

"哎呀，孙大妈你看他车牌！京 A37645，今天不是限号 0 和 5 嘛！"

"抄下来！报告到交警大队去！"

……

本田男显然无法招架住朝阳大妈们梨花带雨的攻势，迅速败下阵来，唯唯诺诺地开始找借口："那他拦在我前面算咋回事，我是想开出去，但这儿都有围栏我咋开出去啊？"

单车男生走到本田车主前，不紧不慢地吐出两个字："倒，车。"

最终，故事以本田车主在朝阳大妈们的指挥和监视下，倒车 100 米到路口，然后蔫巴地驶出非机动车道为结局。在遭遇了失恋和一连串的怪事之后，此刻负能量满身的珍香，被这个充满着正能量的结局给感动了。更让她觉得治愈的是，单车男生还对她挤挤眼表示感谢，可还没等珍香缓过神来朝他挥手告别，他就敏捷地跨上自行车，犹如一阵清风似的往远方骑去。

珍香目送着小鲜肉离去的背影，然后快步走向地铁站。

早高峰的 6 号线，所有人都像饿死鬼赶着去吃饭一样，丝毫没有人理会珍香这个后脑勺上还裂着血口子的外伤病人。她一路小跑到地铁的最后一节车厢，在发出警报即将要关车门的一刹那挤上了地铁。

"下一站，呼家楼……"还有一站，珍香闭着眼睛，抓紧时间打起了小盹。

突然，珍香感觉手袋里有什么东西在振动。起初，她还以为是手机，拉开拉链，却看到一双黑滚滚的眼睛在包里朝她眨巴着。

"啊——"

车厢里的所有人都向这个此刻在尖叫的女人投来了疑惑又异样的目光。

然后，包里的那个不明物体咻的一声就跳了出来，然后像荡秋千似的倒挂在了地铁的扶手上。珍香看清楚了，它就是昨天那个会吃水果的小怪物！而此刻周围人的目光，似乎丝毫没有注意到眼前这个白色的小怪物。

所有人都一脸茫然地盯着此刻面目惊恐的珍香。

然后，那小怪物在把手上晃了几圈，嗖的一下就跳到了珍香的肩上，然后在她的头和肩上来回蹦着。

在四周几十双眼睛注视下的珍香压抑着内心的惊恐，不敢叫出声来。正当她纳闷为什么周围的人都如此冷静的时候，她发现了一件更令她惊恐的事情——她看到此刻车厢的玻璃门上自己的影子。她的肩上，放着一只白色的玩偶。但是，那仅仅就是一只普通的白色玩偶而已。

但是她扭过头一看，那怪物依旧在自己的肩上上下跳着，嘴里还发着含混不清的话语，似乎欢乐极了。

"东大桥站到了，下车的乘客请从右门下车。"

她一把抓住那个只在她视野里出现的小怪物，狠狠地把它塞进手袋里，然后啪地拉上了拉链，愤愤地走出了车厢。

"今天一定要搞清楚你到底是个什么鬼！"

Chapter 5

你相信这个世界上
有鬼怪吗?

整个上午都风平浪静,但是珍香却过得惶惶不安。
她把包搁在电脑旁边,一边对着电脑做报表,一
边留意着包里的动静。

"珍香？你怎么来了？"珍香一走进公司的大门，就看到吴霜霜怀揣着文件夹站在门口，一脸惊讶的表情。

正当珍香在纳闷"我怎么就不能来上班？"的时候，薛璐捧着一杯咖啡，踩着高跟鞋慢悠悠地朝她们飘了过来。

她走到珍香面前，叹了口气，然后轻轻地拍了拍她的肩："你的事我们都知道了，没关系，会过去的。被劈腿而已，有什么大不了的！"

薛璐那高分贝的大喇叭让坐在里面写字间的同事纷纷侧目。珍香不由得在内心暗暗地翻了一个大白眼。

"你们是怎么知道的？"珍香弱弱地问。

"昨天吴大毅那家伙已经打电话给公司帮你请了三天假，说你脑部受伤，要留院观察几天。本来今天下班我们还打算去看你呢。"薛璐抿了一口咖啡。

"我就奇怪了，像吴大毅那种男人居然还能劈腿，那个女人是有多 low 啊，居然会看得上吴大毅！"吴霜霜愤愤地说道。

珍香觉得后脑勺更疼了。

薛璐尴尬地用手肘顶了顶吴霜霜,示意吴霜霜闭嘴。

"那个,你的脑子……哦不,后脑勺那块儿没什么大碍吧?"薛璐变换了一个无比关切的表情。

"没什么事,就是破了皮,洗澡洗头有点麻烦而已。"珍香拽了拽包,然后走到了自己的那格办公桌前。

她把刚从地铁站到公司一直紧紧抓在手里的手袋放在了办公桌上,然后俯下身,一动不动地盯着。

"珍香,你干吗呢?"背后突然传来了吴霜霜中气十足的声音。

珍香被吓了一跳:"你干吗啊?"

"我……我刚从牛老大那里拿了上个月的销售表,过来给你一份。"吴霜霜举着报表,一脸茫然的样子。

牛老大本名牛国庆,是销售部的部门经理,掌握着销售部人员的薪水大权,是公司里的灵魂人物。外加本人神似张丰毅,所以在公司里人气颇高,从前台小妹到保洁大妈都爱他。

珍香木讷地接过报表,然后,她突然像是想到了什么,连忙抓起桌上的手袋,拉住了吴霜霜的手:"陪我去一下茶水间,我有很重要的问题要问你。"

"霜霜,你相不相信这世界上真的存在鬼怪之类的东西?"茶水间的沙发上,珍香把手袋放在大腿上,然后小声地问吴霜霜。

吴霜霜挪了挪屁股,凑过身,认真地听着她的问题。

"相信啊。"她一本正经地回答,"我和你说,我从小对这些东西就特别通灵，我在这方面是很敏感的。"

"哎？"吴霜霜来回扫视了一下此刻神经紧张的珍香，"你最近是不是觉得身边有什么怪东西？"

"你怎么知道的？！"珍香像是突然找到了救命稻草，然后，她深呼吸了一口气，压低声音说，"我现在给你看个东西，你要做好心理准备。先不要声张，好吗？"

"好。"吴霜霜点点头，略显紧张地屏住呼吸。

珍香小心翼翼地拉开了手袋里的拉链。

"就是这个！"珍香啪的一声把手袋敞开，一个白色的玩偶在包里露了出来。

"所以？怎么了？"吴霜霜把玩偶拎了起来，用手戳了戳，弹了弹上面的毛绒，纳闷地问道。

"哎？现在它怎么又不动了？我和你说，它绝对是个怪物，怪物！它会吃东西，还会上蹦下跳的！而且啊，我昨天已经把它扔在医院了，它今天又莫名其妙地出现在了我的手袋里，你说恐不恐怖？欸，你是不是不相信我？"

珍香越说越激动，而吴霜霜却始终一脸冷漠加呆滞的表情。

"好了好了，我信你。"吴霜霜有些不耐烦地把玩偶塞了回去，然后语重心长地说，"珍香，我觉得你还是要回家休养几天。你相信我，只要你把伤养好了，这些怪东西啊就会自动消失掉的。"

"你说的是真的吗？"珍香不由得握住了吴霜霜的手，她现在急需安慰。

突然,手袋里的玩偶像是复活了一般,它咕噜一声露出了脑袋,两只手撑着手袋就要飞出来。

"啊——它要出来了!出来了!"珍香捂着嘴使劲摇晃着吴霜霜的胳膊。

吴霜霜瞥了一眼那个再普通不过的玩偶,默默翻了一个白眼,然后做了一个《新白娘子传奇》里的招牌手势,用两指指向手袋里的那个珍香口中的小怪物。

那小怪物像是真的被定住了一般,它突然不动了。珍香惊讶又崇拜地看着吴霜霜。但是,那怪物又像是和她开玩笑一样,突然又在手袋里活蹦乱跳了起来。

"它又活了!快点再定住它!"

"好了好了。"吴霜霜默默地翻了一个白眼,她觉得自己实在是不想继续演下去了。

她揉了揉太阳穴,然后拉上了手袋的拉链:"我会帮你作法的,你只要回家好好休息就行。答应我好吗,darling?"

"好……好……"珍香拎过包,神情有些恍惚地站起身,有些跌跌撞撞地离开了茶水间。

"你们聊什么呢?"珍香刚一离开,薛璐就像一只花蝴蝶一般飘进了茶水间。

"唉。"吴霜霜叹了一口气,然后指了指脑袋,"真是可怜啊,她这儿真的撞坏了。"

整个上午都风平浪静,但是珍香却过得惶惶不安。

她把包搁在电脑旁边，一边对着电脑做报表，一边留意着包里的动静。不知不觉就到了中午，公司里的气氛开始变得活络起来，茶水间里开始传出了微波炉热便当的叮咚提示音。

午餐时间。

"啊……好饿。"那种想要吞掉整个朝阳区煎饼果子的饥饿感又从胃里袭来。

她的脑中开始犹如《太鼓达人》的传送带似的，浮现出各式各样的拉面、咖喱饭、干锅……她捂了捂空虚的胃，勉强用最后的一点点理智，抢起锤子，敲碎那一份份滚动着的美食。

她从袋子里拿出早晨在写字楼下便利店买的一个饭团，然后有些恍恍惚惚地离开了座位，走进了茶水间。

"哎哟喂，牛老大，又吃媳妇做的爱心便当呀。"薛璐坐在沙发上，一边用叉子慢条斯理地戳着一盒沙拉，一边和正在用微波炉热便当的牛老大攀谈着。

"你们这些年轻人，别整天想着减肥减肥。小薛你瞅瞅你盒子里的那堆草，什么玩意儿啊？把你丢到饥荒地区你准死不了。"

"这是有机食品好吗？ organic（注：有机的），ok?"薛璐傲娇地享受着她盒子里干巴巴的生菜。

"什么有机无机的啊，还不都是屎尿浇大的。"

茶水间里一片哄笑，大家都喜欢听牛老大闲唠嗑。

"哎，珍香，你帮我看着点，到点了就帮我拿出来。我先出去接个电话。"牛老大拿起此刻正在振动的手机，对直愣愣地站在后面的珍香做了一个手势，然后急匆匆地往外走。

"噢，好的。"一整个上午，珍香的状态都很抽离。

叮咚——微波炉里的灯光灭了，珍香打开门，然后小心翼翼地端出了牛老大的便当。

突然，一阵凉风嗖的一下从珍香耳边掠过。

那个白色的玩偶再次出现在了珍香的视野里，它悬浮在半空中，然后啪的一声跳落在了微波炉上。

珍香一惊，本能地往后一退。

"bubaaaaaaaaaa——"那白球转了转眼珠，它像是盯上了珍香手里的便当，笨拙地晃了晃身体，然后朝珍香的怀里飞了过来。

"你走开！你走开！"珍香端着饭盒，歇斯底里地叫着。

坐在茶水间沙发上谈笑风生的女人们瞬间安静了下来，她们看到珍香失控地端着饭盒在原地左右躲闪，大喊大叫。

而在珍香的视野里，那个白色的小怪物发着古怪的叫声，扑通一下跳到了牛老大的便当前，然后开始津津有味地吃起了便当里的小炒肉和白米饭。还满足地发着呜咽声。

珍香惊吓得把便当扔到了半空中。

啪一声，牛老大的爱心便当阵亡在了茶水间的地板上。

"好的好的，最后一批货我们争取在周四前发过去……"此时牛老大正结束着电话，风尘仆仆地走回茶水间。

"珍香……你……"他举着电话，愣愣地看着地上那一摊狼狈的饭菜。

"牛老大你听我解释！真的不是我的错！是它！是它！"珍香指着微波炉上的一只玩偶歇斯底里地叫着。

茶水间的每一个女人，都做了一个"你得了神经病我深表遗憾"的表情，整齐划一地耸了耸肩，摇了摇头。

Chapter 6

只有自己才懂
为什么会哭

不一会儿，老板端上一盘热气腾腾的串串，有鱼丸、
金针菇、虾丸、鸡肉……琳琅满目，淋上地道的老北
京麻酱，那真是香味扑鼻。

下午两点，珍香拿着牛老大开给她的准假单，出现在了公司楼下。

在这之前的一个小时里，牛老大用他几十年的人生阅历给珍香做了一番失恋后的心理辅导。虽然这场心理辅导的中心思想是去医院看心理医生和费用公司全部报销。但是，还是让珍香有些许顿悟。

她顿悟的有两点。

第一点，牛老大不愧是公司的男神。

第二点，她可能真的病了。

她攥着包，走进了公司附近的地铁站。6号线往西开是北京的老城区，往东是回家的方向。她忽然想起来，来北京已经那么多年，一直住在高楼林立的东边，居然还没有好好逛过一次老北京，就连南锣鼓巷和北海她都没有去过。

她犹豫了一下，然后走到了地铁站的另一面，开始了她人生的第一次文艺范儿十足的说走就走的旅行——坐地铁，3块钱，10分钟。

然而，"文艺"这个词怎么会和珍香搭边呢？刚走出北海北地铁站，珍香就觉得自己的膀胱一阵肿胀，一股尿意突然袭来。她四下张望了一下，然后一头扎进附近的胡同。

珍香在胡同里七拐八拐地快步走着，终于找到一个公共厕所。解决完之后，当她走出厕所，才发现自己已经迷失在了这一片破旧的胡同里。周围都是低矮的建筑，没什么行人，也没有传说中的那些文艺小店，好像只是一片普通的居民区。

她四处张望着，想照着之前的路走回到大马路上去。突然，一家装修特别的小店映入了她的视线。店门口的五彩珠帘在微风中轻轻摇晃，里面幽暗的灯光让人觉得有些神秘。

"朱仙女占卜坊"，店名旁边还有一行小字——"占卜，通灵，解谜"。

珍香突然灵光一现，好奇地走了进去。

里面灯光昏暗，犹如一个幽闭的工作间。一个梳着一头长长的脏辫，全身雷鬼造型的女生，正跷着二郎腿，边吃着零食边盯着电脑上的美剧。

"你好，请问你是朱仙女吗？"珍香小声地打着招呼。

女生抬了抬夸张的红色边框眼镜，懒洋洋地说："难道我的外表看起来还不够仙女吗？"话刚说完，突然，她的视线定住了，她点了一下鼠标，然后缓缓地走到了珍香的身边。

她把手轻轻地放在了珍香的手袋上面。

"你包里是不是有东西？"朱仙女凑到珍香耳边，小声地问。

珍香猛点头。刚想说什么，却被朱仙女的一个手势打断："你刚进来我就觉得气场不太对，粗看一下，我觉得你全身被一股很强大的怨念给笼罩着，那怨念的源头就在你的包里。"

她用手在包上轻轻地点了点。

"你太厉害了！我最近真的怪事连篇！"珍香激动得像终于找到了救命稻草。

"OK，打住。"珍香刚想继续说什么，却被朱仙女打断，"欲知分晓，请付三百。"

"这么贵？"珍香犹豫了一下。

"拜托，我又不是慈善机构。我的通灵能力可是我奶奶那辈传下来的，我敢打赌全北京你找不到第二个人了好吗？"朱仙女抬头瞥了李珍香一眼，然后傲慢地抠起了指甲。

"好！三百就三百！"

珍香忐忑地把玩偶从包里拿了出来，只见朱仙女从柜子里搬出一面铜镜，她把玩偶轻轻地放在铜镜上，然后对着铜镜撒了一小把白色的珍珠。只见那珍珠像跳蚤似的在铜镜上跳窜了足足有半分钟才慢慢停下来。

"果然，有精灵缠上你了。"朱仙女搓了搓手，笃定地说。

"精灵？迪斯尼电影里的那种？还是欧洲童话里的啊？"珍香半信半疑地笑了，她莫名地觉得好荒唐。

"你以为自己是活在动画片里吗？那些所谓的精灵，不过是人想象出来的而已。"朱仙女不屑地嘲笑道。

"想象？"珍香一愣。

"是的。真正的精灵，是没有具象的，只有灵魂。而且，精灵的灵魂远没有人的灵魂来得复杂。"

"没有人的灵魂复杂？这又是什么意思？"珍香越听越迷糊了。

"人灵魂里的欲望，有千千万万种，比如你，是不是又想变得好看，又想有钱，还希望有个高富帅的男朋友？而精灵的灵魂，只有一种欲望，有的精灵贪财，有的精灵贪色，还有的……总之精灵也是千奇百种的。"朱仙女一本正经地开始解释。

"所以，这个欲望是不是和它们生前最大的爱好或者遗愿有关？"珍香好奇地问。

"是的。"朱仙女点点头，然后她继续说，"不过，一般人死之后是不会变成精灵的。只有那种在临死前欲望很强烈的人，灵魂才会游离出肉体，去寻找新的寄生处。而且，它们往往会附身到它们生前最喜欢的东西上面。所以，如果真要说精灵是什么样子的，它们也就是我们生活中的平常物品，可能是一棵树，一把椅子，也可能是眼前的这只玩偶。"

朱仙女低下头，轻轻地拍了拍玩偶毛茸茸的头。

用几句话提炼这个故事，那就是：一个人死了，然后，因为他的某种欲望太过强烈，那个欲望没有跟随他的肉体去往另一个世界，而是游离了出来，附身到了这只玩偶上。然后，这只玩偶就变成了所谓的"精灵"。珍香默默地理了一遍朱仙女的逻辑。

尽管觉得这简直荒唐至极，但是不知道为什么，又隐隐地相信。

"那……为什么只有我可以看到？"珍香继续问。

"看你头上的白纱布就知道最近是有在哪里被撞了吧。虽然你现在看起来好好的，但是其实那个瞬间，你离死亡很近，这只精灵就是利用那一刹那的间隙潜入你的欲望世界里的。所以啊，现在看来，它的欲望很有可能已经附身到了你的身上。因为，精灵毕竟只是灵魂，它不是人，所以它无法介入人间的任何事情，只能由你来帮助它完成愿望。"朱仙女解释道。

"这……这什么跟什么啊！"珍香觉得自己要真实地爆炸了。

她稳定了一下自己的情绪，然后倒抽了一口冷气，欲哭无泪地说："所以，那我现在该怎么办？"

"拜托，又不会像恐怖片那么可怕，只是它的某个欲望代替了你原本的欲望而已。而且，我可没有那种能力，就连我奶奶都没有。其实精灵都是很单纯很好哄的，你满足了它生前没有完成的欲望，它也就消失了。"

"那它是属于什么精灵？如果是色欲精灵的话，那我岂不是……"珍香一惊。

朱仙女做了一个手势："这个要额外收费的，三百。"

"好！给你！"珍香人生第一次花钱花得那么洒脱。

朱仙女从桌子下翻箱倒柜地找出了一个罗盘："哎呀，都已经好久没有碰到你这样的客人了。"她吹了吹上面的灰，把玩偶放在了罗盘中央的一个托盘上。然后她默念了几句咒语，轻轻地转罗盘上的针。

那指针转了一圈又一圈，最终缓缓地停了下来。

"赫尔塔……"朱仙女看了看指针停留那一格上面的人物像。

"是什么？"

"这个罗盘叫作灵盘，总共有 24 格，象征着 24 种不同的精灵。赫尔塔是贪食之灵。看来这家伙，是只贪吃精灵。"

"难怪我这两天食欲那么旺盛！"珍香猛然顿悟，"所以，要摆脱掉这只食欲精灵，我只有用不停地吃来消磨掉它对吃的欲望？"

"没错，多简单的事，你就替它，也替你自己尝遍京城美食吧，等哪天你的食欲恢复正常了，这玩意儿在你眼里变成一只普通玩偶，就意味着它心满意足地完成心愿升天了。"朱仙女摆了摆手。

"可是……可是……"

"可是什么啊？"

"可是我得减肥啊！"珍香欲哭无泪地说。

入夜后的老北京胡同是另外一番景象，这里好似都市森林里最后的一片烟火人间，老院子里的灯火开始亮起来，饭香味渐渐地飘出来了。

珍香独自一人，哦，不对，此刻应该是和一只精灵一起走在这有些昏暗的胡同里。她闻着香味，一种想进食的欲望又从胃的底部一点点蔓延上来。之前她那张为了减肥可以一个月不碰肉食的嘴巴，现在好像已经渐渐失去控制力了。

"我要变胖了。"

"我要变胖了。"

她万念俱灰地想。

前方立着一个巨大的红色"串"字灯牌，应该是一个麻辣烫摊。珍香咽了一口口水，迫不及待地走了过去。然后在街边，找了一个位置坐了下来。

"小姐，要点什么？"操着一口地道京腔的老板一边煮着串串，一边问道。

珍香打开钱包，她一把抓出钱包里剩下的几十块零钱，全部递给了老板："什么种类都来一点！"

"好嘞，帮您荤素搭配啊。"

珍香拉开包，然后把那只白色的玩偶拿了出来，放在了桌面上。好像闻到了香味，那只玩偶又活了过来，对着珍香眨巴着眼睛。

珍香这一次不怕了，她把手搭在膝盖上，也只是看着它。

"是不是我吃饱了你就可以消失了？你消失的话，是升天还是彻底地离开这个世界啊？"她摸了摸玩偶的头，竟然觉得是温温的，好像真的有生命一样。

不一会儿，老板端上一盘热气腾腾的串串，有鱼丸、金针菇、虾丸、鸡肉……琳琅满目，淋上地道的老北京麻酱，那真是香味扑鼻。

玩偶在桌上开始蹦来蹦去，用毛茸茸的小手像吸铁石一样吸起一根串串，它没有直接吃，而是递到了珍香的嘴边。

珍香冷不丁吓了一跳，但她还是就着咬了一口上面的鱼丸。

"bobaaaaaaaaaaaa——"它开心地跳了起来。

珍香也笑了。

"对了，贪吃精灵。给你取个名字吧。"珍香低着头，"看你圆滚滚的，又是白色的，干脆叫你饭团吧。你觉得怎么样？"

那玩偶跳得更欢了，然后用嘴从左到右，像是弹琴似的咕噜一声，上面的鱼丸就滑到它的肚子里去了。

摊位老板却愣住了，他看到一个女生一边狼吞虎咽着串串，一边对着一只玩偶自言自语。

"你死的时候，年纪一定很小吧？年纪那么小就走了，爸妈一定伤心坏了吧？"

朱仙女说人死之后，生前最大的欲望，会跟随着灵魂附身到生前最喜欢的一件东西上。所以，珍香觉得眼前的这个贪吃精灵，那么爱吃，还喜欢玩偶。一定是个孩子。

"饭团，你是男孩还是女孩啊？"

珍香抹了抹嘴边的麻酱，她好像已经很久很久没有这样肆无忌惮地坐在街边吃串串了。不一会儿，桌上的一堆串串全部变成了竹签。

"你一个人在那个世界里，孤不孤单啊？有没有其他的精灵陪你啊？是不是都自己一个人？你活着的时候，是胖子还是瘦子啊？如果是胖子，会不会有其他孩子欺负你？你是不是总是一个人吃东西？你一个人去了那个世界，是不是就没妈了？"

不知道为什么，珍香越问越伤心，她咬着嘴唇，眼泪在眼眶里打转。

"饭团，你好可怜啊……"

昏暗的街灯下，被劈腿都没有掉过一滴眼泪的珍香，突然咧着满嘴麻酱的嘴，小声地哭了出来。

又或许，她是在为自己哭。

火炭在烧烤炉里暗淡了下去，一股白烟涌上来。

她和它的故事，开始了。

Chapter 7

我是不会被你打败的

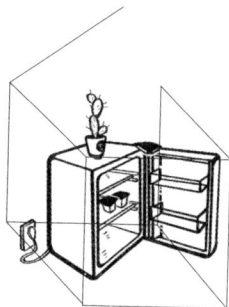

珍香招呼卓淳坐下，然后走进厨房，打开冰箱，里面空空荡荡的，只有两瓶上个星期买的酸奶。

回家路上，珍香挤在地铁里的人群中，脑中跳出的是一串串卡路里表——"虾丸100大卡，羊肉串210大卡，牛肉串200大卡，烤鸡翅204大卡……"

"天哪，这一顿最起码有上千大卡。而且自己还是易胖体质，估计实际摄取量比常人再翻个倍！"珍香摸了摸此刻她饱满又发胀的胃，绝望地想。

"都怪你！都怪你！"她狠狠地朝躲在手袋里的饭团瞪了一眼。

站在旁边的大叔冷不丁看了一眼旁边自言自语的珍香。

"atuuuuuuuuuu——"饭团满足地打了个嗝，然后懒洋洋地又把头缩到了包里。

怀着满腔的负罪感，珍香回到了家。

刚走出电梯，就看见几个物业管理处的大妈正叽叽喳喳地围成一团。她们立马叫住了迎面走来的珍香。

"小姑娘，你是住 804 吗？"

"嗯，是啊。"珍香点点头，她莫名地被"小姑娘"这三个字给治愈了。

"那这些旧纸箱是你的吗？我瞅了瞅里面还有些旧家具，可沉了。"物业大妈指了指堆在楼道里的那些已经积满灰尘的纸箱。

"不是，是 805 的。"珍香指了指隔壁那户。

话说这些杂物堆在楼道里已经有很长一段时间了，起先珍香以为只是隔壁暂时存放在楼道里。结果，一连过去了一个多月都没有要清理走的意思，反而越堆越多。虽然反感这种占用公共空间的缺德行为，但是对珍香这种朝九晚五的上班狗来说，实在没有多余的精力去和邻居交涉。

正当珍香舒了一口气，心想着总算有人来处理这一堆杂物的时候，她的目光猛地扫到了站在大妈们身后的那个男生。

他不就是早高峰的时候大战占道本田男的单车小鲜肉吗？！

他怎么会出现在这里？珍香内心一阵兴奋。

单车男生看到珍香也愣了一下，似乎是认出了她。

"其实吧，也不单是占用公共空间的问题。万一要是有人扔个烟头什么的，这么多的纸箱子堆在楼道里，这得是多大的安全隐患啊。"单车男生缓了一下继续说。

安静的楼道里，珍香第一次听清楚了他的声音，是与他的外貌毫无违和感的，充满磁性，阳光又温柔的声音。像一块棉花糖，珍香只想一口把它吃掉。

"是的是的，多亏你了小卓。这样吧，我等下就给 805 的业主打电话，明天一定得把这些杂物给处理了。"物业大妈用一种慈爱与爱慕交杂的眼神看着小鲜肉。

原来你真的是来拯救世界的吗？早上对战缺德司机，晚上又找来物业投诉缺德邻居。珍香满脸崇拜地想。

"对了小卓，我家电脑不知怎么了，总是突然死机，我没瞎按啊。上次和我儿子聊天聊到一半突然就黑了，可急死我了。你改天过来帮我看看呗。"旁边一个戴眼镜的大妈说。

"我儿子给我新买了个电饭锅，但是说明书上全是外文，我啥都看不懂。有空你来我家一趟，给我翻译翻译呗。"

"行，没问题。"单车鲜肉笑着点着头。

物业大妈们叽叽喳喳了几句便风风火火地离开了。小鲜肉走到珍香面前，和她打了一个招呼："大姐，原来我们是邻居啊。"

珍香被"大姐"这个词刺激得脑充血，连大妈们都"尊称"她一声"小姑娘"好吗？

"你……你是'90后'吧？"珍香瞪了小鲜肉一眼。

"难道我看起来像'00后'吗？"他一本正经地说，显然没有听明白真相的嘲讽。

珍香被他这番一本正经的回答给震惊了，她的内心顿时飘过两个巨大的"呵呵"，敢情8字开头的人在一夜之间都死光喽？

"我1993年生的啦，岁数也不小了。"他继续说。

你岁数不小了？那我是不是该进棺材了？珍香忍不住露出了一个愤怒的

冷笑。

"大姐是哪里人？"那小鲜肉眨巴着眼睛看着她。

"四川人。"珍香狠狠地白了他一眼，然后用一口正宗的四川话说道，"还有，别叫我大姐，我也没比你大几岁好吗？"

他一愣，挠了挠头，有点不好意思地说："不好意思，我叫卓淳，从上海来的，第一次来北京，很多不习惯，以后麻烦多帮帮忙呀。"

原来是上海男人？难怪……回想起同一天发生在他身上的这两件事，珍香狭隘的地域思想开始作祟，她似乎明白了些什么。

"那个……如果没什么事我先进去了。"珍香转过身，打开了门，把男生独自撂在了门外。

珍香刚推开家门，饭团就嗖一下从她的包里跳了出来，然后像个圆球似的滚到了珍香的床边，懒洋洋地嗯了一声，身上的毛也缓缓地塌了下来，整个身子像软下来一般塌在了地板上。

"你是吃饱了就可以睡了，苦的是我好吗？"珍香蹲下身子，拍了拍饭团毛茸茸脑门。饭团却不搭不理，自顾自地打着小盹。

"不过，我是不会被你打败的！"珍香站起身，然后用一种英勇就义的眼神看着对面的跑步机。

"慢跑一小时350大卡，两小时700大卡……李珍香，你要为自己开始战斗了！"

她满腔热血地站上了跑步机，然后把一块毛巾盖在了跑步机的液晶屏上。这是她自己总结出来的心理战术，如果一直盯着液晶屏上的时间和公里数，就会不由得觉得："老娘跑得胸部里的硅胶都要掉出来居然才跑了一公里？"在自己气喘吁吁觉得坚持不下去的时候，那缓慢变换的数字，就是巨大的负能量。所以，眼不见为净，拼到最后一口气，掀开毛巾一看，说不定还会有惊喜。

当她穿着松垮的运动衣吭哧吭哧地跑了十分钟，身体才刚刚开始出汗的时候，一阵敲门声传来。

她按了暂停键，从跑步机上走下来，有点踉踉跄跄地走到门口，往猫眼上一瞅。

门外站着的，就是对门的那个邻居。然后，她飞速地冲回房间里，抓起一件卫衣套在身上。

珍香小心翼翼地拉开防盗链，然后轻轻地打开门。

"你……有事吗？"珍香露着半个脑袋说道。

"噢，没什么事。你吃晚饭了吗？我晚上吃的土豆炖牛腩，太多了。你看，浪费了就可惜了。顺便给你也盛了一份。"卓淳捧着一只白色的饭盒，大方地说。

"哦？你做的吗？我晚饭吃过了。"珍香有点小惊讶。

"呃。"卓淳不好意思地挠挠头，"是我点的外卖。"

"没关系啊，你留着，明天拿到公司当便当吃。"卓淳热情地递上饭盒。

"谢……谢谢啊。"珍香有点被逼无奈地接过饭盒，而卓淳丝毫没有离开的意思，有点好奇地微微往里面张望着。他直愣愣地看着珍香，好像在说，也不请我进去坐坐吗？

"要不要进来喝点什么？"珍香硬着头皮说。

卓淳用力地点点头："好啊。"

卓淳好奇地进了门，然后微微一愣，似乎没想到这只是一个小开间，一进门便是一张单人床。而单人床的旁边，居然放着一台和床差不多大的跑步机。他有些拘束地在床尾的小沙发上坐了下来，然后环顾着这个只有20多平方米的家，虽然被简易的家具挤得满满当当，但是布置得还算井井有条，屋里也很干净。沙发旁的小茶几上还摆着一个小的微观盆景。而墙上却贴着一张血红色的、惊悚的条幅：要么瘦，要么死。

珍香招呼卓淳坐下，然后走进厨房，打开冰箱，里面空空荡荡的，只有两瓶上个星期买的酸奶。

"不好意思，家里没什么饮料了，只有这个……"珍香有点不好意思地拿着两瓶酸奶走了出来。

"我要草莓味的那瓶！"卓淳指了指粉红色包装的那瓶。然后，他接过酸奶，开开心心地插了吸管开始喝起来。

"对了，还不知道怎么称呼你呢。"卓淳问道。

"李珍香。珍贵的珍，香味的香。"

"哇。"卓淳大惊小怪地发出惊叹声，"很像韩剧里女主角的名字呢。"

"是吗？"珍香有点不好意思地挠挠头，从小到大，还是第一次有人说她的名字像韩国人。

无意间，珍香一眼扫到了搁在床头的胸罩，她尴尬地顺势移动到了床边，然后一屁股坐在了床头："你是在小区物业工作吗？"她边问边把手伸到身后，把胸罩胡乱地塞进了棉被里。

"你为什么会觉得我在物业工作？"卓淳扑哧一声笑了出来。

"看你和物业大妈都那么熟。"

"大家都是住一个小区的邻居嘛，熟络熟络挺正常。我在电视台工作。"卓淳温和地说。

"当记者？"

"不是，做保安。"卓淳开玩笑说。

"你少来，瞧你瘦胳膊瘦腿的。"珍香边说边悄悄地扫了一眼卓淳的身材。

"哪有，我是穿衣显瘦。"他边说边卷了一下衣袖，露出了手臂上精壮的肌肉。

珍香不由得咽了一口口水。

突然，卓淳像是想起了什么，然后放下酸奶，从口袋里掏出一张皱巴巴的广告："对了，和你说个事。"

珍香好奇地凑过身。

"咱们小区附近那个家居商场的韩国密码锁在打折，一把一千五，两把优惠价才两千。你要不要和我一起凑个单，换把锁？"

"什么？"珍香愣了一下，敢情你端着一盒土豆炖牛腩上门是为了来推销密码锁？

"就是韩剧里那种按密码的门锁，不需要钥匙的哦。"卓淳以为珍香没听明白，继续解释道。

珍香更加觉得莫名其妙了，哪有第一次去别人家做客就推销起密码锁的？而且，自己为什么要花一千大元把好端端的锁给换了啊？简直就是莫名其妙！

"我知道那种密码锁，但是，我不需要。"珍香冷漠地说。对于要让自己掏钱的事，珍香可是从来没有妥协和不好意思过。

"噢，好吧。"卓淳露出了一个失望的表情，然后收起了桌子上的那张广告。房间内的气氛顿时变得非常微妙。

卓淳拿起酸奶，吸完了最后的一口，然后有点尴尬地说："我是夜猫子，但是你应该快休息了吧？那就不打扰你啦。"

然后，他站起身，朝珍香摆摆手。

"我先走啦，你好好休息。你们上班族都挺早上班的吧？是不是8点就要起床了？"

"嗯，是的，您慢走。"珍香强硬地挤出一个微笑——拜托，老娘每天都是6点50分的闹钟！

送走了这位小爷，不知道为什么，珍香在关上门之后，有些意犹未尽地趴在门上，透过猫眼，瞅着门外卓淳的背影。

"腿真长啊……现在的小孩都是怎么长的啊。"珍香的眼睛从上到下，正大光明又猥琐地扫了一遍。

然后，她伸了一个懒腰回到餐桌前，打开了那份香味扑鼻的土豆炖牛腩。

"啊……怎么那么香啊，是哪家餐厅的外卖啊？"

她兴高采烈地从厨房里拿出筷子，开始津津有味地吃了起来。

当捧着餐盒，喝完了最后一点浓汤，一个白球重重地落了下来，"砰"

的一声落在了她的面前，把她吓了一跳。

"bauuuuuuuuuu——"饭团发着满足的声音。

珍香猛然醒悟过来，她一捂自己已经大了一圈的肚子，脑子里绝望地跳出一串数字——"土豆炖牛腩，100 克，103 大卡。"

Chapter 8

同一个小区，
不同的户型，不同的梦想

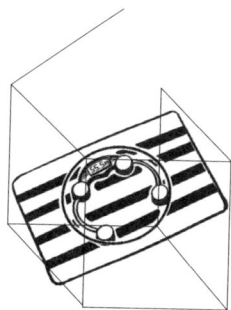

珍香猛地打了一个激灵，她搓了搓眼角的眼屎，
55.5，55.5……她微张着嘴，简直不敢相信眼前的这
个数字。

每一天清晨，当珍香迷迷糊糊地被闹铃的声音吵醒，她做的第一件事情，就是犹如条件反射般，像个幽灵一样的飘到墙角，站在体重秤上。

这是被饭团附身的第一天——

当她懒洋洋地站上了体重秤，液晶屏上的数字在55上下来回闪动，然后定格在了55.5。

珍香猛地打了一个激灵，她搓了搓眼角的眼屎，55.5，55.5……她微张着嘴，简直不敢相信眼前的这个数字。要知道，前几天自己的体重都已经突破了55公斤的大关，也就昨天晚上吃了一顿饱饭，体重就猛增一斤？！果真是赚钱有多难，她就有多容易胖啊！

正在这时，饭团发着奇怪的灵语滚到了珍香的旁边，然后兴奋地上蹿下跳。珍香突然涌起一股无名火，她揪起饭团，然后把脸凑到它的小眼睛前。

饭团的小眼珠三百六十度转了一圈，然后发着呜呜的叫声，好像在向珍香求饶。

"小祖宗，你什么时候才可以升天啊！"珍香欲哭无泪地盯着饭团。

"boommmmmkaaaaaa——"饭团挣脱开珍香的手，然后蹦到地面上，再一个翻身，直接弹到了珍香的包里。

"啊，好饿……"珍香摸了摸空空的肚子。

"所以，你是在等我出去吃早饭吗？"珍香低下头，拍了拍饭团毛茸茸的脑袋。

"popopppppppppppp——"饭团抖了抖身子。

说实话，从大学毕业工作到现在，珍香几乎没有好好地吃过一顿早饭。工作日里她也就在便利店买个饭团，或者泡杯低脂麦片就算应付了。双休日更是一般直接睡到中午。早餐对珍香来说，是一件遥远的事情。

但是现在，当食欲成为她大脑的主宰，整个洗漱过程里，她的脑子里居然都是想着早餐的事。

"要不去吃排骨蟹棒粥？楼下那家粥店好像很不错。再配上一杯豆浆，可以加点黑芝麻和南杏仁。粗粮好像挺健康的，那就买点五香小花卷。还有地铁口的西安烤红薯，早就想吃了，或者公司楼下那家西餐厅的炸鳕鱼配薯角也不错……"

最终，在经历了一系列的心理斗争之后，食欲还是战胜了理智，平日里只喝低脂燕麦当作早餐的珍香，拎着上述所有的食物，大包小包地走进了公司的茶水间。

在牛老大有爱的领导下，珍香的公司在早晨有半个小时的早茶时间，意在增进同事之间的交流。

"哟，珍香，今天是要请客的节奏吗？"吴霜霜正拿着喷壶给茶水间里的绿萝洒水。

"什么请客，我自己的早餐好吗？"珍香迫不及待地打开了排骨蟹棒粥，然后陶醉地抿了抿嘴。

"天哪，李珍香，失个恋怎么人也转性了啊，你不会得了暴食症吧？"吴霜霜满脸忧愁地坐了下来。

"少废话。你也一起来吃吧。"珍香把袋子里的那一盒炸鳕鱼拿了出来。

"那我就……恭敬不如从命啦。"吴霜霜可能是公司里唯一一个对食物从不抗拒的人，只是现在多了一个李珍香。

正在这时，公司的花蝴蝶，薛璐小姐穿着一袭黑色的洋装，以一个参加葬礼高傲又冷漠的姿态出现在了茶水间里。

"看，Alexander Wang，王大仁最新一季的女款洋装。"她手一摆，朝正坐在沙发上狼吞虎咽的两个女人使了一个眼色。

"你说陈柏霖演的那个电视剧啊？"吴霜霜嚼着鳕鱼，大声地问。

工作日的上午，就在薛璐的一个巨大的白眼里拉开了序幕。

工作一如往常，接了几个客户投诉的电话，回复了几封英文邮件，偷偷地打开淘宝看了一眼上个星期看中的几件外套有没有打折，去茶水间倒了几杯水，上了几次厕所，就这样，不知不觉就到了11点。

距离午休时间还有半个小时，牛老大却突然发出了开会的指令。内容是关于在公司里风传很久的季度大单，某健身中心要在北京的多个商场扩张分店，所以需一次性采购大批量的跑步机。

"只要我们部门拿下这个百万大单，我们就可以提前完成今年的指标。而且，我保证你们的年终奖金会比去年翻两番……"老大在前面慷慨激昂挥斥方遒道。

底下的员工也听得慷慨激昂全情投入，唯独珍香时不时地低着头，看着手表上的时间，"都已经到饭点了啊。"在珍香过去的几年里，从来没有像今天一样在乎着午饭的时间。

"而且，对方期待和我们保持长期合作的关系，他们在未来的三年里面，可能将门店扩展到河北……"

突然，一阵响亮的咕噜声刚好卡在牛老大说话的间隙里，从珍香的肚子里传了出来。

前面的同事齐刷刷地转过头。

还没等珍香来得及尴尬，她的肚子里又传出了两声咕噜，而且还是拉着长音，伴随着消失的尾音。

吴霜霜愣是没忍住笑出了声来，薛璐也用手捂着嘴努力憋着笑。

"那个……是不是到饭点了啊？"珍香万念俱灰地注视着几十双齐刷刷看向她的眼睛。

于是乎，和饭团一起上班的第一天，珍香就是在饿——吃——饿——吃这样有律动有规则的节奏里度过的。

等到下班回家的时候，中午整个吃撑的珍香又变得饥肠辘辘。若在往常这个点，她也饿，但是是那种可以控制得住的饿，她可以泡一杯魔芋粉，然后再喝上半碗小米粥就可以扛过去的饿。而如今当饭团出现之后的饿，是一种要把全世界都吃掉然后爆炸的饿。

此刻在公寓电梯里的珍香，已经迫不及待地拿出手机要定晚餐的外卖。

叮咚——电梯门打开，她埋着头，刷着手机，往自己家走去。

突然，一股扑鼻的饭香迎面飘来，珍香猛地抬起了头睁大了眼。

"谁家的饭菜做得那么香？"靠着此刻珍香发达的味觉细胞，她好奇地朝香味的源头走去。

不知不觉地，她走到了卓淳的家门口，门是虚掩着的，里面却安安静静的。

"咦？这家伙在干吗呢？"她好奇地往门缝里张望着。

视线从走廊上的现代壁画，转到了客厅的餐桌上。只见餐桌上摆着大大小小的三四个餐盒，里面似乎有吃了一半的红烧肉、宫保鸡丁、蟹粉豆腐，还有一个素菜，貌似是蒜苗炒鸡蛋。

"我去，这家伙连外卖都吃得那么丰盛。"珍香咽了一口口水，尤其是那份红烧肉，红光发亮，香味醉人。

"啊，这是哪家餐馆的外卖？我也要点！我也要吃！"珍香的内心爆发出一阵原始的呐喊。

正当珍香眯着眼睛费劲地瞅着塑料餐盒上的品牌 LOGO 的时候，她的包里一阵咕哝，饭团啪的一声从包里跳了出来，然后像个球似的滚进了卓淳的家里。

"饭团！"珍香不由得推开门，慌张地走进卓淳家想去捉住饭团。只见饭团猛地一弹，跳到了客厅里的餐桌上，趴在红烧肉前陶醉地闻着。

她跑到餐桌边，然后抱起赖在桌上的饭团。正当她准备转身离开的时候，叮咚的电梯开门声从走廊上传了过来，珍香心里不由得掠过一丝不祥的预感。然而当她跑到门口想离开的时候，也就那么几秒钟的时间，那阵欢快的脚步声和口哨声已经快逼近门口了。

六神无主的珍香不知道是出于自然反应还是做贼心虚，当卓淳即将出现在门口的那一刻，她猛地一转身，然后蹲了下来，躲在了厨房的洗手台下面。

是的，如果此刻珍香只是老老实实地站在原地，然后坦白自己只是好奇地走了进来，或者理直气壮地对卓淳说，你忘记关门我怕你家遭窃，然后进来帮你看着屋子我就是活雷锋有没有！如果李珍香能有那么一点点应急能力，接下来冲击李珍香世界观和人生观的那一幕将不会发生。

卓淳拿着刚从楼下取回来的快递推门而入，他把快递往桌上一搁，然后走进了客厅。

珍香内心有些崩溃地躲在洗手台下，此刻她还在犹豫是默默地站起来说明来意，还是继续躲着然后趁卓淳不注意偷偷溜出门外。然而，在她还没有在这两者之间做出选择的时候，一阵诡异的，类似喘气或者说呻吟的声音从客厅的沙发上传来。

具体地说，是那种男生低沉又似乎极度享受的声音。

"嗯……啊……呼……啊啊……耶……"

——我去，他这是在干吗？！珍香蜷缩的腿开始发麻。她不由得用手捂住了饭团的耳朵。

"啊嗯……啊……呼……"

——你！到！底！在！做！什！么！

“嗯——啊——”

随着那打满马赛克的喘息声越来越深沉和急促，躲在橱柜下面的珍香，觉得自己快要爆炸了！

爆炸了！！！

爆炸了！！！

大约 10 分钟后（其实珍香也不确定有多久，她的大脑一直处于缺氧状态），伴随着一阵冲澡的淋浴声，珍香咬着牙直起已经麻木的大腿，抱起饭团，以一种劫后余生又万念俱灰的心情，踮着脚离开了卓淳家。

打开门，走进自己家之后，珍香抱着饭团，用身子抵着门，依旧有些惊魂未定地站着。她忍不住伸出手摸了摸此刻通红的脸颊。刚才发生的或许是她人生里面除了被饭团缠上之外，最戏剧化的一幕。这种戏剧冲突和戏剧效果打个比方来说就是，前一秒还在看《初恋这件小事》里的马里奥各种青涩的呆萌，下一秒他立刻露出肌肉发达的上身和女主上演韩国情色片。

此刻珍香的心情是复杂的，因为，在经历了刚才应该被消音的那一幕之后，现在的她，居然还有一点——

意，犹，未，尽。

而且，如果自动脑补出搭配那些声音的画面……“天哪！”珍香忍不住捂住了嘴，她觉得自己即将再次爆炸。

“都是你闯的祸！”珍香举起饭团，“为了惩罚你，今天晚上就吃方便面算了！不管你的食欲有多么强烈，我还是只吃方！便！面！”

饭团噘着嘴，委屈地眨巴着眼睛。

最终，珍香的晚餐是柜子里那几包存放了有半年之久的雪菜肉丝方便面。不知道是不是经过了傍晚在卓淳家的这一出好戏，珍香居然忘记了卡路里这件事。吃完她把碗和筷子扔在水池里，然后走进卫生间，舒舒服服地冲了个澡。

然而，当她敷着面膜，光着身子走出卫生间的时候，一对黑油油水灵灵的小眼睛与她四目相对。她"啊——"的一声尖叫着冲回了卫生间，然后裹着浴巾小心翼翼地走了出来。

一直独居的珍香完全忘记了家里还有这个不明生物的存在。

"要你偷看！要你偷看！"她抓起饭团，然后一把将它扔进了衣柜，然后啪的一声关上了衣柜的门。

正在珍香扯下浴巾开始换衣服的时候，衣柜的门又吱呀的一声被打开了一些。

"饭团！老娘才不希望自己的第一次是被精灵给看光的！"珍香朝衣柜怒吼。

衣柜门啪的一声又合上了。

"kabaaaaaaaaa——kabaaaaaaaa——"然后从里面传来了饭团欢快的叫声。

等换好衣服，珍香打开电视，打算随便看个电影就睡觉。以往她总是喜欢小情小调的爱情片，今天她却点开了恐怖片频道。反正屋子里存在着一个外来空间里来的小怪物，她还有什么好怕的。

饭团不知道什么时候从衣柜里跳了出来，小眼睛盯着电视机，安静地窝在珍香的旁边。

突然，屏幕里闪过一个穿白衣的女鬼，珍香都没被吓到，只见饭团像个弹簧似的弹了起来，然后抖着身子往珍香的怀里钻。

"饭团，你看鬼片都怕啊。"珍香哭笑不得。

鬼片的内容无聊透顶，是用脚指头都能猜得出来的剧情。珍香没看一会儿就困了，于是，她把沙发上的珊瑚绒毯盖在了饭团身上，然后打着哈欠回到了床上，才刚躺下没几分钟，她就呼呼入睡了。

对珍香而言，哪怕是被劈腿还是撞鬼，失眠这东西，在她的世界里是不存在的。对她来说，失眠的原因只能有一个，就是太闲。每天朝九晚五地上班，睡眠时间都可以用秒表来掐算，哪还有资本和精力来失眠啊？

珍香在床上呼呼大睡着，此刻的饭团裹着珍香给它盖着的珊瑚绒毯，滚动着小眼睛。珍香或许不知道，精灵是不睡觉的。但是此刻的饭团却安静无声，甚至连时不时从身体里发出的咕噜声都是小心翼翼的。

也就是在这样一个静谧的夜晚，作为一个内心依旧藏着安妮宝贝的大龄少女，她做了一个犹如韩剧般精致浪漫的梦。

梦里的男主角是卓淳。他作为新邻居出现在珍香失恋后脆弱的人生里。被劈腿事件只不过是一个铺垫，卓淳才是她生命里的男主角。

或许，当卓淳出现在这个故事里的时候，你们想到的情节，也和珍香的这个梦一模一样。他们是欢喜冤家，聚聚散散，但最终一定是老牛和嫩草在一起的大圆满结局。

只是，早晨6点50分那一记准时响起的闹铃声把珍香拉回了现实。它用100分贝的声音告诉珍香——"别！做！梦！了！"

Chapter 9

男神要是爱上你，除非往他脸上泼硫酸，让他瞎

橱窗里那些美丽精致的甜点和蛋糕，在她眼里，不过是添加剂、反式脂肪酸、香精、黄油的代名词，是她的敌人，她减肥道路上的绊脚石。

　　春梦之夜后的那一整天，珍香都沉浸在一种恍然的失措感里。这种恍惚，又夹带着一点点悲伤的情绪，主要是来自于清晨，发生在公司茶水间里的那一幕。

　　这一天早晨，珍香照例拎着大包小包的葱油饼、饭团、豆浆、烤冷面……迷迷糊糊地来到了茶水间。正啃着一个干巴巴紫薯的吴霜霜立马闻味而动，一屁股坐在了珍香的旁边，情不自禁地把手伸进塑料袋里。而道骨仙风的薛璐正细细品酌着一杯去水肿的黑咖啡。清晨茶水间的气场犹如一位睡眼惺忪体内的八卦因子还没有躁动起来的大妈，慵懒，安详。

　　而对正啃着葱油饼、表面平静的珍香来说，此刻，她心里莫名地涌现出一股强烈的倾诉欲。

　　于是，珍香怀着些许羞涩的心情，和在场的其他两位分享了昨晚那个类似春梦的美梦。

"你那不叫老牛吃嫩草。"听完这个梦境之后，吴霜霜抢先发言。

"那叫什么？"

"叫'老阴捉小鸡'。"吴霜霜说完，扑哧一声大笑了出来，随之从她口中喷出的还有半粒大葱。

"行啊你吴霜霜，还挺会抖包袱的啊。"珍香朝吴霜霜翻了个白眼。

"不过话说我最近看了一个日本电影，是一个特别感人的爱情故事。"薛璐突然将话锋一转。

"讲的是一个外表平凡的女生一直暗恋着某个英俊男神。然而，男神却一直和女神谈恋爱。那个女生有自知之明呀，所以只有暗恋，但是暗恋了好几年。直到有一天，一次意外的事故，男神失明并毁容了，从此男神的生活跌入低谷，女神也抛下他找新的男神去了。这个时候，那个女生勇敢地站了出来，细心地照顾男神，最终和男神在一起了。多年的暗恋终成正果。"

"就这样？这和我刚才说的有什么关系？"珍香听完了这个无聊的故事，疑惑地问。

薛璐没有直接回答珍香的问题，她端起咖啡冷静地喝了一口，然后继续说："但是，你们知道故事的真相是什么吗？男神之所以瞎了，是因为在某天下班回家的路上，被那个暗恋他的女生朝眼睛里泼了硫酸。"

"啊？"珍香被这个反转的结局给惊到了。

"所以啊，这个故事告诉我们，别相信那些丑八怪作家们写的什么'霸道总裁爱上我'或者'转角遇见男神'的故事。男神要是爱上了你，除非往他脸上泼硫酸，让他瞎。"薛璐总结陈词。

"好啦，我要工作去啦。"薛璐优雅地站起身，然后踩着高跟鞋，端着半杯咖啡缓缓地飘出了茶水间。

"我也该走了，上个星期的报表还没做完呢。"吴霜霜往嘴里塞进最后一个小花卷。

"我说珍香啊，你整天带着那个娃娃做什么啊，还以为自己是幼稚少女啊。"吴霜霜嚼着花卷，有些口齿不清地指了指正坐在珍香旁边的饭团。

珍香低下头，看了看饭团，它正瘫坐在沙发上，然后心满意足地摸着自己圆滚滚的肚皮。珍香吃饱了，它也就吃饱了。

"饭团，是不是因为你出现了，我也变得爱白日做梦了啊？"珍香用手摸了摸它鼓鼓的肚皮，然后无奈地说。

沙发上只剩下珍香一人怅然若失地坐着。

因为薛璐毒鸡汤的小故事，珍香一整天都沉浸在一种美梦落空的幻灭感里。当然，珍香之所以能即使屡遭不幸却依旧茁壮成长，心灵没有扭曲，也没有真的去买硫酸，大多是因为，实际上，她是一个欲望非常低的人，而且，非常容易被治愈。

比如那天下班回家，她走出地铁站，像过去的每一天一样，路过了那家普通的蛋糕店。

若是往常，她肯定是一脸冷漠地经过。因为，橱窗里那些美丽精致的甜点和蛋糕，在她眼里，不过是添加剂、反式脂肪酸、香精、黄油的代名词，是她的敌人，她减肥道路上的绊脚石。

而今天，当她的视线穿越了地铁站附近拥挤的人群，瞥到了橱窗里热气腾腾的面包的时候，她咽着口水，像行尸走肉一般恍恍惚惚地走进了店里。

"奶油芝士多面包、菠萝酥、红豆奶油包、草莓甜甜圈、手撕芝士吐司、辣味香肠多拿……为什么每一种都想吃啊！哎，蛋糕也要，居然还有榴梿千层！黑森林和提拉米苏干脆也来一块吧。"珍香一边 OS，一边把蛋糕都放进了托盘里。

十分钟后，她提了满满一纸袋的面包和蛋糕。她站在店门口，马路边弥漫着汽车尾气和轻度污染的雾霾。但是，那一纸袋弥漫出的蒸蒸热气和香味瞬间把她治愈。在这一刻，她短暂地忘记了自己残缺又倒霉的人生。

饭团突然从包里跳了出来，然后一头扎进了纸袋里，眨巴着黑色的小眼睛，和珍香对望了一眼。

珍香笑了，然后把纸袋折了一折，捧着蛋糕和饭团回家了。

晚上，当珍香独自一人坐在餐桌前，一边看着美剧，一边啃着红豆奶油包的时候，手机突然响了。珍香看了一眼手机屏幕上的名字，心里莫名地咯噔了一下，然后接了起来。

"喂，爸。"珍香停顿了一下，擦了一下嘴边的面包渣。

"唉，香香啊。"手机里，是父亲久违的声音。

"怎么了？是家里出了什么事吗？"

"唉，也没啥事，你最近还好吧？新工作还适应吧？"电话背后始终有一个女人的杂音，似乎在催着什么。

"爸，我都工作好几年了……"珍香的声音低沉了下来，父亲在电话里不好意思地笑着。"爸，有啥事你就直接说吧。"珍香换了一只手，把手机贴到了左耳边。

"是这样的，你弟现在不是升高中了嘛。但你弟的中考发挥得不太好，离咱们市里的重点高中还差几分，但是好歹也过了择校线。所以啊，我和你妈商量了下，决定交个几万块钱的择校费，还是让你弟上重点高中。因为啊，现在这社会竞争那么激烈……"电话里突然隐隐约约地传来了继母的声音，"哎呀你就直接说重点吧，扯那么多干吗？"

珍香有点听出话里的意思了，但是她不作声，只是沉默地举着手机。

"现在，我们家东拼西凑，该借的也都借了，但是还差个万把块钱。香香啊，你看你现在也工作了，也有收入了。如果你方便的话，是不是可以赞助你弟几千块，毕竟他也是你弟嘛……"

"几千块？"珍香愣住了，自己银行卡里确实有几千块，但那些钱是给自己应急用的，是万一被房东赶出来的那一天，一次性交三个月的房租和押金用的。

"不，爸没强求你的意思。你有钱的话就凑一凑，下个周末前给爸打过来，毕竟上学这事可耽误不得。"

"嗯，我知道了。我想想办法吧。"珍香老实地答应着。

"钱多钱少，你尽力就行。以后你弟出息了，你脸上也有光是不？"父亲在电话里呵呵地笑着。

挂了电话之后，珍香愣了两秒钟，然后拿起桌上啃了一半的红豆奶油包，用力地吃了起来，里面的奶油顺着嘴角渐渐流了下来，她也不在意，只顾着狼吞虎咽。

其实，很多苦，很多不满，都是可以一口一口吃掉的。舌尖上的甜腻，甜不到心，至少可以甜到胃。至少可以让人觉得，好像此刻，也没有那么糟糕。

这是珍香在很小的时候，就领悟到的生活哲学。

Chapter 10

大妈们都爱我

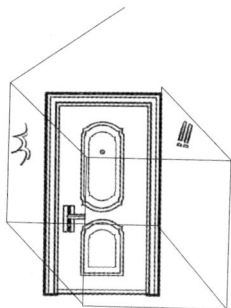

那天晚上，珍香撑着一肚子还没来得及消化的碳水化合物和脂肪睡得格外香甜。本以为可以甜美地一觉睡到早高峰，却被半夜的一阵敲门声惊醒。

　　那天晚上，珍香撑着一肚子还没来得及消化的碳水化合物和脂肪睡得格外香甜。本以为可以甜美地一觉睡到早高峰，却被半夜的一阵敲门声惊醒。

　　"rattttttttttttt——"饭团吓得直接跳到了珍香的床上，然后钻进了珍香的被窝里。

　　"谁啊？"

　　酣睡中的珍香不耐烦地皱着眉头，然后迷迷糊糊地起身摸索着台灯的开关。只是，一个突然闪过的念头，让她顿时睡意全无。

　　——"吴大毅？是吴大毅吗？"

　　这个唯一有可能来她家的人。

　　于是，她起身走去厨房，抽起架子上的菜刀，然后战战兢兢地走到门口。

　　她眯着眼睛，透过有些模糊的猫眼，看清了此刻站在门外的人，居然是住在隔壁的卓淳！

"大半夜的，他来找我做什么？"珍香忍不住提了提内衣，此刻她的内心是复杂的。

"珍香？李珍香！"他越敲越起劲。

那一阵令人烦躁的敲门声让珍香心里燃起一股无名火。

"怎么了？着火了吗？"她猛地打开了门，与卓淳双目对视。

门外的卓淳套着一件简单的白 T 恤，一脸无辜的样子。裤子是一条短到四角裤极限的睡裤，他就这样露着两条大长腿在珍香面前晃着、晃着。

氛围突然变得有些微妙，面对着那两条反人类的长腿，珍香无法控制自己的脑补。

"那个……我刚下楼去倒垃圾，结果忘记带钥匙，就把自己锁在门外了。想问问你，知道这附近开锁公司的电话吗？"他挠挠头，有点不好意思地说。

"我怎么会知道？我又不是物业的。"珍香有点哭笑不得。

"你能上网帮我查一下吗？我现在身上什么都没有。"深秋的北京在夜间气温骤降，卓淳来回搓着手臂有点战战兢兢地站在门外，一副可怜兮兮的表情。

不知道为何，面对此刻的卓淳，珍香的内心突然涌现出一股母性的关怀。

"你先进来吧，我帮你上网查查看。"珍香推开门。

"嗯！"卓淳倒是不客气，穿着一双拖鞋一个大步就踏进来了。

"光着腿下楼，不怕吓到小区里的大妈大姊啊。"珍香把床边的电脑端到了客厅茶几上，然后顺手拿起一条珊瑚绒的毛毯丢给卓淳。

"怎么会，大妈们都爱我。"卓淳盘着腿坐在沙发上，然后唰的一声摊开毛毯裹在自己的身上。珍香这个时候才发现，这是一条印有白色爱心的粉红色的毛毯。

"唉，当初你要和我一起换了密码锁，今天的这一出也不会发生了。"他叹了一口气。

"所以是怪我咯？"珍香边打字边瞪了卓淳一眼。

"这个玩偶好呆萌啊。"卓淳注意到了沙发上的饭团，然后一把揪住饭团，用手把它怀抱住。

"baboooooooooo——"饭团发着懒洋洋的声音，然后用身子往卓淳的脖子上蹭。只不过在卓淳的视野里，它就是一只普通玩偶。

"它好像很喜欢你哦。"珍香看着这一幕，朝卓淳笑了笑。

"是吗？"卓淳捧着饭团，用手指点了点饭团的鼻子，像在逗一只小狗。饭团笑得更大声了。

珍香被眼前的这一幕"人灵共融"的画面给治愈了，她佯装对着电脑，眼睛却一直在往卓淳身上瞟。

"其实吧，有个梗在第一次遇见你的时候，就想对你说了。不过当时我们还不熟，我就没好意思。"卓淳突然像是想到了什么，然后故作神秘地说。

"什么啊？"

"我觉得，从小到大，你最感谢的人应该是你爸。"他憋着笑。

"为什么？"珍香疑惑不解。

"感谢你爸不姓史啊。"说完卓淳就拍着大腿哈哈大笑起来。

珍香两眼一闭，额头上冒出一堆黑线。

"你以为只有你一个人知道这个梗吗？从小到大我一直都是活在这个梗

的阴影之下的好吗？！"她拎起沙发上的抱枕朝卓淳身上扔了过去。

"而且，我现在也没有和你很！熟！"珍香朝卓淳怒吼。

"好啦好啦，不笑了不笑了……"他捂着嘴，像个幼稚的小孩。

珍香深深地翻了一个白眼，她不由得点醒自己，男人都一样，哪怕是外表再乖萌的男人，内心都藏着一只邪恶又猥琐的小猛兽。卓淳也不过是一个喜欢开恶俗玩笑，和喜欢在晚上做右手运动的男同学！

"找到一家 24 小时的开锁公司，你自己打电话过去问！"珍香把屏幕凑到卓淳的面前，然后没好气地把手机丢给了他。

打完电话后，卓淳把手机递给珍香，然后有点怯怯地问："有点渴了……上次喝的那个水果酸奶还有吗？"

当开锁的师傅在 20 分钟之后赶到的时候，珍香不得不佩服北京服务行业的发达。而当师傅仅仅用了不到 10 分钟就轻而易举地打开了门，然后收走四百大元的时候，珍香内心又萌发出想去 ×× 技校报个班的冲动。

"啊，还好家里没烧着水。"卓淳哆哆嗦嗦地走进屋子，"不过明天还是得去换个密码锁，我觉得肯定还会有下次。"

"一个租来的房子换什么密码锁，你在楼道里的电箱或者消防栓后面的隐蔽处藏个备用钥匙不就好了。"

"哇，你好聪明啊。"卓淳不由得向珍香投来了膜拜似的目光。

"这都是最基本的常识好吗？"珍香叹了口气，"好了，我要回去睡觉了，明天一早还要上班。"珍香打了个哈欠。

正当珍香转身的时候，卓淳在身后叫住了她。

"明天请你吃饭吧。"

"啊？"珍香转过头。

"嗯，一起吃饭吧，明天。"他的声音就像一只小绵羊。

"好……好啊！"珍香眼珠一转，生硬地点了点头。

卓淳回到家里，趿拉着拖鞋吧嗒吧嗒地走进书房。他晃了晃鼠标，黑屏的笔记本电脑上跳出一个游戏框。然后，他戴上一副黑框眼镜，开始面无表情地打游戏。

两局结束之后，他有点疲惫地半躺在了摇椅上，拿下眼镜揉了揉眼睛。桌面上有一个画满圈圈的小日历。

"一个人生活的第 24 天。"

Chapter 11

你觉得我减肥就是
为了漂亮吗？

昏暗的路灯下，珍香独自一人甩着绳子，她不知道卓
淳是在什么时候离开的。她就这样一个人跳着，跳
着。不知道为什么，她想起了十多年前的自己。

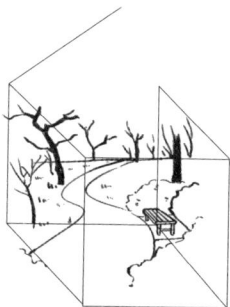

因为卓淳的一个饭约，珍香一整天都有点心不在焉。除了前男友，珍香几乎没有被其他男生约过饭，而且还是二人饭局。

"珍香，李珍香！"下午是每周的例会，牛老大在会议桌前不耐烦地用笔敲着桌子，大声喊着珍香的名字。

"啊？在！"珍香猛然回过神，然后唰的一声站起了身，"哎呀！"膝盖猛地磕到了桌子。周围的几个女同事忍不住笑出了声。

"你最近这几天是怎么了？整天魂不守舍的，被鬼上身了啊？"牛老大无奈地摇了摇头，"把悦城健身中心的资料拿给我，我昨天让你准备的。"

"噢！"珍香低下头，手忙脚乱地翻着桌上的文件，然后抽出其中的几张资料递给牛老大。

"悦城健身中心老板，刘国富，山西大同人……"牛老大开始介绍合作方的老板，"说得直白一点，这位靠煤矿起家的煤老板，没什么文化，但有的是钱。最近国家对能源业抓得紧，他就开始投资健身房。这个人我接触过几次，没什么特别的架子，但就是爱喝酒，爱在酒桌上认朋友……"

"老大，你不会是要我们去陪酒吧，我们这些女孩子家家。"吴霜霜捂着胸口，大惊小怪地说道。

"就算是陪酒也轮不到你！"牛老大毫不留情。

"这个项目是销售三组负责是吗？"

"是！"珍香和薛璐齐刷刷地点头。

"你们和刘老板的秘书约好时间了吗？合同都准备好了吗？"牛老大问道。

"合同都没什么问题了，待会儿会议结束了就拿到您这儿做最后的审核。"薛璐有条不紊地说道。

"这可是咱们部门今年的大单子啊，那个，珍香，待会儿会议结束了你留一下。"牛老大似乎还是不太放心。

"牛经理……"

周围的同事散去，珍香犹如要向班主任坦白早恋罪行的高中生一般站到了牛老大的面前。

"我说李珍香啊，你最近的状态不太对啊。本来这次悦城的大单子，要不是公司要派我去越南的工厂检验一批新产品，肯定是我亲自来接手的。"牛老大忧虑重重。

"经理您放心，我一定会尽力的。"珍香猛点头，其实是在给自己吃定心丸。

"对了，你来公司几年了？"

"两年多了。"珍香唯唯诺诺地说。

"两年也不短了啊,你看看隔壁部门的艾莎,和你差不多同时进公司,现在都已经当上组长了。这次的项目,你和薛璐两个人去谈,咱们把话给说明了,如果顺利签下合同,我会优先考虑你升职的问题,毕竟薛璐才来了不到一年。"牛老大一副语重心长的样子。

而当珍香听到了"升职"二字的时候,她觉得浑身就要被牛老大那慈父般的爱给包裹住,她忍不住就要泪流满面。

"放心吧牛经理,我一定完成任务!"

下班回家的路上,珍香如约而至地饿了。若在平时,这个时间点是她一天里最犹豫,最沮丧的时刻。

但是今天不同,今天有人请她吃饭。而且,还是个男人,一个长得很不错的男人。

她满心欢喜地回到家,刚走出电梯,她就下意识地要去敲卓淳的家门。但是一个前倾的刹车,转念一想,不对啊,作为一个被邀请的人怎么好意思上门去催饭呢,而且我是女生,我是 lady 好吗?这样是不是显得我就像一头爱吃饭的猪?尽管在饭团出现之后,现在的自己确实像头猪。但是,哪怕是头猪也得矜持,矜持。

她只得咳嗽了几声,然后故意加重脚步声从卓淳的公寓门口走过。

没有动静。

"呃,这家伙不会忘记了昨天的约定吧?"正当珍香懊恼的时候,卓淳家的门唰的一声就打开了。

"嘿，珍香，你下班啦？"卓淳穿着一件白色的套头衫。

"嗯，是……啊，怎么啦？"珍香回过头。

"请你吃饭呀。"

"噢，是呢。我都忘了呢。"珍香佯装出一副不知所措的样子。

"走！我预订了一家居酒屋，绝对好吃。"卓淳朝珍香神秘地笑了笑。

"嗯啊，我先回屋放下包啊，马上出来！"

话说珍香搬到这片儿也已经有两年多了，可是对于附近的餐馆，她几乎是一无所知。秋风瑟瑟，卓淳套着帽衫上的帽子，领着珍香七拐八拐地走进一条不起眼的小街。

"就是这家啦。"卓淳指了指招牌，吱呀一声拉开了木门，然后自然地做了一个"请"的手势。这家伙的修养真的不是装出来的。

这家店不大，进门也只有五六张桌子，开放式的厨房可以看到厨师们正忙得热火朝天。嫁给中国人的日本老板娘会说一点中文，卓淳找了靠近窗户的一个安静的二人桌坐下。

"喝点什么吧？"卓淳翻着酒水的菜单。

"朝日超辛生啤好了，好久没喝啤酒了。"珍香爽快地说。

"哈。"卓淳看了珍香一眼，"还是第一次遇到这么不客气的女生。"

"不是你问我嘛。"珍香小声嘟囔道。

"吃的话，那就来一个大的寿喜烧牛肉锅。然后……清水豆腐、芥末章鱼、梅子泡饭、海鲜炖蛋、天妇罗……差不多了吧？"卓淳抬起头。

去居酒屋怎么能不吃烤串？！

"再来一份烤猪大肠！"珍香对服务员说。

"什么？猪大肠？！"卓淳不由得咽了一口口水，"好吧，那就再加份烤猪大肠。"

服务员砰的一声撬开了啤酒，珍香拿过酒，有些迫不及待地对着瓶嘴喝了一口："真的很不错唉，要不要干一下？"

卓淳空着手，有些尴尬地指了指珍香手上的酒瓶："我以为我们两个人喝一瓶就够了……"

两大口啤酒下肚之后，寿喜烧也被端了上来。服务员点上火，平静的锅面上开始扑腾起了水泡，卓淳细心地用筷子翻腾着菜叶和金针菇。

"好像熟了呢。"珍香夹起金针菇和肥牛，吹了吹上面的热气，然后放进嘴里。丝滑又有劲道的金针菇夹杂着肥牛鲜嫩的味道，在轻轻的咀嚼之下，鲜美的汤底渗进嘴里，味蕾瞬间被攻陷。再舀一小勺清凉的清水豆腐放进嘴里，好一个冰火两重天！

"你不尝尝看？"珍香一筷子夹起刚被端上来的烤猪大肠。

"我不要！"卓淳往后一躲，"我不太习惯吃动物的内脏。"

"啊？真没劲啊。烤猪大肠可是烤串之王好吗？"珍香把猪大肠放进自己的嘴里，然后陶醉地咀嚼着。

"那猪脑你吃吗？"珍香随口一问。

"猪脑？！"

"对啊，猪脑。就算清蒸也很好吃啊，蒸完之后还可以看到大脑那种凹凹凸凸的纹路，然后，用筷子轻轻一夹，脑髓的鲜汁就这么流出来，喷啧……"珍香的脑中又开始浮想联翩。

　　啊，也是好久好久没有吃这些食物界的尤物了。

　　"求求你……别说了……"卓淳的面色有些惨白，他似乎要吐出来了。

　　"不就一个猪脑嘛。"珍香不屑地瞥了他一眼。然后用筷子小心翼翼地从寿喜烧里夹起一小块日本豆腐，吹了吹表面的热气，然后心满意足地放进嘴里。

　　深夜的居酒屋，就像是都市人隐秘的休息站。作为一天里的最后一餐，没有人再拿起手机为了避免尴尬佯装忙碌，也没有人再小心翼翼地吃饭，担心过大的咀嚼声。外面的灯红酒绿，隔壁桌的梅酒和烤物，甚至你对面那个人碗里的章鱼丸和拉面都和你没有关系。究竟是什么力量让人这样毫不顾忌地大口吃饭，大声聊天？

　　或许，只是因为累了吧。嗯，累了。

　　居酒屋里的壁挂电视上滚动播报着国际时事新闻，珍香不由得注意到了电视屏幕上，那个穿着西装打着领带，正襟危坐，用一口充满磁性又流利的普通话播报新闻的，不就是坐在眼前的这位吗？！

　　"你……你怎么会出现在上面？"受到惊吓的珍香说话都有些结巴巴。

　　珍香怀疑刚才自己看到的或许是幻象。

　　"噢，那是昨晚的重播。"卓淳抬起头，瞥了一眼电视，然后漫不经心地说，"我是新闻主播呀，很奇怪吗？之前不是和你说了我在电视台工作嘛。"

　　——当，然，奇，怪！

　　珍香在内心斩钉截铁地呐喊出这四个字。珍香完全不敢相信此刻在电视机里字正腔圆地播报国际最新局势，充满着禁欲气息的男人，和眼前这个穿着大号帽衫，跷着二郎腿大口吃肉的事儿 × 男孩，居然是同一个人！

在珍香的印象里，新闻主播难道不都是白岩松那样的大叔吗？最时尚的，也不过就是撒贝宁吧？如同珍香完全不能想象李易峰穿着正装去播《新闻联播》，这个画面太违和。但是仔细揣摩一下，又似乎充满着一种奇妙的禁欲感。

"主持人啊！都算半个明星了呢！"珍香的心里冒出一个巨大的感叹号。难怪总觉得卓淳人声不搭，脸像个韩版美少年，声音却那么浑厚好听。而且普通话那么标准，完全听不出南方口音呢。

"原来电视台的主持人都那么平易近人啊。"珍香看着眼前这个和她一起吃饭的男生，还是有一种微微的不真实感。

"工作而已。我现在还在实习阶段，播每周一三五晚上 11 点的《夜间新闻》。"卓淳淡然地说。

珍香看着卓淳一脸无所谓又淡定的样子，就突然对眼前的这位新邻居有了一丝膜拜之心，顿时发觉他有一种违和，却又诡异的萌感。

"怎么了？一脸呆乎乎的样子。"卓淳抬起头，然后用勺子舀了一小勺芥末章鱼放到了珍香的面前。

"说实话，总觉得你当新闻主播有一种不真实感。"珍香笑着说。

"怎么了？难道我播得不好吗，拜托，我的专业成绩在我们院里，可是全专业第一。"卓淳像个孩子一样得意扬扬地说。

"我是觉得，你去做个演员什么的也挺合适啊，为什么会想当新闻主播啊？大学专业选错了？"珍香认真地问。

卓淳放下筷子，认真地想了想，然后说："其实也不仅仅是专业学的这个。哎，说梦想有点肉麻，理想可能更现实一点。当新闻主播是我从很小的时候，就确定的理想。小时候，爸妈管得很严，每天打开电视，只能看一些时事新闻。那个时候，就觉得能坐在主播台上，告诉这个城市所有的人，今天这个世界上发生的事，是多么酷的一件事情啊。"卓淳突然一本正经地说。

"酷？酷吗？"珍香喝了一口生啤，愣愣地想。

"后来，长大了才渐渐懂了，那种酷的感觉，原来叫作使命感。天哪，我被自己肉麻到了。"卓淳往后仰了仰头。

珍香笑了，然后她低了低头，缓缓地说："真羡慕你。我到现在也不确定自己的理想究竟是什么，可能也不过是多赚点钱吧。"

"有出息，这个理想够实际，够牛。"卓淳拿起啤酒瓶，"来，为了更有钱的明天，干杯！"

两个人笑着在餐桌前举杯。

"唉？你怎么去哪里都带着这个玩偶啊？"卓淳突然瞅了一眼搁在珍香旁边的饭团。

"噢，它啊，是我上星期去国子监求来的，保命保平安，辟邪驱鬼也特别灵，和后宫戏里的布娃娃差不多。"珍香抒发完对饭团的嘲讽，内心顿时觉得犹如卫生巾广告那般透气，舒畅。

"哟，这么灵啊。要不给我也求一个吧？"卓淳低了低头，盯着饭团好奇地瞅着。

求之不得啊！饭团啊，你赶紧附身到他身上去吧！反正他也经常这样大吃大喝，我可是易胖体质啊，而且我胖了就毁所有，是真的所有！珍香一边绝望地想着，一边把一大勺梅子泡饭送进嘴里，然后再夹起一大条天妇罗。

"为什么感觉你吃饭就像在打仗啊，那么气势汹汹的。"卓淳看着珍香狼吞虎咽的样子，忍不住感慨道。

"啊？"珍香一惊，她捂了捂自己鼓鼓的腮帮子，食欲果然可以摧毁一个淑女，哪怕原本的她也只有 60 分。

"看你这样吃，觉得你能维持现在的身材真是个奇迹啊。"

扑哧一声，珍香一口泡饭差点没喷出来。

什么奇迹啊，马上就要悲剧了啊！

"真的好饱，好久没在晚上吃这么多东西了。"卓淳满足地说。

"以前我就好奇一个问题，那些新闻主播，是不是都不吃晚饭啊，怎么从来没见过他们在电视里打嗝呢？"珍香问。

"这就说明你是个外行了，对于这种突发情况，我们都是经过专业训练的。就像我，我就可以做到忍住不打嗝。"卓淳不屑地说。

"真的假的？你是怎么做到的啊？"珍香一脸惊讶。

"我可以把要打出来的嗝给重新吞回去，然后在播完新闻之后，去厕所打一个长长的饱嗝，大概 10 秒钟。"卓淳一本正经地说。

珍香满脸的崇拜。

"哈哈，你还真信啊！"卓淳哈哈大笑。

这顿晚餐，两个人边吃边聊，居然不知不觉地吃到了 10 点多钟。离开居酒屋的时候，卓淳把卫衣的帽子一掀，利索地罩住头，路灯下，他就像一个夜归的高中生。

回家的路上，两个人有一搭没一搭地说着话，卓淳迈着大长腿不知不觉地就把珍香甩在了后面。而跟在卓淳身后的珍香，突然有了一种在晚自修结束的时候，和班上的帅气男生一起在校外约会的错觉。而这样的桥段，只是在她青春期幻想的剧本里出现过。

"以后再一起出来吃饭吧，看你吃饭的样子用北京话来说就是特别带劲儿。"俩人一起走进了小区，上了电梯。

"嗯，谢谢你的晚餐。"珍香做作地侧着脸，低了低头。

说完话之后，她猛地愣了一下。什么叫我吃饭的样子特带劲儿？老娘以前可是各类高脂肪高碳水化合物美食的绝缘体好吗！老娘以前吃东西的样子也是闭月羞花，小鸡啄米，蜻蜓点水好吗！

被这个形容刺激到的珍香回到房间里，立马翻箱倒柜地找出运动装，铺开瑜伽垫，雷厉风行地开始做仰卧起坐。

她边做边数着数，不知不觉，嘴里默念的数字变成了："寿喜烧 400 大卡，芥末章鱼 160 大卡，啤酒 93 大卡，海鲜炖蛋 320 大卡，天妇罗 430 大卡……天哪！"

她被今天一顿居酒屋所摄取的卡路里给震惊了，猛地坐了起来。她不由得瞥到了落地镜中的自己，不知道为什么，镜子里的自己，是青春期那个曾经感觉被这个世界抛弃的自己，膀大腰粗，满脸青春痘，头发始终油腻腻的，神情永远无精打采。

她忍不住尖叫了起来。然后连爬带滚地凑到镜子面前，使劲眨着眼睛，反复确定刚才是幻觉，才渐渐镇定下来。

"为什么会有这样的错觉？！"缓过神来的珍香还是惊魂未定。

不行，她不能坐以待毙，她李珍香25岁之后的人生就是一部奋斗史。于是，她抓起茶几上的跳绳，然后穿上球鞋夺门而出。

公寓楼下是个不大不小的公园，平日里这里会充满跳广场舞的阿姨，放学不愿意回家的孩童，还有坐在石凳上休息的快递员。反而，现在这个时间点，只有寒风卷扫着枯枝上最后剩下的几片落叶，一副风萧萧兮易水寒的悲凉景象。

珍香不等片刻就甩起绳跳了起来。

"1，2，3，4，5……"她边跳边默念着。

大概念到两百的时候，珍香眼前突然晃过一个人，她不由得放慢了速度，眼睛往旁边一瞥。

是卓淳。他趿拉着一双拖鞋，手里拎着一袋垃圾。

"哟，大半夜的还锻炼呢？"卓淳把垃圾扔进了公园旁的垃圾桶。

"今天吃了多少卡路里进去，就要甩多少出来！"珍香气喘吁吁地挥着跳绳。

"你也太夸张了吧？不怕这么一跳把刚才吃进去的都给跳吐出来啊？"卓淳在一旁笑出了声。

珍香不理会他，依旧气喘吁吁地挥舞着跳绳。

"你为了漂亮还真是豁得出去。"卓淳笑着说，语气里似乎带着一丝微微的嘲讽。

珍香停了下来，耳边的风声突然没有了，世界在骤然间变得安静冷漠下来。

她微微仰着头，面无表情地看着卓淳，"你觉得我减肥真的就是为了漂亮吗？"

"啊？"卓淳似乎没有反应过来。

珍香冷不丁笑了一声，然后自顾自地说："你长得好，家里条件好，又有好的工作，你过惯了一呼百应的生活。而我从6岁那年就开始看别人的脸色活着，我一直都是一个人。我不想再过这样的生活了。除了改变一下自己，我还能做些什么来摆脱这样的人生呢？"

卓淳愣了一下，他有点尴尬地挠了挠头，然后小声地说："你也太偏激了。难道只有瘦下来，才能改变你的人生吗？"

"是啊，改变的方法有很多种，去读书，去社交，就算换个发型换套衣服说不定也能改变是不是？但是，那需要时间，需要钱啊。你也许不知道像我这样的月薪族在北京是怎么生活的，加班到凌晨了就缩在公司的沙发上凑合一夜，才不是要当什么先进员工，就是因为没地铁了又舍不得那点打车费。我也想买高级的化妆品，做好看的头发，穿最新一季的衣服，谁不想啊？哪个女生不想啊？少吃一点，多跑几步，让自己瘦下来，真的就是我唯一能负担得起的，改变自己的方式了。除此之外，我还能做些什么呢？"

卓淳被珍香的这一番长长的独白给震住了，他微张着嘴，不知道该说些什么。

"你走吧，我要跳到五百个。"她朝卓淳摆了摆手，然后继续甩起绳子跳了起来。

昏暗的路灯下，珍香独自一人甩着绳子，她不知道卓淳是在什么时候离开的。她就这样一个人跳着，跳着。不知道为什么，她想起了十多年前的自己。

记忆片段里的她，系着红领巾，在盛夏的傍晚汗涔涔地回到家。家里人已经在餐桌上开始吃饭，谁也没有等她。她匆匆忙忙地跑到卫生间里洗了手，还没来得及擦干就坐到了餐桌前。那天傍晚，继母做了红烧排骨，珍香忍不住连吃了好几块，继母突然拉下脸，一边唠叨着女孩子家吃那么多肉干吗，一边往弟弟的碗里夹了好几块排骨。她看了一眼继母，还有爸爸无动于衷的表情，很识相地夹了一块包心菜放到自己碗里。

升初中那年，她开始发育。她变得贪食，她经常在放学后流连在校门外不卫生的小吃摊。其实也没多好吃，其实她也知道不干净，但是，她终于不用战战兢兢地吃东西了。她就是在那个时候开始变胖的。

所以，最美妙的青春期，对她来说，却是最灰色的六年，午餐的时候同学们拉帮结伙，而她总是独自一人端着饭盒坐在最偏僻的角落。"李珍香，你吃一盒不够吧？要不要把我的这盒也给你啊？"总是有男生在路过她的时候用各种各样的方式取笑她。而她能做的，就只有快速地把饭盒里的饭吃完，然后回到教室里。

后来上了大学，寝室里的室友们纷纷开始谈恋爱。晚上，总是只有她一个人留在寝室里。打开电脑，点开一集《康熙来了》，然后一个人坐在电脑前吸溜吸溜地吃着泡面。

二十多年，她就是这么活过来的。一个人。

"李珍香，真的不要再这样活着。"

昏暗的路灯下，满头大汗的珍香在心里默念着，"412，413，414……嗯，再坚持一下，414，415……"

当数到 500 的时候，她终于精疲力竭地停了下来，她擦了擦汗涔涔的额头，然后收起了绳子，独自一人气喘吁吁地上楼。

刚走到公寓门口，就发现门边放着一瓶绿色的果汁。

是现在最流行的那种纯天然，不加水和添加剂的排毒养颜果汁，果汁的盖子上还贴着一张小纸条，上面没有署名，笔迹也是陌生的，但珍香知道是谁写的。

上面的字迹写得工工整整的：*运动完记得补充水分哦，晚安。*

Chapter 12

便利店里的温柔

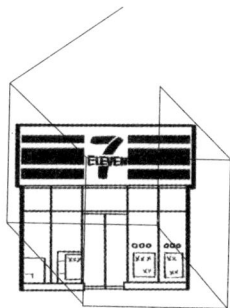

落地窗外人来人往，没有人注意到这个在落地窗前大口吃着饭和甜点的女孩，还有她身边那只毛茸茸的白色玩偶。这个城市的人们太匆忙了，忙得没空邂逅一个灵魂。

　　工作日的下午三点，珍香的胃准时开始泛起了第一轮空虚感。饭团不知道何时从包里跳了出来，躲在了电脑背后，圆滚滚的身子轻轻地蹦着。

　　珍香轻轻地扯开一包小蛋糕，然后一个一个地往嘴里塞。虽然她的心里一直蹦出蛋糕卡路里可怕的数字，但是那股奔涌的食欲吞没了她内心的罪恶感。

　　"就当下午茶吧！"她将最后一个蛋糕塞进嘴里，细细地品尝着舌尖上那股浓浓的起酥油的味道，然后欲哭无泪地想，真的好好吃啊。

　　下午四点半，"饿，怎么又饿了？？"

　　下午五点，"啊，好饿，怎么那么饿，而且吴霜霜你居然在吃关东煮？？还有没有人性？！"

　　下午五点半，"饿得都想喝一口吴霜霜关东煮剩下的汤了！"

　　下午六点，"下班时间！终于下班了！美食我来了！！！"

　　珍香赶紧拎过座位边的背包，把饭团一把塞进背包里，关上电脑，急匆匆地往电梯间跑去。

"李珍香！"背后传来了牛老大的声音。

珍香一愣，停了下来。

"你先留一留。"牛老大手里拿着一沓合同，"你和薛璐来我办公室一趟，悦城的合同有几个地方我修改了一下，你们过来和我核对一遍。"

"啊？好的好的。"珍香捂了捂肚子，然后快快地走回了公司。

牛老大倒是一如往常地高效，非常迅速地和珍香捋完了一遍合同。当珍香拖着一个饥饿的胃，内心蹦出两个巨大的"终！于！"的时候，薛璐突然朝珍香摆了摆手："先等一下，我还有几个细节想和牛总讨论一下。你着急回家吗？要是没什么事的话，就留下来一起讨论吧？"

"没……没什么事。"珍香默默地咽了一口口水。

等薛璐又花了半小时不痛不痒地讨论完合同之后，珍香觉得自己此刻真的可以活吞掉一整株茶水间里的绿萝。她在薛璐一脸诧异的表情之下，毫不顾忌地冲出大厅的电梯，往写字楼旁边的便利店冲去。

叮咚——

她兴奋地推开店门，然后拎起门口的塑料篮，欢欣鼓舞地逛起了这不过20平方米的便利店。几乎让人觉得乏味的便利店，现在却让她食欲大开。

饭团突然从她的包里跳了出来，在货架上跳来跳去。

"babooooooooooo——"它又跳到珍香的肩上。

像是已经习惯了似的，珍香毫不理会好动的饭团，自顾自地挑选着食物。不一会儿，篮子里已经装满了酸辣肥牛盖饭、香蕉奶昔蛋糕、金枪鱼饭团、水果拼盘沙拉、奶油排排包、雪碧、葡萄汁……她拎着满当当的篮子放到柜台上，然后对便利店小哥说："再给我来一份关东煮，要鱼丸、海带结、杏鲍菇、鱼豆腐、豆皮虾仁卷、章鱼丸，还有……甜玉米也给我来一份。"

便利店小哥把纸杯装得满满的，递给珍香。

"这个，麻烦热一下。谢谢。"珍香把饭团和盖饭推到一边，然后拎着结完账的食物走到了落地窗边的吧台上。饭团晃悠悠地一跳，落在了吧台上，围在食物边，好奇地端详着。

珍香把眼前这堆琳琅满目的食品包装拆了开来，整齐地摆在自己面前。然后，她从包里拿出一个水杯，把葡萄汁倒入空水杯中，再加入二分之一的雪碧，自制了一杯气泡葡萄汁。

她拿起冰凉的水杯，轻轻地在饭团的脑袋上碰了一下。

"Cheers."

在过去的近一年里，珍香大部分的早餐和午餐，都是在楼下的这家便利店里潦草解决的。而她吃的东西，也不过就那么两样：粗粮鸡胸肉饭团或者沙拉。窝在她那个狭小的写字间，用几分钟的时间啃完。果腹而已。

她从来没有像今天这样一本正经地坐在店里，肆无忌惮地吃着以前那些在她眼里高热量的垃圾食品。

"是啊，怎么会是垃圾食品？之前的我在想什么！"她咀嚼着酸辣肥牛盖饭，觉得好吃得不像是从叮—— 一声的微波炉里拿出来的食物。

就是这样的一顿简单的便利店餐，却有前菜、主食、水果、甜点、饮料……几乎一样都没有少。珍香没有想到，那些在自己日常生活中被忽略的部分，原来也可以组合得五彩缤纷。也可以，有一个小东西在她身边，陪着自己吃。

落地窗外人来人往，没有人注意到这个在落地窗前大口吃着饭和甜点的女孩，还有她身边那只毛茸茸的白色玩偶。这个城市的人们太匆忙了，忙得没空邂逅一个灵魂。

和以前一样，酒足饭饱后的珍香回到家，满腹罪恶感地换上运动装，扎好头发，拿起跳绳下了楼。

刚走出公寓，就看到卓淳独自一人塞着耳机在楼下花园晃着。

"嘿嗨，珍香。"他热情地朝珍香打招呼。

珍香想起昨天晚上自己对卓淳说的那些话，突然觉得有些尴尬和不好意思。

"嘿。"她有点怯怯地朝他挥了挥手，"你……吃了晚饭了吗？"

"吃了。"卓淳摘下耳机，朝她走了过来。

"又吃了外卖吧？"珍香没话找话。

"外卖？外卖多不卫生啊。"卓淳一副嫌弃的表情，"我是在这个软件上订了餐——"卓淳用拇指刷开手机，"喏，就是这个叫'邻居家'的软件，这个和普通的外卖可不同，都是你小区里的邻居做饭给你吃。"

"哦？"

"你看。"他把手机凑到珍香面前，"吴阿姨，55岁，沈阳人。"

下面是一段自我介绍，"我是一个东北人，以前一直在老家开饭店，平时也爱钻研菜。我和老伴现在在北京带孩子，知道这个平台，我特别高兴，又可以再次给大家展示我的手艺了。"

底下的这位头像是个大爷，名字颇有气势，"霍氏私房菜"，他的自我简介是，"我当时爱上做饭，不是因为别的，就是因为家里穷！后来做着做着吧，发现能给老娘，妻子，儿子做出可口的饭菜，看着他们津津有味地吃着，那种成就感啊，比年轻的时候当上劳动标兵还大呢！年轻人在外打拼不容易，希望也能给你们带来一口有家的味道的饭菜。"

"这就相当于是邻居给你做自家的私房菜？还真有点意思啊。"珍香好奇地说。

"是吧。可比叫外卖要放心多了。我今天点的菜是这位姜阿姨做的，她和我们住同一个小区，就咱们隔壁的 2 号楼。"卓淳点开订单。

姜阿姨全名姜宝丽，她在 App 上的那一段自我介绍，已经差不多简述了她的大半生——"我叫姜宝丽，土生土长的杭州人。25 年前嫁到了北京，现在丈夫不在了，孩子又出国留学。一个人做饭怪没劲的，如果不嫌弃，欢迎尝尝我地道的杭帮菜。"

"汉文……汉文……"突然，远处传来了一个大妈的叫喊声。

"姜阿姨？"卓淳一愣。

他收起手机，好奇地走了过去："怎么了姜阿姨？"

"小卓也在呢，唉，我家汉文不见了。"眼前这位叹着气，操着一口南方口音的就是姜阿姨。她裹着一件厚外套，一副很着急从家里出来的样子。

"汉文？"

姜阿姨简单地做了一番解释，汉文全名许汉文，是她收养的一只虎皮猫。小区里的流浪猫挺多，一到深夜就偷偷地钻进垃圾桶里找吃的，但是一听到脚步声就警惕地逃走。唯独汉文不怕人，至少不怕姜阿姨。姜阿姨说她每天晚上都下楼拿些干净的剩菜喂它，一来二去，竟然喂出感情来了，索性抱回家养。现在北京养宠物也不容易，姜阿姨又是打疫苗又是办健康证，还费了不少工夫。

但是，就在刚才，姜阿姨倒个垃圾的工夫，汉文就不见了。

"应该是从门缝里溜出去的。唉，我这个记性，下楼就应该锁门的呀！"姜阿姨懊恼地说。

"没事姜阿姨，您别着急，我来帮您找。"卓淳安慰着姜阿姨。

"我也和你一起去吧。"珍香小声地说。

"谢谢你们啊，我们去北区看看，那儿附近有个废品站，很多流浪猫都窝在那里。"姜阿姨边说边焦虑地往北区走。

但是，三个人从南区找到北区，又再找回来，在小区里来来回回地绕了好久，都没有看到有猫的影子。

"哎呀，不会的呀，它很依我的，不会故意走掉的。怎么会就这样走掉了呢。"姜阿姨刚才还笃定的语气，渐渐有点泄气了。

再绕了一遍小区后，姜阿姨看了看渐深的夜色，有点不好意思地说："太麻烦你们了，我看是找不到了，算啦，你们先回家吧，过几天它说不定就自己回来了呢。"

"嗯，好吧。"卓淳点点头。

正在这时，珍香突然拉了拉卓淳的衣角，"你看树枝那儿是不是藏着一只猫？"她指了指公寓旁，长在围墙旁的那棵大树。三个人的眼睛齐刷刷地望了过去。

"汉文！那是汉文呀！哎呀，这个小祖宗，大晚上的跑树上去干吗。"姜阿姨激动地叫了起来。

只见猫咪的小腿被卡在了树枝和围墙的夹缝里，整个身子动弹不得，软软地趴在树上，发着呜呜的叫声。

卓淳走了过去，用力地摇了摇树，猫咪吱呜了两声，腿依旧卡着动弹不得。于是，他捋了捋袖子，打算爬树救猫。

珍香瞅了一眼卓淳身上干净的白色外套，想了想，走过去朝卓淳摆摆手："我上去得了，我穿着运动衫呢，不怕脏。"

"你……你一个女生？"

"没事，这种事我小时候没少干，我就当活络活络筋骨，等会儿我还要跑步呢。"珍香大大咧咧地边说边走到树边。

"欸，你过来托我一下呀。"她一脚没踩着树干，有点尴尬地对卓淳说。

珍香被卓淳一托，看似轻而易举地上了树。

"姑娘，你小心一点呦。"姜阿姨有些担心地说。

"没事。"珍香突然莫名地自信心爆棚，三下五除二地爬到了围墙的高度。

她左手抓着树干，右手在半空中挥舞了几下，却怎么也够不着猫。

"珍香，你下来吧，你手太短了。"卓淳看着珍香在树上张牙舞爪的样子，既觉得好笑又担心。

珍香瞪了卓淳一眼，继续努力地挥着手，此时她和猫咪也就差半个手掌的距离。

"快够着了！快够着了！"姜阿姨在底下给珍香加油打气。

珍香屏了一口气，抓住前方的一根树枝，几乎是半斜着身子。

"够到了！"姜阿姨在树下激动地叫了起来，只见珍香用手用力地掰开树枝，摆脱了禁锢的猫咪兴奋地一扑腾，敏捷地跳下了树。

"哎哟，总算是找到了。"姜阿姨抱起汉文，心疼地摸着它的脑袋。

"哎！"珍香想下树却踩了一个空，突然觉得重心不稳，单手抓着树干，身体在树上摇晃了起来。

"喂，你还好吧？"

"啊！"

珍香突然一声尖叫从树上掉了下来。她吓得紧闭双眼。在这短暂的黑暗中，她感觉自己坠入了一个温暖又有力的拥抱之中。以至于，当她软软地着地的时候，她依旧留恋着刚才的这一场温柔又霸道的奇袭。

"李珍香……你也太重了吧！"

卓淳虚弱的声音，从她的身下传了出来。

走出公寓的电梯，珍香看着一直用手捂着胳膊的卓淳，内疚地走上前。

"喂，真的没事吗？关节不会脱臼了吧？"她弱弱地问。

"没事，你都问了三四遍了，怎么和姜阿姨似的。"卓淳边说边把外套脱了下来，胳膊上一片血红色的擦伤。

"咦？穿着衣服居然还擦伤了，难怪刚才那么疼。"卓淳愣了一下。

珍香突然想到了，卓淳为了保护自己摔倒的地方是硬邦邦的水泥地。她内疚地说："我家有消毒水，我给你处理一下伤口吧。"

"好啊。"卓淳毫不犹豫地点点头。

珍香的小公寓里，卓淳脱下外套。

"都伤成这个样子了，刚才还假装没事似的。"珍香有点内疚地埋怨道。

"我是不想让姜阿姨担心嘛。"卓淳挠挠头，"而且，谁知道你那么重。一般女孩子我是可以接住的。"他小声地嘟囔着，正趴在地上翻箱倒柜找着消毒水的珍香好像没有听到。

"找到了，坐好，把衣服捋上去。"珍香找出消毒水和纱布，命令卓淳坐在沙发上。

卓淳一脸迷茫地走到沙发边坐好。

珍香小心翼翼地用棉花棒沾上消毒水，然后仔细地涂在卓淳的伤口上。

"喂，你轻点。"

"你要是再乱动只会更痛！"

"噢。"

当珍香细心地，低着头用沾着消毒水的棉花棒，一点一点地擦拭着自己伤口的时候，卓淳安静地看着她，他第一次注意到，这个总是素面朝天的女生，也有微微上翘的漂亮睫毛，而且，或许是角度的问题，卓淳觉得此刻珍香的脸格外显得肉嘟嘟的，像个可爱的包子。

"哎？你看着我干吗……"珍香意识到了卓淳的眼神，然后有点尴尬地抬起头。

　　"你看，我今天受的伤也是因为你。所以，你不觉得，你应该补偿我些什么吗？"

　　"补偿？"珍香一愣，仰着头看着卓淳那张棱角分明，眼神迷人的脸，脑洞瞬间爆炸了开来，补偿？补偿你什么啊？几个意思啊？这个前戏来得太突然了，她欣喜得招架不住了。

　　还没等珍香反应过来，卓淳的身子一靠，腿一跷。

　　"明天晚上，你请我吃饭。"

Chapter 13

长得好看的才能叫绿茶婊，
长相一般的，也就是个绿巨人

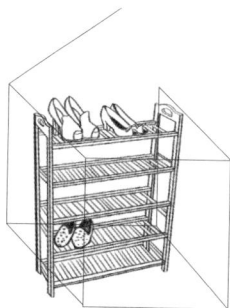

她从鞋柜里少数的几双高跟鞋里挑了一双，用塑料袋装好塞进包里。作为一名从业两年的销售人员，珍香已经对谈判前的准备工作驾轻就熟了。

周三下午，因为要和悦城健身中心的老板谈大合同，牛老大破例给珍香和薛璐放了半天假。

珍香先回了趟家，打了个小盹，然后洗了把脸，对着镜子化了一个标准的职业妆。她从鞋柜里少数的几双高跟鞋里挑了一双，用塑料袋装好塞进包里。作为一名从业两年的销售人员，珍香已经对谈判前的准备工作驾轻就熟了。

她走到客厅，把饭团从地板上抱到了沙发上，然后轻轻地抓了抓它毛茸茸的脑袋。

"今天不能带你出去，你乖啦。"

饭团支吾了一声，然后侧着头，把脸往珍香的手上蹭了蹭。

珍香和薛璐约了在三里屯的星巴克见面，但薛璐却执意要把地点改成北区某个高大上的 lounge bar（注：高端酒吧），单杯美式的价格比星巴克贵了一倍，不过人也稀少了许多。

　　珍香拉开玻璃门，此刻店里回荡着让人瞬间变得冷淡的无印良品风格的蓝调轻音乐。珍香是从团结湖地铁站一路快走过来的，此刻她呼哧呼哧的喘气声和店里脱俗精致的氛围极为不搭。她看到薛璐戴着一副墨镜，露着大长腿，优雅地捧着咖啡杯坐在落地窗边的沙发上。

　　"小姐，请问你是要去约会还是度假啊？"珍香把包放了下来，然后大声地对旁边的服务员说："麻烦给我来个王老吉，妈呀渴死我了。"

　　薛璐忍不住咳嗽了一声。

　　"欸，说实话，你对咱们今天的案子有信心吗？"珍香脱下大衣，然后把它搁在了旁边的椅子上。

　　"开什么玩笑？"薛璐移了移墨镜，露出了半双眼睛，"有我这个上季度的销售冠军在，你还用得着担心吗？我和你说，这些什么煤老板啊土财主啊我见得多了，哪个不是被这把温柔三下五除二地拿下，然后乖乖地签了合同。"薛璐不屑地摆了摆手。

　　薛璐是土生土长的北京南城妞，在胡同口长大的，据说还是杨幂的小学师姐。但是一发起嗲来比公司前台的苏州妹还高出一个段位，无论是被铁面无私不认女色只认业绩的牛老大叫去办公室里挨批，还是托后勤部的小王帮忙下楼去取个 10 公斤重的快递，薛璐都会游刃有余地将这些危机和麻烦一一解决。用她的话来说，这叫精通直男世界里的生存之道。

　　"话说，和这些土金主谈合作，是不是都要有一颗'我想做你的小三'的不耻之心？"珍香咔嚓一声拉开王老吉的拉环。

　　薛璐默默地叹了口气，然后翻了一个白眼："就说你的道行还太浅，什么小三，在直男的世界里，小三不过是个充气娃娃好吗？你要去陪酒卖笑把他们逗乐才行，真要靠这副嘴脸让他们去签下几百万的合同，你当他们真傻啊。所以啊，和他们谈项目，你要有一颗'大奶'之心，就是，我如此循循善诱瞻前顾后呕心沥血，为的是什么？为的是让你们买到更好的产品，为的是让你们省钱啊！而且，我长得是如此年轻貌美，你去工体西路转转，长相和我们差不多 Level（等级）的，肯和你坐下起来吃饭聊天，不图你的钱反而是想帮你省钱的女人有几个！有几个！"

薛璐深吸了一口气，娇滴滴地捂了捂胸口，她被自己说得都快感动流涕了。

"就是要做绿茶婊就对了，是吧？"

"没错，不过，长得好看的才能叫绿茶婊，长相一般的，也就是个绿巨人。"薛璐慢条斯理地说。

珍香不由得呛了一声。

"加油，今夜我们都是绿茶婊。"薛璐拿起合同的文件夹，一副运筹帷幄众志成城的铁娘子表情。

谈合同的地点在三里屯一家非常精致的川菜馆里。之所以精致，是因为端上来的干煸牛肉丝，围在盘子周围作为装饰的萝卜丝花都比盘子里的牛肉丝还多。更让珍香咋舌的是如此家常的麻婆豆腐，居然是盛在一个高级餐厅里盛浓汤的镶金边的骨瓷盘里，上面的葱花也切得如同抹茶粉那般细。

从开始上凉菜的那一刻，珍香就强忍着胃里的饥饿感，一直默默咽着口水。

"这什么玩意儿啊……就是让我一个人吃也不够吧？"珍香盯着桌上华

而不实的一桌新派川菜发呆。

今天的大金主，餐桌上的大 Boss 叫刘国富，与国内那位著名的导演也就只是一姓之差。坐在旁边的那两位与他年纪差不多的中年男子，应该是他的助理之类。因为在这个饭局里面，刘国富是绝对是主 Key，旁边的那两位不过是起了应和加煽风点火烘托气氛的作用。

"我做生意最主要的目的，不是钱，而是为了交朋友。"刚一上桌，国富老板就开始侃侃而谈起来。

珍香拘谨地拿起水杯抿了一口柠檬水，我是为了钱好吗？她在内心暗暗地翻了一个白眼。

所有的谈话从合同的细节到公司的报价问题，都在薛璐有条不紊的引导下顺利地进行。然而，在薛璐大概讲了 10 分钟之后，这位国富老板似乎终于忍不住打断了。

"哎呀，我说薛小姐，至于合同的问题，我们公司这边早就已经细看过了，你就不用重复啦。说实话，我今天过来吃这个饭，就是本着来签合同的心态过来的，否则我过来干吗？我这个人做生意，最讨厌磨磨叽叽的，我做生意图什么，图交个朋友啊。而且，我的时间可是很宝贵的，一般人想约我吃饭可是很难约到的。"

珍香一听"肯定会签合同"这句话，心里的石头终于砰的一声落地了。她内心突然愉悦得就要脱口而出：好啊，既然你要签合同，那我们今夜就做好朋友好了，拉钩上吊，一百年不许变哦。

在珍香有些得意忘形地敬了一杯酒之后，刘老板开始滔滔不绝地侃起了他宏伟的商业蓝图。

"做咱们这一行的，最缺的是什么你们知道吗？企业文化！一个公司，没有文化，那就是空了壳的知了掏了肺的蚂蚱！所以啊，我接下来的项目，是投拍一部发生在咱们健身房里的爱情电影。"

"做电影好啊，刘老板您可真有远见，现在电影业可发达了。而且啊，现在这种爱情类的电影，特别好卖，年轻人特别喜欢。"薛璐果真是什么话都可以接得下去。

"薛小姐一看就知道是个懂电影的人啊。"刘老板换了一副神秘的表情，继续说，"而且咱这个爱情故事吧，可不是走俗套路线的，现在中国电影圈，太乱，什么阿猫阿狗都在搞电影了，这种捞钱洗钱的事情，我可不干。我想啊，要整就整一个大的，男主是咱们健身房的教练，实际上啊，他是个清朝的僵尸，穿越过来的。女主呢，就是李小姐这样的普通白领。他们在咱们的健身房里相遇，相恋！"

"刘老板，你的故事设定太棒了，戛纳金熊啥的咱先不说，最起码能入围个金鸡金马！"薛璐一脸惊叹的表情。

"不过啊，他们最终还是不能修成正果，你们猜为啥？"刘老板继续说。

"因为那教练是鬼，人鬼不能相恋吗？"珍香居然还认真地思考了这个问题。

"不是，因为那教练是清朝的太监僵尸！一女孩和太监怎么搞？！你看看，这结局出乎意料吧？这人物设置！这戏剧冲突！"刘老板啧啧称奇他的独家创意。

"名字我都想好了，就叫《我和僵尸有个约会》。"

在场一片啧啧称赞声。

"那我们祝刘老板的电影大卖！"薛璐在桌底下踢了珍香一脚。

珍香慌乱地和薛璐一起举起了酒杯，她看了薛璐一眼，被这个女人的临危不惧给深深折服了。

"那个……关于这个合同，刘老板还要再最后过目一下吗？"觉得饭局差不多到了尾声，珍香从搁在后背的包里抽出文件夹，然后弯着腰递到准电影人刘老板面前。

谁知刘老板不耐烦地把合同一挡："哎呀李小姐，我不早说了嘛，我做生意，不为别的，就为了大家交个朋友。你看咱们聊得那么投缘，不如去 K 一曲怎么样？不忽悠你们，我以前可是差点进部队文工团的，要是当时应征了，现在没阎维文啊戴玉强什么事！"

"那个，宝根你现在打电话去那个啥钱柜，定个最高级的包间，快！"

"这个……"正当珍香还在犹豫的时候，薛璐抢上来说话，"当然了，哪有这么快就散的局啊。刘老板讲真的，今天我可要和你 PK 一曲，我以前可是木樨园一枝花，南城十佳歌手！"

就这样，5 个人喜气洋洋地走出了川菜馆。薛璐和刘老板热络地走在前面。珍香和刘老板的两位助理跟在后面，珍香忍不住摸了摸此刻依旧空虚的胃，刚才的那一顿，她根本没好意思吃上几口。

突然，她灵光一现，她凑近旁边那个叫宝根的秃头男人："宝哥啊，你知道钱柜有三宝吗？美女，帅哥和……"

"和什么？"

"牛肉面！台北牛肉面！"

Chapter 14

我没资格说不

在离家乡上千公里的北京，她就是靠这三个字活下去的。厚着脸皮减肥，厚着脸皮一个人吃饭，现在厚着脸皮举着话筒陪客人唱歌。

刚走进 KTV 的包间，刘老板就立马占据了点歌台旁边的专座，显示出了自己的霸主地位，此刻的房间也变成了东北包场。

"踏死特，踏死特。"刘老板边试音，边用手拍着话筒，突然一阵刺耳的长音——"哎呀妈呀。"

"呃，那个啥，为了庆祝咱们悦城健身中心和贵公司顺利合作，在下先为薛璐和李珍香两位小姐献上一曲我的最爱，二手玫瑰的《命运》！"刘老板做起了开场白，霸气十足。

"为何人让人去受罪，为何人为人去流泪，为何人与人作对，为何人与人相随……哎呀！我说命……运……哪！！！"

薛璐显然被国富老板气势十足又极富张力的歌声给震惊了，她用牙签叉起一块西瓜，咬了一口之后，愣愣地举着手，始终没能咬下第二口。珍香倒是以最快的速度吸溜吸溜地消灭完了一碗牛肉拉面。

"宝哥，这面好吃吧！"她抹了抹嘴，对坐在一旁的宝根哥扯着嗓子喊。

"哎呀妈呀，妹子的口味老准了，这面贼劲道！俺已经觉得自己在那小屁岛台湾了！"宝根哥伸出手，把嘴角的酸菜抹进嘴巴里。

还没等珍香碗里的牛肉面吃完，薛璐已经犹如一只花蝴蝶般地拿起了话筒。

"一首《雨伞是媒红》送给刘老板，不过，我也要改编一下，应该是，跑步机是媒红才对，因为我们公司的跑步机，此刻才能与刘老板这样有远识，有魄力，有才华的老板相会在这里！"

伴随着《新白娘子传奇》里面经典插曲《雨伞是媒红》那轰轰烈烈的"啊……啊……"，薛璐在投影前边唱边手舞足蹈起来，左一个水中捞月，右一个云中踏步，再一个浮云捞日，最后一个旋转跳跃，以一句高八度濒临破音的"何日与君再相逢"结尾。珍香不由得对薛璐肃然起敬。

"好！薛小姐好嗓子！来，这杯我敬你。"刘老板边说边上前递上玻璃杯，只见薛璐二话没说，直接拿过玻璃杯一饮而尽。珍香愣住了，那可是满满一杯没有兑绿茶的黑方啊。

珍香一脸崇拜地看着薛璐，心想着，薛璐啊薛璐，你怎么就不去东北走个穴呢，无论是婚丧嫁娶，还是庆祝村支书连任，你都可以 Hold 住全场啊，而且赚得肯定比你现在当销售员要多。

但是，就这么唱着唱着，现场的气氛却发生了微妙的变化。

"下一首，《粘人》！"

"我们俩划着船儿看风景啊看风景……我们俩走在路上看风景啊看风

景……"只见刘老板边唱边用那肥坨坨的胳膊往薛璐的身上蹭，边蹭还边笨拙地挤眉弄眼。珍香不由得愣了一下，但是薛璐却非常淡定，一个优雅的转身，巧妙地往后退了一小步，躲过了正靠近的刘老板。但是，刘老板似乎并不死心，他索性直接挽起了薛璐的手，薛璐一个踉跄，直接跌倒在了他的怀里。

珍香被眼前的这一幕惊呆了，而旁边的宝根哥却兴高采烈地起哄："薛小姐，和咱刘老板啵一个呗！"

只见薛璐在刘老板的怀里尴尬得皮笑肉不笑的，她想挣脱却被刘老板死死地搂住。正当珍香想上前帮忙解围的时候，薛璐却突然换了一副撒娇的面孔，她轻轻地伸出手，娇滴滴点了点刘老板的肩膀："刘老板就爱和人家开玩笑，人家还想给您再多唱几首，好戏，还在后头呢。"薛璐在说好戏二字的时候，表情极为暧昧。刘老板似乎懂了，他笑嘻嘻地松了手，脸上的几坨肥肉像护城河似的挤在了一起。

只见薛璐又飘回了座位，拿起酒杯猛地灌了一大口："刘老板，咱们得再合唱一首《花好月圆夜》，我先去趟卫生间，快点歌啊。"

"好嘞。"刘老板满嘴酒气。

薛璐又像花蝴蝶似的飘出了 KTV 的包间，不知道为什么，珍香总觉得当薛璐拉开包厢门的时候，脸上的表情不太对。

大约过去了一分钟，珍香有点坐不住了，她和宝根哥打了一个招呼，然后悄悄站起身，离开了包厢。伴随着酒精的作用，走廊上的白灯照得人恍恍惚惚。

珍香走到卫生间门口，推开门，只见薛璐弯着身子，半张脸埋在水池里，水龙头还哗哗哗地淌着水。

"薛璐，怎么了？喝多了吗？"她走了过去，挽住薛璐的手，然后轻轻地拍了拍薛璐的后背。

薛璐眯着眼睛，不说话。

"好啦，先把头抬起来再说，你知道这水池有多脏吗？指不定好几百人的呕吐物残留下的细菌都在这池子里。"

薛璐终于抬起头，微微地睁开眼，然后啪啪啪地扯了几张擦手纸糊在脸上："要陪那群孙子你就自己去，老娘不玩了。"

"啊？"

"从走进那个包间的时候，我就在想，我究竟在图什么，公司几百万的大单和我有半毛钱关系啊？不过是几千块钱奖金，我不稀罕！没那点钱我不会饿死的，也不会流落街头的。真是滑稽，我也有爹有娘，我也是正经人家出来的孩子，我没必要那么不值钱！"

珍香被薛璐的一番话说得一愣一愣的。

薛璐把擦手纸揉成一团，啪的一声用力扔进垃圾桶，然后用手捋了捋头发："我先走了，你明天就直接去老牛那儿告状也没关系。我不管了，今天我就撂了这个摊子走人怎么着了！"

她说完便拎起包往门口走去，刚走了几步就咔的一声崴到了脚。她停下来，用力地解开高跟鞋的系扣，然后把脚上的高跟鞋扯下来胡乱塞进包里，光着脚大步流星地消失在了珍香的视线里。

珍香呆呆地站在卫生间的水池好久。然后，她回过头，看了一眼镜子里的自己，转身拉开了卫生间的门。

走廊上，一片亮晃晃的歌舞升平，吵闹声，音响刺耳的撕扯声，唱破音的尖叫声，好似一副世界末日极乐景象。

珍香走到包间门口，迟疑了一下，然后推开了门。

"刘老板啊，薛小姐她身体不太舒服先回家了，没事，我陪你唱，对了，刚才那首《花好月圆夜》点了吗？"珍香像换了个人似的，愉快地飘到了刘老板的旁边。

而此刻的刘老板已经喝蒙了，他拿着话筒，口齿不清地说着："有！什么夜都有！洞房花烛夜，春江花月夜……什么夜都有！"

"情话寄呀寄，春意飞呀飞，谁在跳呀跳，心也比我厚脸皮……"珍香举着话筒摇头晃脑。

心也比我厚脸皮，这歌词真是应景啊。

没有人知道，"厚脸皮"这三个字对珍香来说太重要了。俗话说，脸皮厚吃个够，脸皮薄吃不着。在离家乡上千公里的北京，她就是靠这三个字活下去的。厚着脸皮减肥，厚着脸皮一个人吃饭，现在厚着脸皮举着话筒陪客人唱歌。薛璐可以骂一句孙子然后脱下高跟鞋掉头走人，她不行。因为薛璐可以回她南城的家，两室一厅，虽然不大也不新，但那终究是她心里一个坚硬的躯壳，是她内心的底线。

而她住的那个地方，不是家，是房子。是一个晚交房租一天就会被夺命连环 call 催交房租的房子，是一个每个月要付掉一半工资还住不踏实，随时都可能被房东以"要卖房"等各式各样的理由撵走的房子。

作为一个没有退路的人，那几千块钱的业绩奖金，可以让她活得踏实很多，让她不再惶恐因为一次感冒而在医院里倾家荡产，让她在商场看到一件裙子，狠狠心也可以把它买下来。让她觉得，自己不再是那么风雨飘摇。

那几千块钱的奖金，对薛璐来说可以甩甩脸走人。但是对珍香来说，太重要了。真的太重要了。

一曲唱完，刘老板突然甩出合同，满嘴酒气地说："李……李小姐，俺今天就把话撂在这儿了，俺刘国富这三个字，一个笔画一杯酒，你……你喝多少！俺就写几笔！这合同……签不签就看你了！"

珍香看了一眼桌子上那一片亮晶晶的玻璃杯，然后看了一眼旁边的合同，深吸了一口气："成，刘老板您说话算话！"

"李小姐豪气啊！俺……俺先敬你一杯！"刘老板边说边拿起旁边的酒杯往自己嘴里灌。

珍香也拿起桌上的酒杯，闭着眼睛，一干到底。

"好，一画！"

又一杯。

"两……两画！"

第三杯。

"三！三画！"

就这样，珍香硬着头皮一杯接着一杯地喝，当她喝到第七杯酒的时候，胃一阵剧烈地收缩，她条件反射地呕一声把嘴里的酒给吐了出来。

可此时的刘老板也已经醉得不行，他也记不得珍香喝到多少杯了，过来一把抓住珍香的肩膀，然后口齿模糊地说："李小姐，俺家的炕可宽敞了，什么时候上俺家来，大哥给你松松骨。你要是答应了俺，俺……再给你敬一杯！"刘老板摇摇晃晃地拿起桌上的酒杯。

"刘总……唉，真的不能再喝了。"正在这时，宝根哥上来救驾，刘老板手里的酒猛地一洒，浇得胸前都是，整个人就像一只蔫巴了的醉鸡。

"那个，李小姐啊，今天咱们的局就先到这儿啊，瞧都醉成什么样了，明儿一早还得飞三亚呢。"宝根哥和另一个眼镜助理一左一右地把刘老板的胳膊往脖子上一搁，准备一起把他抬出包间。

"什么飞三亚……再喝！再喝！！"珍香举着酒杯，醉得迷迷糊糊地说。

等那三人跟跟跄跄地走出了包间的时候，珍香依旧没有反应过来。她口齿不清地举着酒杯："再……再喝一杯……再写一画！"

直到她看到眼前这个空空的包厢才猛地一惊，"合同……合同还没签呢！"她晃了晃头重如铅的脑袋，头痛欲裂地缓过了神。然后跌跌撞撞地的冲到沙发上，把包从靠枕下面抽了出来，然后发疯似的往门外冲。

KTV外，两个东北大汉正用力地把刘老板往一辆黑色轿车里面塞，刘老板口齿已经含糊不清，嗯哼嗯哼地不知道在哼啥。

"合同……刘老板先签一下合同啊……"珍香披头散发地冲到轿车前，用手抵着车门，然后打开背包胡乱地翻找着里面的合同，一大堆纸笔哗啦啦地撒了出来。

"我说李小姐，你搞没搞错啊，你瞅咱刘总现在这样能签合同吗？什么事等刘总下个月从海南回来再说吧！"

"合同……合同必须签啊。"珍香强忍着呕吐感欲哭无泪地拽着包。

"啥叫必须啊？李小姐，你瞅你这话说得就不对了，我们公司该你的还是欠你的啊，咱们刘总和你们合作，是图个缘分，不签那也是情有可原！我瞧你这是要道德绑架还是武力威胁啊？我告诉你，咱们是从煤矿窑里摸着黑揣着命出来的，不吃你这套！"刚才还慈眉善目地说着"老妹啊，这牛肉面老好吃了"的宝根哥立马变成了面目狰狞倒拔垂杨柳的鲁智深，珍香觉得自己再出现在他面前一秒，就会被他倒插进酒店的花坛里。

她捂了捂隐隐作痛的额头，往后退了一步。

轿车门砰的一声被关上，几百万的大单子就这么在一股刺鼻的汽车尾气里一溜烟儿跑了。

珍香呆呆地看着远去的黑色大奔，然后弯下身子，面无表情地把地上散落的文件杂物捡起来塞进背包里。这一刻她涨红着脸，却哭不出来，只是很想吐。

她收拾好背包，然后一屁股坐在了 KTV 门口的花坛上。周围都是来来往往的夜场男女，她脱下高跟鞋，发现脚后跟已经被磨得红红的，她就这样旁若无人地弯着身子，用手揉着脚。这一刻，她的心是空的。她只是觉得很累很累，累到不想去考虑合同的问题，累到明天不想去公司面对牛老大，甚至累到不想回家。

"小姐，要送你回家不？"一个男人的声音，从背后优雅地传来。珍香转过头，眼前的这个男人虽然长相一般，但是倒也是体体面面，手里还晃着车钥匙。珍香心头一热，王子突然出现的戏码又在内心伴随着呕吐上演了，还没等珍香说话，那男的就又开口了："去哪儿啊，三环内 60，不打表。"

Chapter 15

很轻的夜晚，
很重的人生

他有点小小的惊慌失措，他不确定在那一刻突然想起她的原因，但他清楚地感觉到了，他想和她一起吃饭。

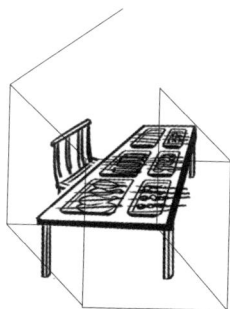

　　深夜，珍香独自一人拎着包，披着外套，满头乱发，像个女鬼似的一瘸一拐地游荡在工体南路。深秋的北京气温逼近零度，珍香走了好一段路都没有看到空的出租车，她开始有点后悔拒绝了刚才的那位黑车司机。

　　一股寒风从街的另一头灌了过来，珍香忍不住打了一个寒战，佝偻着肩把冰冷的手缩到了外套里。

　　前面有一个十字路口，有卖香烟的小贩敞开着大铁盒子，也有拖着三轮车的流动麻辣烫摊，哪怕是在这个点，摊位前还坐着三三两两的年轻人。

　　突然，一个熟悉的侧脸出现在了珍香的视线里。珍香一愣，然后下意识地往路边退了一步。

　　那张侧脸，是吴大毅。

　　只见他侧着身子坐在热腾腾的麻辣烫摊前，旁边坐着一个戴眼镜的女孩，衣着随意，头发简单地扎在一起，是晚高峰的人群中最普通的那种女孩。吴大毅夹起盘里的一颗鱼丸，蘸了一点麻酱，然后贴心地用嘴轻轻地吹了吹，最后送到了女孩的嘴里。

那女孩似乎挺怕冷的，一直把另一只手揣在吴大毅的口袋里。他们就像这个城市其他的小情侣一样，可能是刚加班完做完报表从公司出来，可能是刚结束完朋友的聚会，也可能是看完一场零点场的电影，在这样一个寒冷的十字路口，吃一口热腾腾的食物，等一班回家的夜车。

珍香一动不动地站在树荫下，吴大毅侧身坐着，只要稍一回头就可以看到此刻落魄如女鬼般的珍香。但是，他的视线始终没有往这儿看过来，他的眼睛里，除了眼前的那一盘麻辣烫，就是坐在一旁的这个女孩。

一个熟悉的场景，突然像播放旧日电影那样，在珍香的脑海里咔嚓咔嚓地滚动了起来。也是在这样的一个路口，人很少，风很大。

"我觉得杨幂演得也太费劲了，还是鹿晗好看。"

"我觉得演得挺好啊，那小白脸不好看，瞅着特别扭。"

她和吴大毅一起看完了一场在深夜时段打折的电影，乐呵呵地从影院里走出来。路口，那些在白天里躲着城管的小吃摊在这个时候全冒了出来。

"看个电影肚子就饿了，要不吃个麻辣烫再回家？"吴大毅用手摸了摸珍香的头。

"吴大毅，你搞没搞错啊？上次不是和你说过了嘛，那些什么魔芋丝啊，鸡爪啊，反正看起来白白的，都是用氢氧化钠漂白过的，吃了会伤害到食道的。而且啊，你以为的那些牛肉串羊肉串，他们会给你用真材实料吗？指不定全是老鼠肉！最重要的是，你知道一份麻辣烫的热量有多高吗？至少500大卡，我的天，够我好几顿饭摄取的热量了。"

"好了好了，我不吃不就行了嘛。"吴大毅听完珍香的话，已经胃口全无。

"这就乖了嘛。"珍香踮起脚捏了捏吴大毅的脸，"要不我回家给你煮个面？"她丝毫没有在意吴大毅脸上失望的表情。

而现在，那个曾经被忽略的失望表情，唰地一下在珍香的脑海里闪现出来。她终于明白自己和吴大毅之间，缺失的到底是什么。她以为自己已经付出了太多太多，她每天给他转发天气预报，告诉他降温了要穿什么，她像个追踪器似的想知道他在做什么，工作累不累，回去的地铁堵不堵，她想把心里所有的爱都扔给他，她做了那么多，但是她还是害怕，害怕自己扔得不够远，害怕他接不到，所以，那些爱，就像陨石，只可远观不可近触。

珍香不知道，吴大毅想要的，并不是这份来自宇宙的沉重的爱，他不敢接，怕手被灼伤，怕看清楚了上面丑陋的花纹。

他想要的，或许只是一份不太卫生的麻辣烫而已。

珍香转过身，独自一人往回走，她也不知道自己要走到哪里去，她只是没有勇气靠近吴大毅，没有勇气走过那个十字路口。

她漫无目的地在昏暗的街道上走着，手机突然在包里嗡嗡地振动了起来，珍香摸出手机，看了一眼上面的名字，不由得沉了一口气。

"喂，爸。这么晚了打电话，有什么事吗？"珍香把电话接了起来。

"我从8点多就给你打电话，你一直没接，就怪着急的。没……没什么事。"父亲犹犹豫豫地说。

"怎么会没什么事！别人家的孩子都上学了，你儿子现在还在家里待着呢！"坐在一旁的继母故意压低着声音。

"刚才在和客户谈业务，所以没注意到。有什么事你就说吧。"珍香低下头，有气无力地用脚踢着路边的树叶。

"唉，还是关于你弟赞助费的事情，你这边准备得怎么样了？现在学校都开学了，你弟的学习可不能耽误啊……"

"爸，我没钱。"似乎是在酒精的作用下，珍香冷冰冰地直截了当地说出了这四个字，"我每个月的工资，扣掉各种税和保险就那么几千块，其中一大半还要交房租，根本存不下什么钱。"

"几千块还少啦？还要拿出一大半交房租？她弟弟都快没学上了，她却在北京住豪宅！"旁边的继母忍不住冷嘲热讽道。很显然，父亲是开着免提打的这通电话。

"香香啊，不是爸说你，这女孩子啊，有的时候应该勤俭节约一点，对生活也要有规划，不能过得没头没脑的。"

"爸，我怎么就过得没头没脑的了？"珍香冷不丁打断了父亲的话，"我上高中和大学的时候你有操心过学校的好坏吗？这两个月除了打电话来问我要钱，你有关心过我吗？你知道我在北京是怎么活的吗？"

"喂！你怎么和你爸说话的啊！女孩子家的怎么脾气那么冲，你爸既没骂你，又没逼着问你要钱，你上纲上线个什么劲儿啊！"继母按捺不住，像撕破脸皮一般对着话筒大吼。

珍香冷笑了一声，然后淡淡地继续说："爸，我卡里是有几千块，但是我刚谈黄了一个大单子，可能下个月我就没工作了。还有，再过几天我就要交下个季度的房租。不过没关系，如果你要的话，我立马一分不差地都转给你。"她说完便按掉了电话，然后全身瘫软似的一屁股坐在了路边。

深夜一场由北而来的大风吹走了笼罩多日的雾霾，整个夜空显得格外轻盈透亮，珍香疲惫愈地抬起头，透过斑驳的树影，深蓝的夜空闪烁着点点繁星。如此美妙的夜空，还有那个被无助感包裹的很小的自己，从童年时期到现在，原来一直都还存在。

路灯突然暗了，整条街道都寂静无声，夜色显得很轻柔。

一辆打着"空车"灯牌的出租车缓缓地驶来，珍香招了招手，然后捂着肚子，狼狈地钻进了后座。

珍香强忍着胃里一阵又一阵的抽搐感，佝偻着身子窝在后座。

这是两年前珍香疯狂减肥的时候落下的胃病。当时她经常饿着不吃晚饭，饮食也不规律，还空着肚子玩命似的做运动。那一天，当她在厨房对着锅子煮着一棵娃娃菜的时候，胃部突如其来的灼烧感让她几乎痛得晕了过去。她整个人倒在厨房的地上动弹不得。

水开了，锅盖被扑腾的水蒸气砰砰砰地往上顶，火苗依旧在噌噌地往上蹿。

沸腾的水从锅盖的缝隙里喷出来，淡蓝色的火苗随着吱吱的蒸发声变成了暗黄色。

从锅里扑出来的水越来越多，眼看着煤气灶上的火苗就要被扑腾的水浇灭。珍香勾着身子，看着眼前的这一幕水火交融的画面，艰难地顶着胃痉挛剧烈的疼痛，用手搭着灶台，然后颤抖着扭灭了煤气灶的开关。

这一幕，珍香至今还心有余悸。她总是像得了强迫症似的，在心里弹出无数个如果。如果那天自己晕倒了，如果那天扑出来的水把火给扑灭了，如果煤气就这么泄漏了，如果她煤气中毒了，如果她就这么死了……那么，又有谁会知道呢？会在多久之后被人知道呢？

相比"如果她就这么死了"的这个假设，死了之后的那些问题，才真正让她觉得恐惧。

所以，珍香悲壮地在她的"一个人住的生活守则"后面又加了一条——死了要化为一堆傲骨清风的骨灰，而不要变成一具被蛆虫啃咬的腐尸，死也要死得被人知道！

出租车停在了小区门口，珍香用颤抖的双手递上钱，然后面色惨白，勾着身子下了车。

突然，一个黑影从路边花坛里嗖的一声蹿了出来，迎面扑到了珍香的身前，然后一弹，像个球似的滚落到了马路上。

珍香被吓了一跳，身子一晃整个人差点跌倒在路边。

"tataaaaaaaaaaaaaa——"

是饭团。它仰着头，朝珍香探着脑袋。

被吓得心有余悸的珍香努力镇定了下来，然后，她心里有什么东西开始燃烧起来了，她哆嗦着嘴唇，强行压着内心的火焰，对正在地上眨巴着眼睛的饭团铿锵有力地吐了三个字："你走开。"

"biuuguuuuuuuuuuuu——"饭团却摇着笨重的身子，在地上蹦跶了起来。

还没等珍香开口，一阵熟悉的感觉又从刚才还在抽搐的胃里泛了上来。

——她又饿了。

很饿，非常饿，想不顾一切地吃东西。

她环顾了一下小区周围，只有一家拉面店还亮着灯。她跌跌撞撞地走了进去，点了一份大碗的牛肉面，然后虚弱地坐在了餐桌前。她醉着，胃又痛，但是，非常有食欲。

服务员端上牛肉面，她闻着碗里扑鼻而来的香气。此刻，她的反应就是，又想吐，又想吃。

她用筷子夹了一大把拉面，然后狼狈地放进了嘴里。

"baboooooooooooo——"饭团突然出现在了餐桌上。

珍香一边狼狈地咀嚼着面条，一边口齿不清地说："你上辈子有什么没吃到的东西，去找你爹妈啊！去找你大爷啊！干吗摊上我啊？我的人生才刚刚好起来，为什么你就出现了？我又不欠你的，你知道我瘦下来吃了多少苦吗？你以为我是真的不想吃吗？我也饿啊，我也想吃啊，我也是个正常人啊！"

胖的时候，她虽然孤苦伶仃，但也还算自得其乐，她可以和偶像剧里的彭于晏谈恋爱，在深夜里有一大堆零食陪伴。现在变瘦了，却被劈腿了，被一只精灵给缠上了，而且又变回了以前的样子，变成一只嗷嗷待食的猪。她迷惑了，真真切切地迷惑了。她弄不清楚自己的人生到底是一出悲剧还是恐怖剧。

"你走吧，我求求你，你走吧！"她抬起手，用力地朝饭团一挥。

饭团一声呜咽，被珍香从桌子推到了地上，趴在地上动弹不得。然后，它晃悠着身子，像是害怕了似的，缓缓地朝珍香走来。

"你滚！滚！！！"珍香歇斯底里地朝饭团吼。

饭团像是愣住了，它不动了。

珍香的鼻子不由得一酸。她仰了仰头，捋了捋头发，然后深呼吸。每次想哭的时候，她都会做这些动作，她最讨厌眼泪，特别是自己的眼泪。每次看到偶像剧女主角哭得像个泪人似的她就会一直快进快进。

被劈腿后，在医院里和吴大毅对峙的时候，她没有哭。

在餐桌和酒局里给客户当牛做马，忍受着翻腾的胃唱着口水歌的时候，她没有哭。

在挂了父亲电话的时候，她没有哭。

现在被一只精灵附身，半呕半咽地吃着东西，她会哭？

不！可！能！

她低下头，忍着呕吐感，继续一筷子又一筷子地吃着碗里的牛肉面。

"李珍香？"突然，伴随着一阵推门声，一个身影晃到了自己的面前，她微微地抬起头，嘴巴里还嚼着面条。

是卓淳，他依旧穿着宽大的帽衫，用帽子罩着头。

"吃得真香啊！我的晚饭呢？"他皱皱眉头，表情好像有点严肃。

"什么……什么晚饭？"

"你昨晚答应我的晚饭啊，我饿着肚子等你到现在，胃都快饿穿了，实在受不了才下楼来吃饭。结果你倒好，一个人在这儿吃得正香。"卓淳的语气有点生气。

"噢……"珍香猛然想起自己昨天晚上的承诺，"我……忘了。"

"忘了？！"卓淳露出了一个不可置信的表情。

"我现在去给你买。"珍香狼狈地拿起餐巾纸擦了擦嘴，然后站起身。

"不用了。"卓淳摆摆手，"好像我就图你一碗面似的。"

然后，他用一种老干部似的口气，对珍香说："你爸妈是怎么教育你的，做人要诚信，知道不？"

珍香的心像被什么击中了一样，她对着碗里热气腾腾的拉面，整个人呆住了。

"我没妈。"她轻声地说。

刚说完，她像是失控了一样，也来不及去想"不要哭不要哭"，就哇的一声在餐桌前哭了出来。

"珍香你……你怎么了？"卓淳惊讶地看着瞬间崩溃的珍香，拉开一张椅子坐了下来。

"我没妈。就是因为我没妈，所以才那么没诚信，才那么笨，才什么都做不好。我没妈……但是……你们为什么都要来欺负我……男朋友欺负我，客户欺负我，同事欺负我，家里人欺负我，饭团欺负我，现在连……连邻居都来欺负我……你们……你们为什么都这么讨厌我……"珍香毫不掩饰地在餐桌前大声哭了起来。

"我……我是开玩笑的，真的没那个意思。"卓淳似乎有点被吓到了，一时间不知道该如何招架。

珍香边哭边拎起包，行尸走肉般地往店外走。

才刚推开店门，胃里一阵翻江倒海，她痛得蹲了下来。

"你……你没事吧？怎么喝了那么多啊？"卓淳走上前，闻到了珍香身上满满的酒味，他用手搀住珍香，但是珍香还是像块铅似的重重地掉在了地上，怎么也支不起身子。

卓淳索性把珍香的两只手搭在自己的脖子上，然后用双手揽住珍香的腿，把珍香背了起来。

"你们为什么都要欺负我……我一个人，我那么倒霉……为什么还要欺负我？"珍香迷迷糊糊地趴在卓淳的背上哭着嘟囔着。说着说着，不知道为什么，她突然有一种莫名的安全感，胃部的痉挛也渐渐地消失了，伴随着浓浓的醉意，她的脑袋昏昏沉沉的，像是断了片，趴在卓淳的肩上睡着了。

卓淳把珍香一直从拉面店背到家门口，他轻轻地把珍香从身上放了下来，珍香像个泄了气的皮球似的迅速瘫软倒地。卓淳一手托着珍香的头，另一只手犹犹豫豫地伸进珍香的包里，掏出了钥匙。

打开门，他有点吃力地把珍香抱到了床上，珍香一碰到了床，像是条件反射一般，顺势扯开被子，昏昏沉睡了过去。

"珍香……"他轻轻地摇了摇珍香，似乎还有点不放心。

珍香支吾了一声，然后微张着嘴，好像睡得很沉。

卓淳舒了一口气。他并没有离开，而是靠着床，坐在了地板上。他环视着这个独居的小屋子，看到那张小小的餐桌，想起今天自己的午餐，一个人吃着外卖，若在以前，他也习以为常，但是今天，他的脑中突然晃过一个人，晃过她大口大口吃饭的样子。他有点小小的惊慌失措，他不确定在那一刻突然想起她的原因，但他清楚地感觉到了，他想和她一起吃饭。因为，在与她共餐的时候，自己觉得快乐，幸福。他开始厌倦一个人吃外卖的生活了。

"珍香。"他转过身，看着珍香大大咧咧的睡相，淡淡地笑了笑。

"对不起啊，对不起和你说那些话。"他轻声地说。

"但是，你还真是不靠谱。所以，以后就我请你吃饭吧。"他说完不自觉地笑了笑，然后伸出手，轻轻地捋了捋珍香额头上杂乱的刘海。

他帮珍香盖了盖被子，关掉了屋子里的灯，然后轻轻地捎上门离开了。

黑暗的房间里，一个发着柔光的小白球静静的悬浮在了半空中，然后缓缓地降落到了珍香的床上，发着咕噜咕噜的声音钻进了珍香的被窝里。

那些所谓的宿命，都是在黑夜里悄无声息的开始布下天罗地网的。而你的人生，就是在这张大网上匍匐前行着。你的学识，容貌，背景，身高，智商，情商……这千千万万种只属于你的唯一，构成了你人生最精确的坐标。你的每一次幸运和悲哀，其实都有因有果，有理有据。人生中真正属于你的意外，其实很少很少。

所以，能遇见，已经足够幸运。

Chapter 16

人生在世全靠演技，
碧池里也能开出白莲花

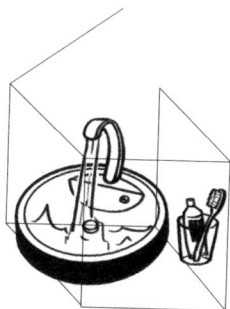

正在这时，饭团不知道从哪里蹿了出来，然后趴在水池边，把嘴凑到正淌着水的水龙头下面，咕噜咕噜地灌了口水，然后扑哧一声吐到了水池里。

每年一入了 11 月份，北京就迎来了它最美和最难挨的一段时间。

北方的深秋，雨侵坏瓮新苔绿，秋入横林数叶红。公园里的枫叶红了，街道两旁的银杏树叶似乎也在一夜之间变成了金黄色。北风一吹，银杏叶一飘，一落。那画面美得可以让珍香短暂地忘记这个月还没有交的房租和水电费。

说难挨的话，请把镜头切到珍香租的小开间里——此刻的她，正哆哆嗦嗦地在一个没有暖气的房间里迷迷糊糊地睁开了眼。

昨晚的一股冷空气吹走了积聚多日的雾霾，也把气温硬生生地逼退到了零摄氏度。北京的冬天就是这么被一股风给刮来的，昨天你还在三里屯的街道上被装 × 拍飞，今天却在没有暖气的房间里等死吃灰。

"唉……"珍香揉了揉仍旧不太舒服的胃，然后胡乱地在床边翻出了一件外套披上，踉踉跄跄地走进了卫生间。昨晚在拉面店之后发生的事情，在她的大脑里全部断片，她也没心情去回忆。因为，有一件压力更大的事情在等待着她。

今天可能是她入职以来最危机四伏的一天——她要拿着一份空白的合同去面对牛老大。

珍香有气无力地把牙膏挤在牙刷上，然后对着镜子睡眼蒙眬地刷着。正在这时，饭团不知道从哪里蹿了出来，然后趴在水池边，把嘴凑到正淌着水的水龙头下面，咕噜咕噜地灌了口水，然后扑哧一声吐到了水池里。

"啊？你也想刷牙呀？"珍香咬着牙刷，在指尖上挤了一点牙膏，轻轻地抹在了饭团的嘴里。

饭团咕噜咕噜，像嚼口香糖似的把牙膏含在嘴里，然后，"阿嚏——"一声，一连串薄荷味的泡泡从它嘴巴里冒了出来。牙膏泡飘在半空中，然后噼里啪啦地消失，卫生间顿时变得像个绚烂的小花园。

珍香漱完口，然后用毛巾抹了抹嘴，低下头对正蹲在马桶盖上的饭团挤了挤眼："所以今天想陪我去上班吗？"

话音刚落，饭团就蹦了起来，屁颠屁颠地往卫生间外跑，然后嗖的一声，像一脚飞速进门的足球，咻一下钻进了珍香的背包里。

当珍香掐着点走进公司大门的时候，她看到有一小撮同事正悄悄地在牛老大办公室外的走廊上探头探脑着。

珍香好奇地走了过去，还没走到门口，就听到了牛老大那中气十足的嗓音。

"我不需要你的任何解释！我只想说，这个单子我们从两个月前就开始准备了，货都已经发到天津货仓，现在正堆着，准备签了合同就运到北京来呢。之前我和悦城健身中心的刘老板谈了多少次你们不是不知道，事都差不多定了，让你们去就是去签个合同而已，真不是给予你们什么伟大的革命重任！你们倒好，今天拿着空白的合同来给我，还感觉特刘胡兰英勇就义的，我想问问刘老板怎么你们了？别陪着客户唱首歌就觉得自己是坐台小姐，我告诉你，这不是自尊心，这是病！"

牛老大说完深深地叹了一口气转过身，然后啪一下把合同甩在办公桌上。

珍香僵直着身子站在办公室门口，作为肇事者之一，正当她还在踟蹰着该怎样进去迎接牛老大突然爆发的愤怒的时候，一直没吭声的薛璐突然开口了。

"牛经理，首先我承认所有的错误，这个责任全在我这儿，是我没签完合同先离场，不关珍香什么事。您说的道理我也都懂，我做这行也三四年了，说实话，我进了公司，做了您的属下，就从来没把脸往皮上挂过。昨天在 KTV 里……说出来您别笑，我不知道怎么的，就突然想到我妈了。"薛璐无奈地笑了笑。

"想到你妈？你是还没断奶还是怎么的？"

"想起三年前，也是这个时候，我妈在协和医院对我说，以后要是找了男朋友，结婚前得先带来给妈瞅瞅啊。"

牛老大听得一脸茫然。

"我妈在的那地儿说出来您别吓着，八宝山。她说完这话一周后就去世了，胃癌晚期。进医院的时候医生说可以挺到来年春天，可她冬天还没到就走了。昨天在 KTV，陪刘老板喝个烂醉，不知怎么的脑袋一晃，就晃到了我妈对我说那句话的画面。我就想啊，都三年过去了，我也二十七八了，还没带男朋友去看她。她在那儿等得着急了吧，会不会以为我忘了啊，她老人家一定特伤心吧。而我现在除了睡觉其他的时间都花在了工作上面，还谈什么结婚，会有哪个男的喜欢我，看得起我。我觉得我对不起我妈啊。"

珍香着实被薛璐这番掏心挖肺的话震惊了，牛老大也愣住了，戳在那儿一副不知道说什么好的表情。

"我向来把公司当自己家，因为我就没个完整的家啊。我心里苦啊。牛经理，既然都已经给公司造成了损失，您就开除我吧。您开除我，我反而心里好受些。没什么的，北京那么大，能给我口饭吃的地儿还是有的。"薛璐一副大义凛然要上刑场的表情。

"你这是扯的哪儿跟哪儿啊……"牛老大被说得一脸尴尬，"行了行了，别一副苦大仇深的表情了，搞得好像我欺负你似的，我也有女儿，这点同理心我还是有的。"

薛璐依旧在抽泣。

"明儿个我飞趟海南，把合同签回来。行了行了，你回去工作吧，看着你这副样子我闹心。"牛老大皱皱眉，摆摆手。

"还有你，李珍香，戳在那儿好一会儿了，怎么了？也想被开除吗？"牛老大突然探出头，指了指缩在门框边的珍香。

"啊？我……"珍香顿时结巴了，在薛璐滔滔不绝的洒热泪之后，她说什么都是没分量的。而且，她根本没有勇气说出"您就开除我吧"之类的狠话啊，万一画风一变，牛老大突然仰天大笑："哈哈哈，李珍香，我就等你这句话啊！"那可怎么办？！她还有下个月的房租要交，她这条命就指着工资活啊。

"我……回去工作了。"珍香孬孬地说。

走廊上，薛璐依旧像平时一样迈着超模步。

"唉，你还好吧？"珍香担忧地凑上前。

"挺好的啊。对了，现在几点了？楼下的 café 还有早餐卖吗？说得我口干舌燥的，我得喝杯鲜榨橙汁润润嗓子。"薛璐摸了摸嗓子。

"啊？"

"噢，那个啊，你就当我演小品呢。我妈现在正在小区里跳广场舞呢，昨儿去农贸市场，一个小贩少给她一根葱，她老人家立马冲到管理处把人给告了。说实话，就我妈那性格能活到现在，还真是个奇迹。"薛璐翻了一个白眼。

而那个白眼，此刻珍香的解读是：瞧见了没，你的道行还浅着呢。

"薛璐，今天我算是对你真正地肃然起敬，你在我心里真的已经是犹如革命丰碑般的存在了。"珍香屁颠屁颠地走在薛璐旁边。此刻她觉得薛璐的气场，已经将自己碾轧得片甲不留。

"这算什么。"薛璐随意地摆摆手，"人生在世全靠演技，碧池里也能开出白莲花。"她幽幽地说。

"哎？我说你总带个玩偶上班算咋回事啊？想回归做少女啊？"薛璐朝着珍香的手袋瞥了一眼。

"bubaaaaaaaaaa——"饭团转了转小眼睛，把头缩进了包里。

原本以为枪林弹雨的一天，居然这样有惊无险绝处逢生地被薛璐化险为夷了。薛璐的形象在珍香心里猛地拔高到了国贸三期的那个高度——那种俯瞰你们这些凡夫俗子的会当凌绝顶之感。

下班回家的路上，回味着这种敬畏之情，珍香走进了小区大门。她掏出手机，打开一个外卖 App，用大拇指刷着上面琳琅满目的餐厅。

话说这个在路边烤冷面摊上都能听到有人谈融资的年代，各式各样的外卖软件在互联网界也是拼得你死我活。从此，单身狗也可以一个人肆无忌惮的在家里吃上要排队几个小时的餐厅，甚至是火锅、烤肉、串串这些以前一定要厚着脸皮去店里吃的东西。

除了钓鱼台的国宴，似乎没有什么是外卖 App 点不到的。

正当珍香低着头刷手机的时候，前方传来了充满磁性又熟悉的声音。

"珍香？"是卓淳。只见他手里拎着一只垃圾袋，下半身裸露着小腿，穿着一条宽大的篮球短裤，上半身却套着一件鼓鼓囊囊的羽绒服。

"你知道吗？在路上玩手机导致意外死亡的概率，比癌症还要大。"卓淳一本正经地说。

正当珍香想脱口而出"有你下楼倒垃圾被花盆砸中的概率大吗"的时候，她突然想到了什么，然后有点不好意思地说："昨天……是你送我回家的？"

"对啊，从拉面店一直背到你家里，而且我的手还受着伤呢。"

"请你吃饭吧，我点外卖。"珍香有点内疚地低下头开始用手指滑着手机。

"不用了。"卓淳摆摆手，"我今天点了姜阿姨做的菜，我一个人肯定吃不完，就一起吃吧。唉，我也是好人做到底了。"

"啊？这样……"

"别磨叽了，快上楼。"

"噢。"珍香低头瞅了一眼卓淳裸露在寒风中结实的小腿，又莫名地脑洞大开。

晚上6点半，姜阿姨准时按响了卓淳家的门铃。

"我去开门吧。"此时的珍香正尴尬地坐在沙发上不知道做什么。她起身走了过去，打开了门。

门外一个烫着微卷头发的中年妇女，穿着一身蓝色的薄羽绒服，脖子上围着一条紫色的真丝巾，手里拎着一个鼓鼓囊囊的塑料袋。

"哟，小李姑娘也在呢。"姜阿姨看到珍香愣了一下。

珍香尴尬地和姜阿姨打着招呼，还没等她解释，卓淳从房间里探出头："姜阿姨来啦，快进门吧，外面多冷啊。"

"嗯。"姜阿姨进了门，脱了鞋，熟门熟路地从鞋柜里拿出一双拖鞋套上。

"哎，早知道小李也在我就多拿一份饭过来了。"姜阿姨边念叨着边走到厨房。

"没事阿姨，我不吃主食。"珍香跟在后面走进了厨房。

"不吃主食怎么行？"姜阿姨一愣。

"哎呀，你们这些年轻人，以为不吃主食就可以减肥，其实这种观念都是错误的啦，你们晓得光吃菜，那些菜的卡路里要比米饭高多少倍？阿姨我也是懂养生的人好不啦。咦？小卓啊，你的碗怎么又浸着过夜啦？啧啧啧，这要滋生多少细菌啦？"

姜阿姨把塑料袋一搁，然后扭开水龙头，熟练地挤了几滴洗洁精，拿起水池里的锅碗瓢盆就开始洗了起来。

"啊，昨晚回家太累了，就搁着了。"卓淳跑到厨房。

"没事没事，我帮你收拾，你快把菜拿出来放盘子里，哎呀，冷掉了就不好吃了啦。"

"哎？不是都有餐盒吗？"珍香在一旁小声地问卓淳。

"姜阿姨说啦，菜得放在盘子里吃，才有味。这叫生活的仪式感，懂不？"卓淳边说边把餐盒的菜小心翼翼地倒进盘子里。

菜是简单的红烧肉、油焖春笋、西湖醋鱼，汤则是杭三鲜。

"杭三鲜？"餐桌上，珍香好奇地问。

"小李不是浙江人吧？这是杭州人家里，最家常的一道菜咧。我们老杭州做这道菜，一般都要放水发肉皮，只是现在水发肉皮很难买到了，不过味道还是差不多的，来，快尝尝。"

"嗯。"珍香在汤里舀了一勺放小碗里，里面有河虾、猪肉团、鸡肉丝，还有新鲜的青菜和冬笋。慢慢地喝一口，口感清香爽滑，鲜味十足。

"真好喝啊。"珍香忍不住再舀了一大勺。

"那是啊，都是今天新买的食材，我们杭州菜，讲究的就是新鲜。"

"珍香，你得尝尝姜阿姨做的红烧肉，可能是朝阳区最好吃的红烧肉。"卓淳夹起一块红烧肉，珍香有些不好意思地把碗伸了过去，卓淳却一把夹到了自己的碗里，满足地吃了起来。

"这个红烧肉啊，做法可是有讲究的，我刚来北京的时候，看到北方人的做法，有放茴香的，还有姜啊蒜啊辣椒啊都放进去。红烧肉最好的做法啊，就是只放冰糖和酱油，再加一点点绍兴加饭酒，慢慢炖，就好了，肉最原本的香味就出来了。"

珍香看了一眼那油光发亮的红烧肉，犹豫地咽着口水。

姜阿姨像是看穿了珍香的想法："来，小卓把肉切一下，你吃肥的，李小妹吃精肉。"

"哎，姜阿姨啊，你就不怕我吃胖啊。"卓淳边用筷子夹开了肥肉，边问姜阿姨。

"怕啥？男孩子胖点结实，我儿子就结实。"

这时，饭团从桌底"咕噜"一声冒出了脑袋，朝着那盘红烧肉好奇地眨巴着眼睛。

"wulalaaaaaaaaaaaaa——"饭团的身子缩在桌底，脑袋趴在桌面上，对着那盘红烧肉咧开嘴笑了起来。

珍香的脑袋一热，身子一个激灵，胃深深地收缩了一下——是的，那种熟悉的感觉又回来了。

"不用了！我都可以吃！"她一把夹过了红烧肉，然后塞进了嘴里，狼吞虎咽地咀嚼着，一股油从她的嘴边漏了出来，她也没察觉出来。

刚吃完，珍香的脑袋就轰的一声又清醒了过来。

"一块红烧肉，就等于两碗米饭的热量！"珍香瞬间变成了哭丧脸，但她还是忍不住伸出筷子，狠狠地夹起盘子里的肉塞进嘴里。

"但是，真好吃啊……真的忍不住啊。"

姜阿姨和卓淳面面相觑。

"瞧这吃相，怎么那么像我儿子啊。"姜阿姨愣愣地说。

"是啊，她吃东西的样子真像个爷们。"卓淳和姜阿姨窃窃私语。

珍香咀嚼着嘴巴里香味四溢的红烧肉，然后狠狠地瞪了卓淳一眼。

"这是什么话，会吃的女孩子才有好福气。来，小李，再吃几块。"姜阿姨夹起盘里的红烧肉就往珍香的碗里放。

"唉，谢谢姜阿姨。"珍香边说边把红烧肉夹进嘴里，吸溜一声，酱汁从嘴角就要流出来，"快快，帮我扯张纸巾！"

珍香狼狈地指着卓淳旁边的餐巾纸盒。

客厅的餐桌上，三个人好似认识了很久一般大口地吃肉，大声地聊天。卓淳无意间往窗外晃了一眼，屋外冷风呼啸，玻璃窗上渐渐凝结着一层小水珠，冬天好像真的来了。而窗户上那层热腾腾的水滴，他一个人在这个屋子里的时候，好像没有出现过。

酒足饭饱，当珍香和姜阿姨离开之后，卓淳看了看时间，然后开始收拾准备去电视台上班。

像往常一样，当他一个人在家的时候，他就一定会打开电视机或者电台。其实不怎么看也不认真听，只是为了制造出一些声音而已。

"从市轨道交通建设管理公司获悉，未来，京冀将有三条城际铁路通往北京新机场。明年本市开建新机场线预计都将在 2020 年底前完工……"

他在房间里换好衣服，约了一辆 10 分钟后抵达的专车，然后拉开客厅茶几下面的抽屉，拿出一包烟和打火机。套上厚厚的羽绒服，拉开阳台的拉门，卓淳走到了阳台上。

　　屋外冷风呼啸，卓淳哆哆嗦嗦地点上了一支烟，然后倚靠在阳台的栏杆上，对着远处车马辐辏的东四环吐了一个烟圈。公寓楼下，一个熟悉的身影在小区的树影间移动，卓淳定睛一看，是珍香，她正穿着一件运动服在楼下跑步。

　　卓淳俯视着那个气喘吁吁的身影，忍不住笑了。

Chapter 17

大妈们的江湖

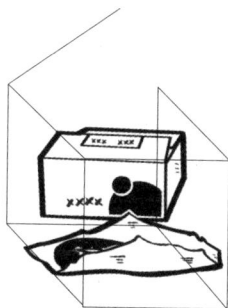

珍香用美工刀小心翼翼地划开纸盒，一股熟悉久违的
肉香扑鼻而来，里面被旧报纸包裹着的，是两块用保
鲜膜包得严严实实的腊肉。

公司里，由于牛老大飞去海南找刘老板签合同，整个销售部门群龙无首，无论是前台的苏州小妹，还是每个月业绩红名单上的先进员工，此刻都现出原形。

一到下午，整个写字间充满了哈欠声、闲聊声，甚至还有人明目张胆地在工作区嗑起了瓜子。没错，那个人就是吴霜霜。

"你看我这件粉色羊绒小洋装怎么样？昨天刚寄到的，《继承者们》里朴信惠同款。上个星期淘宝秒杀，我按到鼠标都坏了才抢到。"吴霜霜嗑着瓜子，得意扬扬地转过椅子，和坐在背后的薛璐说。

"我啊，对这些亚洲时尚文化不感兴趣，我是走欧美，成熟范儿的。你们这种粉色系对我来说太低龄，太不国际化了。"薛璐一边整理着资料，一边懒洋洋地说。

"那你平常都去哪儿逛街啊，西单还是三里屯啊。哎哟，我和你说，最近机场那儿新开了一个奥特莱斯，东西特实惠，全是折扣价，最后还可以来个折上折，东直门那儿就有班车，下次我约你去呗。”吴霜霜依旧眨巴着眼睛，单纯地嗑着瓜子。

“哎哟，我现在都不太逛国内的商场的，东西又少，款式又旧，而且人还那么多。我一般要买什么衣服啊化妆品都去国外。我和你说，买这种当季款，去法国最好，也最划算。”薛璐拿起订书机装订好文件，然后慢悠悠地端起了咖啡。

珍香忍不住咽了一口口水。上半年人事部登记资料，她瞅到薛璐的护照上也就一个泰国落地签。

“是吗？”吴霜霜激动地说，“那法国是不是特远啊，是不是免签啊？”

薛璐忍不住又呛了一口。

两个人闲扯完了之后，又把话题转向了一旁闷不吭声地做报表的珍香身上。

“珍香，最近有没有新桃花啊？”吴霜霜把椅子滑到了珍香的座位边。

“才刚分手，哪有什么桃花。”珍香有点不耐烦地回应道。

“其实珍香啊，有些话啊，从刚分到和你一组的时候，我就想和你说了。但是一直没怎么好意思，因为我可不是那种自以为是上帝，随便给别人意见的女人。”薛璐转过身，噘了噘嘴。

“没事，你说也没关系。”珍香有些忐忑地看了薛璐一眼。

“其实吧，你长得不丑。”薛璐慢条斯理地说。

珍香冷不丁起了一身鸡皮疙瘩，这个“其实吧”对于她的伤害，绝对不亚于对她说："珍香啊，我瞅着你的脸，就觉得你爸妈的精子和卵子的结合是多么不情愿啊。"

薛璐继续说："但是，为什么你的情路就那么不顺呢？其他的先撇开，以你的整体气质来讲，你的打扮实在太素了。"

"什么叫太素？"珍香一愣。

"先从你的头说起，你看看你的这个马尾辫，不知道的还以为你是某个高校女辩论队选手，能言善辩绝对能减少女人一半的性感值。男人才不要你和他论证一二三，他要的就是那种掌控全局的感觉。而你的这个所谓干练的发型，丝毫不能给予男人驾驭感。再看看你的穿着，白色的褶皱长衬衫，帆布鞋，淡蓝牛仔裤，活脱脱一个热爱无印良品的性冷淡。Remember，文艺范儿就是 gay 和大龄文艺女青年的专利，在直男的世界里是没有这个词的。"

听完薛璐的这一番语重心长的论述。珍香愣住了，虽然没好意思开口承认，但她惊讶又悲伤地承认了她的分析。

"那我该怎么办？"她弱弱地问。

薛璐深深地叹了口气，然后语重心长地说："其实很简单，那就是——"

"什么？"

薛璐突然靠近，然后握紧珍香的双手，深情又认真地说："Follow me（注：跟我来）。"

"珍香，你确实应该好好改变一下自己的着装了。我把我常去逛的淘宝店发你呗，特好，仿韩国大牌的，但质量特好，满 300 还减 50。"吴霜霜吐着嘴里的瓜子壳，激动地凑上前来。

薛璐暗暗地翻了一个白眼，然后闪退。

正当珍香被吴霜霜"胁迫"着打开淘宝网的时候，前台的苏州小妹喊着珍香的名字，走进了办公间。

"珍香，有你的一个快递。"苏州小妹递过一个包裹。

"我的？"珍香愣愣地接过快递，她瞅了一眼上面的寄件地址是四川，心不由得一沉，独自一人抱着包裹走进了茶水间。

珍香用美工刀小心翼翼地划开纸盒，一股熟悉久违的肉香扑鼻而来，里面被旧报纸包裹着的，是两块用保鲜膜包得严严实实的腊肉。她瞬间明白这个包裹是谁寄的了。

她掏出手机，翻出了父亲的电话号码。犹豫了很久，她叹了口气，还是没有拨出去。

下班后，珍香提着一盒腊肉走进小区的大门时，已经是晚上 7 点多了。上班族们的晚饭还没有着落，但小区里的大妈们已经吃好饭，洗完碗，然后一起聚在小区的空地上开始跳健康操了。

只要一走进小区大门，就可以听到从那时不时破音的音响里，传来的刺耳又欢快的音乐声——

"太阳太阳像一把金梭，月亮月亮像一把银梭，交给你也交给我，看谁织出最美的生活！"

珍香疲惫地路过小区中心的花园，远远地看着一个个在路灯下，扭动身躯，晃动脑袋，活力四射的大妈，心里暗暗地涌起一股崇拜之情。

究竟哪来的那么多精力呢？怎么就那么不觉得累呢？对珍香来说，工作一天之后，回家只想躺平，与床做伴共度良宵。

而这些大妈早上 8 点就在花园里跳，忙活一天，月亮钻出来了还消停不了，瞧那整齐划一，干净有力的动作和舞姿，真有一种扭转乾坤之势。雾霾天，她们戴着口罩跳得整齐划一。下雨天，她们披着颜色统一的塑料雨衣，照样翩翩起舞。这些大妈分明不是铁打的，而是金炼的，还是上等的白金。

"金梭和银梭日夜在穿梭，时光如流水督促你和我，年轻人别消磨，珍惜今天好日月！好日月！"

一曲高昂的青春舞曲作罢，大妈们四散开来，稍做休息。

这个时候，珍香在远处瞅到了一个熟悉的身影。只见姜阿姨围着她那条招牌的粉紫色丝巾，单脚踏在花园的石凳上，不知道是为了活络筋骨还是促进血液循环，开始用手啪啪啪地大力地拍着大腿。此刻，整个小区响彻着她那一轮又一轮快速用力的啪啪声。

其他的大妈也开始做各种诡异的动作，有一位大妈向前弯着腰，然后一直把头尽力贴近腿部，然后保持这个姿势，都过了两三分钟了还不见她抬起头。还有一位大妈，双手叉腰，对着空气吐舌头。这些匪夷所思的健身动作，在珍香眼里都是谜。

而珍香不知道的是，风起云涌的健身操在阿姨的世界里不过是短暂的云淡风轻，此刻大妈们的江湖才真正地开始。

无八卦，不江湖。

朝阳大妈们的江湖里，自然充斥着各种各样的八卦。无论是北京新一轮的限号政策，还是谁家没交新一季的物业费，谁家要生二胎，谁家买了新宠物但没有打疫苗，就连谁家用什么牌子的油盐酱醋她们都知道得清清楚楚。

同样地，她们也爱掰扯自家的长长短短，对儿媳妇不满意啦，哪个牌子的保健品管用啦，孙子准备上哪个小学啦，甚至还时不时地一起趁着淡季去旅行社报个便宜的三日游，潇潇洒洒地组团度假。

所以，大妈们的江湖，虽然免不了磕磕碰碰，但是主旋律还是其乐融融的。

然而，当一群咋咋呼呼的北方女人里面出现了一个南方女人，一种奇妙的化学反应就开始了。

"唉，你们看我嘴角上火好几天了，今天早上喝粥都疼，真愁人。"此刻咧嘴操着一口地道京腔的阿姨，江湖人称红姐。原因是她常年都穿一条鲜红色的紧身裤，年纪又比一般的大妈们要大些。

"煮点绿豆汤喝，管用。"旁边的一位大妈说。

"哎哟，这个季节谁还喝绿豆汤啦。"此刻，姜阿姨那一口杭州口音的普通话在一群卷舌音里面显得特别突兀，"红姐，我和你说，你这是因为缺维生素 B。我也经常嘴角上火，只要吃一片我儿子从加拿大带回来的维生素片，第二天就好了。"

"是吗？那待会儿我也去药店瞅瞅。"红姐压着腿，做着伸展动作。

"哎呀，国产的那些药不管用的，虽然名字都是维生素 B 片，但是其实成分和国外的是不一样的。我和你们说啊，这些药啊，保健品啊之类的，最好还是买进口的，国产的东西呀，不可信。你们没看那些新闻吗？什么假药啦，过期的就换个包装啦，吓都吓死嘞。"姜阿姨仰头伸展着手臂，表情有一丝淡淡的嫌弃和傲娇。

"就连一个维生素片你也能分出个洋货国货，我就瞅着国产的药挺好，我家老头子心脏病，好几次都是国产的救心丸把命拉回来的。"红姐略微不爽地嘟囔着。

而姜阿姨丝毫没有注意到此刻红姐的表情变化，爽快地一挥手："这样吧红姐，我明天给你带几片过来。你也不要去花那些冤枉钱了。"

红姐压着腿，假装没听到，不吱声。

"我听说加拿大的鱼肝油也挺好，是不，宝丽？"旁边一个伸着手拉着筋的大妈突然开口了。

姜阿姨突然一个转身，激动地说："对的呀，我现在就吃我儿子从加拿大带回来的，效果特别好，看报纸都不用戴老花眼镜了。你说神奇不神奇，不是我崇洋媚外，国外的东西啊，就是质量好。"

红姐背对着姜阿姨，默默地翻了一个白眼。

"对了，你儿子啥时候毕业呀，都去了那么多年了。"刚才问鱼肝油的大妈又问道。

"明年年初就毕业啦，我正打算办签证呢，早点飞过去，参加他的毕业典礼。上次和他打电话，他好像是要留在那边工作的样子。"

"哎呀，不回国呀？"鱼肝油大妈带着一丝同情的口气。

"这有什么啦！"姜阿姨傲娇地摆摆手，"反正我在北京也无亲无故的，等他稳定了我就搬到加拿大住大别墅去，他结婚了还可以帮他带带孩子，多好啦。你们不知道哦，加拿大的那个空气啊，老好的，街上一点灰尘都没有的。哪里像北京啦，一天到晚的雾霾，我早就受够嘞，身体都要待出毛病来嘞。"

红姐深吸了一口气，正当她忍无可忍，想转头与江南女人姜宝丽进行一番唇枪舌剑的时候，一个嘹亮的声音在前方响了起来。

"姐妹们准备一下，我们现在跳上个星期练过的双人恰恰舞。"前方一位大妈拿着移动喇叭中气十足地说道，声音十分有权威感，一听就知道是这一片儿健身操的领头人。

大妈们训练有素地迅速两两成对，等着音乐响起。

姜阿姨放下手臂，把目光投向了刚才的那位鱼肝油大妈。然而，正在这个时候，红姐突然拉住了鱼肝油大妈："小刘，你和我一组，我们上个星期就是一起跳的。"

姜阿姨愣了一下。然而，当她缓过神，想重新寻找舞伴的时候，她发现身边的大妈们早就迅速地站好了队，一对一对地面对面，摩拳擦掌着正等着音乐响起来。唯独她一人孤零零地游离在恰恰舞队里面。

她四处张望着，尴尬又着急得红了脸。

正当她手足无措的时候，一个熟悉的声音在身后响了起来。

"姜阿姨？"

转过头，是卓淳。

"大晚上的还健身呢？"卓淳穿着一件帽衫，咧着嘴笑。

"是呀。"姜阿姨略显尴尬地搓了搓手，"我，那个舞伴今天没来……跳不成了。"她失望又尴尬地编着理由。

突然，轰隆的一声，音乐响了起来。周围数十个大妈齐齐地甩起了手，抖起了肩，昂起了头，扭动起了屁股。一时间，斗转星移，天雷勾地火。

"别呀，我陪你跳啊！"卓淳一手拦住了想从队伍里退出来的姜阿姨。

"啊？"姜阿姨一愣。

"是这样吗？"卓淳模仿着周围阿姨的动作，"哈哈，挺简单的嘛。"卓淳边学边扭了起来。

姜阿姨的脸顿时由阴转晴："对的对的，步子再小一点。恰恰恰，一二三，转！哎呀，小卓啊，你比我之前的搭档跳得还好嘞。"

珍香站在远处，陶醉地看着这温情满满的一幕。突然，她的包里传来了一阵窸窸窣窣的声音，饭团猛地一下探出了头，还没等她反应过来，只见饭团从她的包里跳了出来，然后蹦跶到了恰恰舞群里，在卓淳和姜阿姨前面扭了起来。

她被眼前的画面给逗乐了——饭团认真又笨拙地在人群里扭着身体。后方，卓淳牵着姜阿姨的手，高挑的个子在一群中年大妈里面鹤立鸡群，可他一点都没有觉得不好意思，扭得比大妈们还用力，跳得比大妈们还欢快，和姜阿姨的合作居然也是默契十足。

一曲热烈的恰恰舞跳完，花园里的大妈们纷纷侧目，朝姜阿姨围了过来。

"哎哟小姜啊，哪里找来这么俊的小伙儿给您当舞伴啊。"

"我邻居，电视台里工作的，名主持人好不啦！"姜阿姨依旧一脸傲娇。

"哎呀你们说,这个小伙儿是不是现在流行说的,小……鲜肉啦?"一个大妈侧过身,满脸爱心地瞅着卓淳。

"是呀是呀,长得真好看,瞧这浓眉大眼的。"

"而且,我和你们说哦。我这个小邻居,不光工作好,长得好,人还特别热心。上次我家里电源短路,他过来,在电箱里捣鼓了几下就弄好了。还有我的电脑坏了,不能和我儿子视频了,也是他帮我修好的。"姜阿姨被挤在人群中间,满脸闪亮亮的得意和幸福。

"呀,上个月我儿子从韩国给我带了个电饭锅,上面都是英文和韩文,一个字都看不懂,搁在那儿快一个月了都没能用。可以麻烦你过来帮我看看吗?"一个烫大卷的大妈站了出来。

"我家那个电视,不知道为什么搜不到北京台了。真是太奇怪了,之前都有的啊。小伙儿,你可以来我家帮我瞅瞅不?"

大妈们热络地围着卓淳,满眼的崇拜和喜欢。

"没问题,我就住二单元。有什么麻烦就都来找我呗。"卓淳笑着说。他和这一群陌生的大妈相处得其乐融融,一点都不羞涩。

音乐声又响了起来,大妈们又训练有素地摆开阵势,卓淳和大妈们打了个招呼,从队伍里退了出来。刚才还跳得扑哧扑哧的饭团也晃着身子钻出了人群。

珍香走了过去,抱起地上的饭团。

"baboooooooooooo——"饭团把汗涔涔的身体往珍香的脸上蹭。

"哎呀,脏死了,别闹!"珍香一把揪住饭团,把它从自己的脸上移开。

"珍香？你干吗呢？"迎面走来的卓淳一脸奇怪地盯着珍香。

"没……没干吗。"珍香啪的一声把饭团塞进自己的包里。

"整天捧着个玩偶做什么呢？"卓淳有点哭笑不得。

珍香抬起头，正当她想回答些什么的时候，她发现，此刻卓淳这张冒着热汗的脸正离她不到 20 厘米的距离，她甚至都可以感受到他身体散发出来的，那热腾腾的青春气息。

而他脸上的汗珠，从额头，沿着他完美的轮廓，滴落到了他的帽衫上。

更要命的是，卓淳接下来的动作，居然是下意识地扯了扯帽衫，不由得露出了亮堂堂的胸膛。

此刻，珍香的少女心叠加着她的少妇心，在她的意识世界里面爆炸。无数粉红和艳红的晶体像磅礴的流星雨一般铺天盖地地砸了下来。

她哆嗦着嘴唇，目光抽离。

"那个……你吃饭了吗？"

她捂了捂自己此刻空虚的胃，呆滞地问道。

Chapter 18

你世界里的孤独，
对我来说都是付费项目

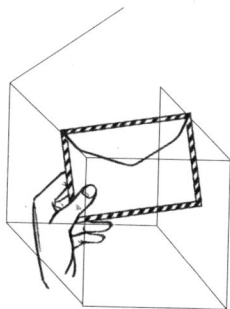

卓淳不会明白，珍香为什么要花半个多月的工资，去租一个小开间，去承受这样一个人的"孤独"。他也不会懂，这个二十多平方米的小空间，对珍香来说太重要了。

"正准备去吃呢。"

卓淳双手插在帽衫的口袋里，腰挺得笔直："一起去不？"

"好……啊。去吃什么？"一股寒风吹来，珍香不由得回过了神。

"附近新开了一家干锅牛蛙，要不要去尝尝？"

"干！锅！牛！蛙！"珍香顿时热血沸腾起来。

作为一个四川人，作为一个曾经的吃货加胖子，珍香的人生里怎能少了"干锅"这样的食物界尤物。干锅鸡、干锅虾、干锅兔、干锅肥肠、干锅肚条、干锅排骨、干锅鹅肠、干锅花菜、干锅莴苣……似乎任何食材，搭配上干锅这样的做法，就会立马变得风味无穷。而对珍香来说，干锅牛蛙在她的心里几乎位于干锅金字塔的顶端，它是翘楚，是 top，是风，是电，是唯一的神话。

想象一下——鲜辣鲜香的牛蛙腿，花椒粒的香味给舌尖带来的麻辣感，咬开金黄略焦的表皮，里面泛着腾腾热气的是白花花的牛蛙肉。它就像是食物界的彭于晏，低脂又饱满，让人欲罢不能。

珍香不由得走了神，傻傻地回味着那个久违的味道。

卓淳伸出手，在珍香眼前晃了晃："愣着干什么，那就走呗。"

或许是新店开张的缘故，店里人声鼎沸，到处弥漫着牛蛙和花椒的香味。珍香咽着口水跟在服务员和卓淳后面，在一张二人桌前坐了下来。

"先生，这是菜单。"服务员递上菜单，"给您推荐一下，建议您点双人的情侣套餐，里面有大锅份的牛蛙，还附赠三个小菜和两杯饮料。"

珍香一听情侣套餐，脸唰一下红了，害羞地低着头摆弄着桌子上的一次性筷子，佯装没有听到，眼睛却不由得瞟着卓淳。

卓淳却毫不尴尬，他微微皱了皱眉头，然后认真地说："这个双人套餐会不会不太够啊，这位小姐挺能吃的。要不就来这个福满堂家庭套餐好了。"

服务员憋着笑意，好奇地朝珍香望了一眼。珍香两眼一黑，恨不得钻进厨房灶台的油锅里去。

"好的，这就给您下单了。"服务员接过菜单。

"既然来了就要吃饱嘛。"卓淳贴心地看了一眼满脸尴尬的珍香。

突然，卓淳的手机在桌子上振了起来，他拿起手机，看了一下，对珍香说："唉，我妈。我先出去接个电话啊。"

卓淳一边说，一边用手指滑开了手机。

"儿子，侬在做啥啦？"手机里卓淳妈妈的声音堪比免提，珍香隔老远都听得到。

卓淳操着一口陌生的上海话，边说边朝门外走去，似乎挺开心的。

珍香独自坐在座位上，她低着头，无聊地点开了手机。近一周的通话记录里，除了公司里的几位同事，就只有陌生的快递员号码。而自己的收信箱里，除了天气预报就是中国联通的催缴话费短信。

"不好意思，我妈的电话。"十分钟后，卓淳拿着手机，小跑着回到了座位上。

"有什么事吗？"珍香问。

"没什么事，就是让我下周代表全家去参加一个远方亲戚的结婚典礼。说实话，那个亲戚自打我有记忆以来就见过一回，上次见面是因为他家办丧事。"

"一般人碰到这种事，一定觉得特烦人吧，怎么瞅你感觉特兴奋？"珍香用一次性筷子顶着下巴，好奇地问。

"这有什么，我就当去大吃一顿，挺好的。"卓淳笑着说。

"你好，你们的福满堂套餐。"正说着，服务员把干锅牛蛙端了上来。

"哇，这锅也太大了。"卓淳瞅着眼前几乎霸占了半张桌子的大锅。

"牛蛙腿好饱满啊……"珍香瞪着金黄色的牛蛙痴笑，"吃呀，愣着干吗？"她热情地招呼卓淳，然后迫不及待地把筷子伸进了锅里。

"嗯！"

正当两人你一腿我一腿吃得高兴的时候，饭团突然从珍香的包里跳了出来，直接跳到了卓淳的肩上，然后再一个跳跃，直接倒挂在了他们头顶的大红灯笼上咧着嘴对珍香笑着。

"傻笑什么呢？"卓淳看着对面盯着灯笼傻笑的珍香。

"没……没什么。这干锅牛蛙，太好吃了。"珍香夹起一块牛蛙腿，塞进嘴里。

好像在真正享受美食的时候，两个人之间是不需要所谓的话题来暖场的。当味觉得到充分满足的时候，大脑似乎就开始迟钝，哪还有什么容量和空间去想该说些什么，场面是不是有点冷。比如此刻珍香的世界里，就只有那么几个贫乏的词在翻滚，"好好吃""太好吃了""好烫""有点饱了"。

从另一个角度来看，因为对于食物如此贫乏的描述，珍香永远都不可能成为美食家。她只能安静地做一个爱吃的胖子。

珍香瞅了一眼卓淳的盘子，已经积了满满一堆啃完的牛蛙骨。

"咦？你怎么不吃蔬菜呀？"珍香喘了一口气，拿起餐巾纸抹了抹嘴边的油渍。

"干锅牛蛙，顾名思义吃牛蛙就够了啊。蔬菜不过是调味的。"

"什么？调味？！"珍香一愣，"其实藕片才是干锅牛蛙的精髓好吗！没有藕片的干锅牛蛙简直就是不完整的！没有藕片的干锅牛蛙滚出干锅界！"珍香突然激动地说。

"好……那我尝尝……"卓淳似乎受到了轻微的惊吓，哆哆嗦嗦地伸出筷子夹了一片锅里的藕片。

"等一下！"珍香伸出筷子啪的一声夹住了卓淳的筷子，"夹锅底椒盐和香油上面的！锅底的最入味！"珍香命令道。然后，她迫不及待地夹起锅底的藕片，放到了卓淳的碗里。

卓淳愣愣地夹了起来，放进了嘴里，慢慢地咀嚼着这一整锅的精华。

"怎么样怎么样？"

"好像……也还好吧。"卓淳一脸呆滞地说。

就这样，两个人有一搭没一搭地聊着天，不知不觉一大锅牛蛙吃得只剩下了花椒和莴苣。

"抱歉打扰一下，因为现在本店还在试营业的阶段，所以厨房关门得比较早。请问您还需要点什么呢？"服务员拿着菜单走了过来。

"不需要了吧？"珍香下意识地，绝望又有罪恶感地翻折了一下大衣，盖住自己此刻吃撑了的肚子。

"再喝一杯吧。"卓淳突然说。

"啊？"

"再陪我喝一杯吧，啤酒就行。"

"可……可以啊。服务员，上两罐燕京。"珍香看着卓淳一脸深沉又认真的表情，有点不知所措地点了点头。

卓淳接过服务员的啤酒，然后拉开拉环，咕噜咕噜地喝了一大口。

"珍香，你喜欢北京吗？"卓淳突然问。

"还行吧，在哪儿不是活，不都是要赚钱吃饭。"珍香喝了一口啤酒，"那你呢？"

"我啊，不喜欢的点很多，比如空气，城市太土，路太堵，生活也不方便。但是有一点，让我很喜欢这座城市。"

"什么？别把话说一半。"

"梦想。这座城市的年轻人，都不羞于谈论梦想。"卓淳认真地说。

"太肉麻了。"珍香顿时鸡皮疙瘩掉了一地，"你以为你是《中国好声音》的导师呢，现在没摄影机对着你吧，用得着那么矫情吗？"珍香嘲笑道。

"那好，珍香同学，告诉我，你的梦想是什么？"卓淳突然一本正经地模仿汪峰的语气，端坐着问道。

本以为珍香会插科打诨地嘲笑自己，没想到珍香却沉默了两秒钟，然后认真又云淡风轻地说："我这个人，从小到大都没什么大梦想。至于目标嘛，其实已经实现啦。"珍香咧着嘴，笑着说。

"哦？"卓淳好奇了起来。

"刚大学毕业那会儿，当时的我刚刚找到工作，在网上找了一个双井的合租公寓。交给了中介 500 块钱押金，然后房租是 900 块钱一个月，那屋子小到连行李箱都摊不开。你可能都没见过那种房子，房东把大概八十平方米的房子隔断成六七间屋子，就连卧室也一分为二。我的室友有川菜馆做服务员的小妹，刚入行的地产中介，餐厅的外卖员，网店客服……房子里除了一张床和一个衣架，其他所有的东西都是要和那些人共用的，厨房冰箱里不知道是谁放的鸡爪，都快长出花了也没有扔，洗衣机里总是贴着一坨洗完没有被拿出来的衣服、袜子、床单，过道上永远都飘着一股脚臭味……"珍香娓娓道来。

卓淳露出了一脸半傻状，珍香像是给他打开了一扇新世界的大门。

"其实，这些对我而言，也都还可以忍受。但是后来，当我看到川菜馆的小妹因为网店客服大姐用了她的一颗鸡蛋，两个人在厨房大吵，把铁锅摔成了两半时；当我看到外卖小哥拿出冰箱里不是他的饮料，偷偷地喝了一口，然后美滋滋地再放回去时；当我看到中介小姐因为室友做饭声音大，而冷嘲热讽翻白眼时；当我看到屋子里的每个人连一袋洗衣粉都不愿意放在公共空间里，生怕别人占了自己便宜时，我就决定要搬出来。"珍香不紧不慢地说了一大段，好像这些话曾经在她的脑海里演练过很多遍一样。

"为什么呢？"卓淳用手托着下巴，认真地问。

"我就想，我已经那么胖了，已经那么没人喜欢了，就千万不能再成为这样对生活充满怨气，心胸像出租屋那般小的人啊。"

"那么胖？"卓淳一愣。

"呃……以前的我，挺胖的。"珍香不太好意思地说，"总之后来，我就给自己立下了一个目标，就是一个人住。工作三个月之后，我攒够了付押金和第一个季度的租金的钱，从合租公寓里搬了出来，搬进了现在租的那个小开间里。"

"一个人住，不觉得孤独吗？"卓淳喝了一口啤酒。

"孤独？你口中的'孤独'，对像我这样每天挣扎在早晚高峰里的上班族来说，都是付费项目。"珍香笑着说。

卓淳不会明白，珍香为什么要花半个多月的工资，去租一个小开间，去承受这样一个人的"孤独"。他也不会懂，这个二十多平方米的小空间，对珍香来说太重要了。她太需要这样的一个"壳"，可以让她在里面肆无忌惮地大笑和残喘，可以让她不用 24 小时都在别人的眼皮底下活着。

这是她买来的"孤独"，得之不易，理所当然。

"你一个女孩子来这么远的地方工作，家里人不补贴你一些吗？"卓淳放下啤酒，然后一脸憧憬状，"如果以后我有一个女儿，我一定把她当公主一样宠着，不让她受一点苦。"

刚说完，他就意识到自己说错话了，前几天珍香说着"我没妈"然后大哭的画面唰地一下在他脑海里浮现了出来。他有点尴尬地低了低头，不知道该说些什么补救。

"家里还有弟弟要养呢，没什么多余的钱可以来补贴我。"珍香倒是坦然地笑了笑，一脸毫不介意的样子。

"对不起……"卓淳不好意思地低了低头。

"有什么好对不起的。"珍香笑着喝了口啤酒。

"你知道吗，我之前看新闻，英国有个女孩子，从小因为意外失去了右臂，直到她长大到了结婚的年纪，一个意外的机会，她得到了一次移植右臂的手术计划。而当她恢复成正常人的样子的时候，她却不知道用两只手该如何生活了。所以啊，就像我，都过去二十多年了，我连我妈长什么样都不记得了，小的时候，我还经常想起我妈。现在，我觉得这样也挺好的，没什么人来挂念我，唠叨我，我觉得挺自由的。"珍香缓缓地说。

"我们再来几罐啤酒吧？索性喝个不醉不归！"珍香突然用手招呼了一下服务员。

"好。"卓淳好像有点喝多了。

"没事，我干杯，你随意。"酒精的作用下，珍香的脸已经有点红了。

卓淳看着有些失态的珍香，不由得笑了。过了好一会儿，他看着珍香醉醺醺的眼睛。

"珍香，其实，你很了不起。"他认真地说。

"啊？你说什么？"正咕噜咕噜喝着啤酒的珍香没听清，她放下酒罐，大声地问道。

"没……没什么。"卓淳既尴尬又觉得好笑地摇摇头。

当珍香把桌面上的酒喝完的时候，餐厅一楼都已经收拾完毕，椅子都齐齐地被架到了桌子上。卓淳和珍香在服务员无奈的眼神中离开了。冬日的街道上寒风习习，珍香似乎有点喝高了，左摇右摆地在大街上走着，卓淳忍不住上前，轻轻地搀了一下珍香的胳膊。

两个人就这样一晃一晃地，在路灯下走回了小区。

"对了，有个东西要给你。"珍香叫住了正准备开门的卓淳。

卓淳跟在珍香身后，脱鞋走进了珍香家。珍香把中午收到的那个包裹从背包里拿了出来，然后从厨房拿来保鲜袋和小刀。

"总是你请我吃饭，挺不好意思的。但我也没什么好东西可以分享给你。这是我自家做的腊肉，我小时候最爱吃的东西。你拿一半走，做法也很简单，清蒸就行。"她边说边把腊肉从纸盒里拿出来。

无意间，珍香意外发现腊肉下面居然还压着一个牛皮纸的信封。她好奇地打开信封，抽出了里面的信。

打开，里面的笔迹陌生又熟悉。

心爱的女儿，写这封信，考虑了很久，几度在深夜提起笔，但是又放下。我怕自己的字太潦草，也怕写得不好。抱歉，你爸爸没什么文化，上次提笔写东西，都不知道是哪一年了。

女儿，这两天爸爸总是回想起你的种种。想起你在县城医院里出生的那一天，你妈妈难产，在手术床上躺了一天一夜才把你生下来。想起你第一次叫爸爸，想起我和你妈妈给你过生日，你吃蛋糕吃得满脸都是奶油的样子。女儿，你带给了我这个世界上最大的幸福和快乐。而我能给的太少了，真的太少了。

女儿，这几年企业改革，爸爸工作的单位效益已完全不能和以前相比，每个月拿到手的工资，只够家里最基本的生活开销。说实话，这些年家里的大支出，包括你弟弟的学费，都是靠你后妈的洗衣店在撑。女儿啊，有的时候，我觉得自己真没用。但是，又有什么办法呢，爸爸已经老了，眼睛开始花了，肩周炎一年比一年厉害，前段时间还查出了高血压。唉，爸爸真的不中用了。

女儿，我不是一个合格的父亲。但你在我心里，是这个世界上最懂事，最争气的女儿。爸爸亏欠你的太多太多，但是，爸爸还是奢望你能够相信，爸爸心里，一直都想着你，挂念着你。爸爸在给你打电话，说出那些话的时候，心里也很难受。女儿啊，生而为人，我也很难。

箱子里的两块腊肉，是自家腌的，你一定爱吃。不用搁冰箱，放在外面也不会坏的。北京现在应该已经很冷了吧，你好好保重。

"珍香……你怎么了？"卓淳纳闷地看着默不作声读着信的珍香。

"没……没事。"珍香抬起头，挤出了一个笑容。然后，她把信重新叠好。当她把信塞回信封的时候，她发现信封里竟然还塞着三张折叠得整整齐齐的百元大钞。

　　她用略微颤抖的手把钱抽了出来，然后把钱在掌心里铺开，摸着上面皱巴巴的纹路，不由得傻笑了出来。

　　"珍香……你还好吧？"卓淳更看不懂了。

　　珍香没有回答他，她只是笑着，越笑越大声。然后，她咬着嘴唇，用手捂着嘴，把头靠在卓淳的肩上。

　　"对不起，让我哭一会儿吧。"

Chapter 19

舌尖距离涮肉的距离
还有多远

珍香有点好奇地瞅着四周，虽然这种婚礼的场面在电
视剧里已经司空见惯。但对珍香来说，这还是第一次
参加如此豪华的婚礼。

生活就像一出反转剧，处处充满着惊喜和惊吓。

比如今天。

作为一个致力于立足国际市场的公司，虽然现今为止业务仅仅拓展到了东南亚。但是，步伐虽缓慢，思维得跟上。

比如为了培养大家的口语，增强业务交流上的软实力，公司专门设立了英语角。本以为大家平时已经够忙了，能把昌平、密云和大兴的合同谈下来就算谢天谢地了，谁还指望着说着英文出国去谈业务。所谓的英语角，除了保洁阿姨坐着喝茶休息，估计也不会有人去那儿。

但是，事实并非如此。

午间休息时间，英语角里居然挤满了人。比如坐在珍香隔壁的吴霜霜和薛璐，一临近午餐时间就从抽屉里掏出粉饼扑啊扑，拿着眉笔画啊画，然后在午休时间到的那一刻，捧着便当直冲英语角。

那热情堪比零点守在电脑前抢淘宝的秒杀。

刚开始，珍香还觉得奇怪，每次她经过电梯旁拐角处的英语角，英文单词是一个没听到，全国各地的方言倒是欢乐地此起彼伏。那所谓的英语角不过是另一个可以嗑瓜子聊八卦的茶水间。但是，要聊八卦干吗不去有沙发有暖气的茶水间，为何非挤在那个狭小的英语角呢？

后来，珍香渐渐发现了其中的玄机。珍香那层楼的茶水间，仅仅是销售部的员工在用。每天见到的人总是那么几个，聊的八卦也总是把上个月的旧八卦拿来炒冷饭。但是，英语角就不同了，它就是个大熔炉，财务部的员工会去，质量监督部的员工会去，生产部的员工会去，就连董事会的人偶尔也会在。

不管是人际还是八卦的涉及面，都完胜那个单调冷清的茶水间啊。

而吴霜霜和薛璐，作为销售部里的两朵金花，把英语角里发酵出的那些八卦，可谓捋得清清楚楚。

哪个部门新来了单身的小帅哥，董事会谁的老婆在外面搞小三，年终福利是色拉油还是橄榄油……她们给销售部带来了滚烫出炉的前方第一线的八卦，她们好比雾霾天里的空气净化器，给每个深陷报表折磨里的人带来一丝清流，一丝抚慰。

比如今天，她们带来了今年冬天的第一个惊喜——为了庆祝万圣节，今天全体员工每人发两百块节日补贴，并提早下班。

而销售部门的人更有额外的福利——每人一个牛老大从海南带回来的大青杧。

原本死气沉沉的写字间立刻活跃起来了，大家乐呵呵地挤在会议间挑着枸果。

"要我说，咱们公司的待遇也太好了，万圣节不就是国外的清明节吗？用得着这样庆祝吗？"吴霜霜乐呵呵地捧着大枸果。

"要不咱们组一起出去吃一顿吧？"珍香突然提议道。

"好啊好啊，咱们好久没一起聚餐了吧，趁现在时间还早，早点预订好位子。"吴霜霜应和道。

"吃什么呢？"薛璐抬了抬头。

"涮肉怎么样？安定门外有一家特有名的，据说只有 5 点前过去才有位，咱们收拾收拾过去时间差不多刚好。"珍香提议道。

"5 点也太早了吧？我午饭还没消化呢。"薛璐说，"哎呀，算了算了，好不容易放假半天，我找男朋友约会去了。你们两个自己去吧。"薛璐摆摆手。

"唉……"珍香叹了一口气，然后朝吴霜霜比了一个"那咱俩去吧"的手势。

"好吧。"吴霜霜转过头，"那就咱俩去吧。"

珍香激动地点头："那我先电话过去看看能不能预订……"话还没有说完，吴霜霜就接着说："不过，我要带一位哦，人事部的那个小张。"她害羞地低了低头。

"人事部的人你都能认识啊？"珍香突然自愧不如。

"英语角呗。"吴霜霜挤挤眼，"话说他都约我好几次了，不过呢，我觉得女孩子嘛，还是要矜持一点比较好，男人的胃口是拿来吊的，要是他们伸伸舌头就能 get 到，那不是爱情，是猪肉。"吴霜霜开始自信地发表她的爱情策略。

"这样啊。"珍香尴尬地点了点头，轻轻地说，"那我去当电灯泡多不好啊。"

"没关系，虽然现在都在说防火防盗防闺密。但是，对你我绝对放心。"吴霜霜拍拍胸脯，认真地说。

珍香顿时眼睛一热，真是姐妹情深，职场也有真情。

"他绝对不会看上你的。"吴霜霜抑扬顿挫地说。

最终，珍香还是搭上了回家的地铁。下午一点多钟的北京地铁，难得显得不那么拥挤。珍香坐在最后一节车厢，她把饭团放在自己的腿上，用手轻轻地摸着它的头，饭团小声地发着呼吸声，安静地躺在她的腿上。

不饿的时候，它是安静的。

而自己是孤独的。

冬天一来，就想吃火锅。就像人谈了恋爱，就想接吻一样。

几个月前，当珍香开始了人生里的第一段恋爱。她能想象到的，两个人最浪漫的事情，就是坐在一起，围着铜锅热腾腾地涮着肉。当她和吴大毅确定关系之后，她就暗暗在心里发誓，今年冬天，一定要吃到涮肉！

而现在，冬天已经来了，舌头离涮肉还很遥远。

怀着这样一份惆怅的心情，珍香混沌地回到了家。钥匙插进孔里，才刚转了一圈就听到背后的开门声。

"珍香？你今天这么早就下班了啊？"卓淳穿着一条松松垮垮的短裤，身上一件简单干净的白 T 恤，脚上一双棉拖鞋，一副居家少年的打扮。

"你是不是整天守在门口，监视我什么时候下班回家啊？"珍香心情低落，没好气地说。

"哪有，我无意听到你的门有动静，一想这个点你又在上班，还以为有人入室盗窃呢。"卓淳愣愣地说。

"你干吗呢？才刚睡醒不久吧。"珍香看着卓淳一副头发乱糟糟的样子。

"我正准备收拾收拾去吃饭呢，你和我一起去不？"

一听到"吃饭"二字，珍香胃里的空气突然一阵翻滚，但是一想，还是有点尴尬地说："算了吧，总是你请我，挺不好意思的。等我这个月发工资了，请你吃大餐。"

"唉，计较这些干吗？一起吃个饭而已，谁请谁不都一样嘛。"卓淳笑着说。

"你有钱那是你的事，但我不能因为你有钱就占你便宜啊。你工作也不容易，每天熬那么晚，作息又不规律……"

"好啦好啦，和我妈似的。今天这餐，算是请你帮我的忙。"卓淳神秘地说。

"帮忙？"珍香一愣。

卓淳转身回到房间里，然后吭哧吭哧地拿出一个红包，在珍香的眼前晃了晃："看到没，这就是今天要包出去的份子钱，咱们一定要把它吃回来。"

两个小时后，卓淳穿着一件休闲式的黑色西装，敲响珍香家的房门。

门打开，卓淳的心脏咯噔一下，被眼前的珍香吓了一跳。

只见珍香一头微卷头发，穿着一条大垫肩的红色礼服，下半身是西装喇叭裤和一双半高跟的黑色皮鞋。

"你……你从哪儿搞来的这些复古装扮啊？"卓淳有点哭笑不得。

"复古？我觉得挺好的啊。"珍香认真地摆弄着袖口，"不是你说参加婚礼不能穿得太随便吗，我觉得这套挺正式的。"

"是挺……正式的，挺……好的。快下楼吧，专车司机已经在小区门口等了。"

卓淳转过身，抿了抿嘴，强忍着不笑出声来。

婚礼在呼家楼的某个高级酒店举行。

挑高的大厅金碧辉煌，珍香缩手缩脚地跟在卓淳身后，不由得用手整了整衣服。新郎和新娘穿着中式的礼服站在二楼宴会大厅的门口迎客。

"这位是……小卓吧？"新娘旁边的一位身着紫色洋装的大婶眨巴着眼睛，看着卓淳。

"吴阿姨好。"卓淳有礼貌地点头打着招呼。

新娘朝大婶投来了一个疑惑的目光，她显然已经完全忘记了卓淳是谁。

"噢，这位是小卓，你上海的二姑奶奶小姨子她亲妹妹的儿子，刚来北京不久。可有出息了，刚毕业就进了电视台当主播，一两年后，准是名主持人。"大婶兴致勃勃地向新娘新郎介绍起了卓淳。

卓淳谦虚地点头笑了笑，然后从西装口袋里掏出一个红包，半鞠着躬呈上："这是家里人的一点心意，爸妈在上海工作太忙，一时抽不出时间来北京，真的不好意思。"

"哎呀五妹她这是什么意思，阿姨就是想见见你，请你吃个饭。你们这样客气都弄得阿姨下不来台……"大姊接过红包，边念叨着边微微掂量了一下，然后笑靥如花地塞进了鼓鼓囊囊的衣服口袋里。

"唉，这位是？"吴阿姨瞅了一眼旁边的珍香。

"我……"珍香尴尬得说不出话来。

"这是珍香啊，吴阿姨您忘啦？"卓淳佯装出一脸惊讶的样子。

"噢……珍……原来是珍香啊！瞧我这记性，真是女大十八变，阿姨都认不出来了。爸妈现在都还好吧，回去让你妈给阿姨来个电话叙叙旧啊。"

"行，没问题。"珍香强忍着笑意。

"改天给你妈送钱的时候，你记得和她老人家说啊。"卓淳低下头，小声地在珍香的耳边嘟囔道。

一番寒暄过后，珍香和卓淳走进了大厅，然后在大圆桌前坐了下来。珍香有点好奇地瞅着四周，虽然这种婚礼的场面在电视剧里已经司空见惯。但对珍香来说，这还是第一次参加如此豪华的婚礼。整个会场顶上悬挂着晃得刺眼的水晶吊灯，底下差不多有二三十张宴会桌，会场中间是玻璃的 T 型台，无数的粉红色玫瑰装扮在会场的每一个角落。

每张宴会桌的中央都立着小卡片，正面是宾客的姓名，反面是婚宴的菜单。珍香和卓淳两人忍不住凑近身，好奇地读着那一份印着金字的菜单。

"前菜，'吉庆有余'——本帮熏鱼，'比翼双飞'——上海酱鸭，'长相厮守'——'老北京熏猪手'，'早生贵子'——盐水五香花生，'龙凤呈祥——爽口龙豆……"

"接下来是主菜——'天作之合'——鲜松茸配顶级和牛肉！'情似深海'——冲汤活海参！'执子之手'——清蒸澳洲大龙虾！'花好月圆'——特级阳澄湖大闸蟹！"

正当两人咽着口水，读着这一份噱头十足的菜单的时候，一个娇滴滴的声音在旁边响起。

"卓淳哥哥？"两人同时回过头，只见一个年轻的女生，穿着粉红色的小礼服，手里揣着一只亮闪闪的晚宴包，脚踩一双恨天高。

"你是？"卓淳困惑地点了点头。

"我是姚瑶呀，欸，你长得真的和照片一模一样哎，我一眼就认出你啦！"女孩嗲嗲地说。

"姚瑶？啊……我想起来了。你好你好。"卓淳有点拘谨地站起身。

"哇，好巧哦，我们的座位挨在一起。"女孩摆摆手，然后拉开椅子，在卓淳身旁坐了下来。

"靠，我被我妈阴了。"卓淳别过脸小声地对珍香说。

"怎么了？"

"我就觉得我妈这次千叮咛万嘱咐让我来参加婚礼准没好事，这女孩是我一八竿子打不着的远房亲戚，我刚来北京我妈就千方百计地撮合我们相亲，但是都被我拒绝了。没想到这次……算是被我妈将了一军。"卓淳捂着嘴小声地说。

"卓淳哥哥，你们在聊什么呢？"女孩好奇地探过头。

"没……没聊什么，在讨论今天的菜单呢。你也看看……特丰盛。"卓淳尴尬地把菜单推到女孩面前。

女孩从上到下扫了一遍菜单，"哎呀！"她翘翘手指，"这些东西都好容易让人长胖的，不知道有没有水果呢，我晚上一般就吃水果餐的。"

卓淳愣了愣，然后低了低头，不知道该接什么话。

"这位姐姐是？卓淳哥哥你真是的，也不给我介绍介绍。"女孩凑过身，朝珍香眨了眨眼睛。

"她是我四川一表姐。"卓淳淡定地说。

珍香忍不住在桌下狠狠地踢了卓淳一脚，卓淳身子一抖。

"卓淳哥哥，你刚来北京不久吧？还习惯吗？平时都喜欢做些什么呀？"女孩没话找话说道。

"也就吃饭和睡觉，要么看看电影。"卓淳干巴巴地笑了笑。

"真的吗？"女孩一脸惊讶的表情，"我就在影视公司上班，经常会有一些电影的首映礼什么的，你留个微信给我，下次有活动我可以给你送票。"女孩边说边掏出手机。

"我眼睛散光，对影院屏幕的光线过敏，也就在家里看看碟。"卓淳揉揉眼睛，弱弱地说。

"噢，这样啊。"女孩一愣。

"对影院屏幕的光过敏这种鬼理由，亏你也想得出来。"珍香鄙夷地看了卓淳一眼。

突然宴会厅里的灯光一暗，一段悠扬缓慢的钢琴声在大厅里响了起来。

然后，一道白光从宴会厅的门口射了进来，一匹白马伴随着白光，缓缓地出现在了众人眼前。骑在白马上的，正是新郎本人。

"这马是怎么运来的？可以上三环吗？"珍香被如此浮夸的出场方式给惊呆了。

然后，在T台的另一头，无数的雪花伴随着白光从高空飘洒下来，一个巨大的水晶球出现在了宾客的眼前。新娘捧着捧花，站在水晶球里面。

"哇，真的是美——呆——了耶！好像童话世界！"水果餐女孩握着双手，陶醉地说。

"嘿。"卓淳朝珍香侧过头，"你看像不像那种创意礼品店里卖的苔藓微景观瓶？"

"尊敬的各位来宾，各位女士，先生们，大家晚上好。"司仪开始开场白，底下一片热烈的鼓掌声。

"穿越时空隧道，架起真爱桥梁。这里是欢乐的世界，真爱的海洋！今夜，星光灿烂，万籁俱寂。今夜，王子与公主在这里交融。今夜，属于吴婉婷小姐和蔡一凡先生！"

司仪开始滔滔不绝地做起了开场白，卓淳愣愣地听着，珍香摸摸肚子，朝站在旁边的服务员做了一个询问手势。

"那个，凉菜什么时候上啊？"

终于，在司仪结束所有仪式之后，菜陆续开始上桌了。

"卓淳哥哥，真的太感人了，简直和韩剧一样。真希望自己以后的婚礼也可以像今天这样……"水果餐女孩翻着手机，回味着刚才拍的小视频。

卓淳尴尬地抬了抬头："你也吃一点吧，到现在还没吃过东西。"

他顺手从桌上抓了一只大闸蟹放到水果餐女孩的盘里。

"哎呀，这个螃蟹吃起来很麻烦的。而且螃蟹性寒，冬天吃对身体不太好呢。"水果餐女孩嫌弃地看了大闸蟹一眼。

"噢，好吧。"卓淳抓起大闸蟹，放到珍香的盘子里。

"这个龙虾就这样清蒸吃也太可惜了。"珍香盯着盘子里红彤彤的澳洲大龙虾。

"对哦！"卓淳拍拍大腿，"服务员。"他做了一个手势。

"麻烦把龙虾送到厨房里，让厨师加工成龙虾粥。"

水果餐女孩一脸惊愕的表情，看着正狼吞虎咽的两个吃货。

整个婚礼犹如公司年会一般歌舞不断，先是新娘的表舅们合唱《花好月圆》，一曲唱罢之后，其中的一位表舅不知道是喝多了还是怎么，抓起话筒强行给自己加戏，硬是又唱了一首《敬祝毛主席万寿无疆》。接下来是新郎的表嫂团，群舞《爱我就恰恰》，那销魂的扭转，撩人的眼神，陶醉的表情，如章鱼般灵活又伸展的舞姿，博得在场的一片叫好声。

就连司仪都看 high 了，他情绪激昂地抓起话筒："各位，既然我们的阿姨都如此给力，在场的年轻人呢？！你们在哪里？！让我看到你们的青春！让我看到你们激昂的舞姿好吗！！"

现场却一片寂静，场面陷入了尴尬当中。

司仪见死不收，开始用犀利的眼神在宾客中扫射。

"这位帅气的先生……"

珍香用手肘推了推卓淳："好像在叫你。"

卓淳放下蟹腿，一脸迷茫地抬起头。

"对，就是这位先生。这位先生是个标准的小鲜肉啊！"

其他桌的大婶阿姨姐姐妹妹顿时向卓淳投来了好奇的目光。

"长那么俊如果不会跳舞就太说不过去了，来，上台来一段和阿姨们PK一下如何？"司仪走下台。

"我……我真不会跳舞……"卓淳尴尬地摆摆手，一脸想死的表情。

"这样吧，我给这位小鲜肉自动加码，上台来一段就送进口榨汁机，你看怎样？"

底下大叔阿姨们一阵喧哗。

"太不公平了，我们刚才跳都没榨汁机送！"

"是呀，年轻人哪有不会跳舞的呀，平时不都喜欢蹦迪吗。"

"不就跳段舞吗，要不榨汁机给我得了，我上台给大家表演一段劈叉去。"

卓淳的抗议声顿时被掩埋在一片议论声中，他涨红着脸，觉得要被这一团团无形的压力挤压到爆炸了。

"好吧！"卓淳吁了一口气，"但是，我需要一位舞伴……"

他拉了珍香一把。珍香嘴边的蟹黄还没有擦，就感觉被拉了起来。

"喂！你别闹！"珍香惊慌失措地极力压低声音。

"哇！那我们就有请这对呼家楼的活鸳鸯给大家来一段精彩的双人舞！"

"我真的……真的不会跳……"珍香拖拉着求饶。

卓淳朝珍香挤了挤眼睛："前几天在小区花园里的那段舞你忘啦？"

"You know I still love you baby（你明白我依然爱你）."

"And I will never change（并且永不改变）."

——预备，起范儿，抬臀，挺胸，脖子扭起来，丹田运起来！

"I want nobody nobody but you（我不要任何人除了你）…"

——走起！直臂回环！伸展下摆！天地精华在我身！流感病毒退退退！

"I want nobody nobody but you…"

——跃起！前臂摆动！前平侧环！社会主义光环照！共享世间好年华！

"I want nobody but you…"

——转圈！秧歌跳跃！比翼双飞！群众虐我千百遍！我待朝阳如初恋！

Chapter 20

人生何处不相撕，
同苦相尝泯恩仇

那天下班后，刚走进小区的大门，珍香就看到小区花园里挤满了阿姨。她好奇地凑近一看，发现阿姨们正围着一辆闪着红灯的救护车。

当俩人撑着肚子左一拐右一拐地回到小区时，已经夜里 10 点多了。

马路边行人寥寥，北风呼啸。卖水果的小卡车撑着一盏摇摇晃晃的小黄灯停在小区门口，似乎也快打烊回家了。

卓淳抱着榨汁机，和珍香两人边走边聊。突然，小卡车旁出现了一个熟悉的身影。

"姜阿姨？"只见姜阿姨套着一件鼓鼓囊囊的羽绒服，正挑拣着卡车上的苹果。

"哎？这么巧，我正挑水果呢。"姜阿姨一愣，羽绒服上的毛绒帽被风吹得一晃一晃的。

"您可真是特立独行，这么晚了还出来买水果。"卓淳笑道。

"我看电视剧不知怎么突然就馋了，就跑出来买水果吃。正好你们来了，我挑一个哈密瓜回去，去我家一起分了吃。"

珍香不由得摸了摸快被撑爆的肚子，但还是不好意思拒绝："好啊，我帮您挑。"

姜阿姨兴致勃勃地开始拨弄着哈密瓜，左摸一下，右掂量一下。

"我啊，平时挺少买这些瓜的，我胃口小，一个人一下子又吃不完，放冰箱里隔夜呢既不新鲜也不卫生。今天啊，也好让我解解馋。"姜阿姨边挑瓜边自言自语地说。

珍香的心莫名地颤了一下，或许也是因为一个人生活，她太能明白姜阿姨的那种感受。

这个世界对独居者是有敌意的。

有些东西，一个人吃是会尴尬的。

有些东西，要很多人一起吃才有味道。

"就这个吧。"姜阿姨捧着瓜递给卖水果的小伙儿，"称准一点哦，我回家还要自己称过的哦。"

"阿姨您放心，要是缺斤少两明天您过来砸了我这摊。"小伙儿打趣地说。

买完瓜之后，卓淳拎着水果，珍香抱着榨汁机，三个人乐呵呵地走进了小区。

"要不去我家吧？正好还有榨汁机，我家还有柠檬和薄荷，我给你们榨排毒果汁喝。"卓淳提议说。

"好呀好呀。哎哟，这个韩国牌子老有名的，我一直想买呢。"姜阿姨瞅了一眼榨汁机，有点激动地说。

就这样，三个人一起来到了卓淳家。

姜阿姨在厨房里利索地切完瓜，然后端着盘子走了出来。

"姜阿姨，平时只有你一个人生活，晚上也没人陪你吃个瓜，会不会觉得无聊啊？"卓淳问。

"说实话，还真没有。"姜阿姨把盘子放在了茶几上，然后在卓淳和珍香中间坐了下来，"以前吧，婆婆，儿子，老公都在的时候，每天从睁眼开始从里忙到外，光准备他们的一日三餐就够忙活一整天了，还要打扫屋子，洗衣服，总之就是有做不完的事情，连去楼下跳跳健身操的时间和精力都没有，感觉就像个保姆。现在呢，婆婆被二弟接去住了，老公走了，儿子出息了，出国念书了。很多人都觉得，我一个人住会不会觉得寂寞啊无聊啊，但是其实啊，我活了六十多年，还真的没像现在这样自在过。"姜阿姨用牙签叉起一块哈密瓜送到嘴里，津津有味地吃了起来。

"现在啊，早晨我想什么时候起就什么时候起，一觉睡到大中午都没事。以前哪有这福享呀，早晨6点就起床给孩子做早餐了。以前的日子，我是掐着秒表过的，一分钟都含糊不得，稍一怠惰就觉得这家要乱套了。现在呢，我觉得自己和你们年轻人一样，偶尔也熬夜追个韩剧，想吃什么哪怕大半夜了也要出去买，还可以去我的小邻居家里串串门……咦，你们俩怎么光顾着听我说不吃呢？"姜阿姨左手右手各叉起一块哈密瓜，递到了珍香和卓淳的面前。

"姜阿姨，原来你就是咱们口中的宅女啊。"卓淳一口吃掉了哈密瓜。

"臭小子，又笑话你阿姨。"姜阿姨笑着拍了拍卓淳的肩，"唉，这闲日子也不长啦，过阵子，我就要去加拿大陪儿子去了，那小子在国外不知道每

天都吃些什么，肯定吃不好，我得过去好好给他补补。话说这孩子也是真出
息，出国留学那么多年，也就第一年用的家里的钱，后来都是奖学金和打工
赚的钱。问他打什么工，他说特轻松，就在餐厅算算账。其实，我知道，在
那水深火热的西方资本主义社会，哪有容易赚的钱啊。但我不能对他说啊，
我一说就要掉眼泪啊。"姜阿姨说着说着声音就低了。

哈密瓜的果汁不小心滴了下来，姜阿姨不由得挽了挽袖口。

"哎？阿姨这是怎么回事？哪儿磕伤的啊？"珍香看到了姜阿姨手臂上
一块血红的被擦伤的痕迹。

"小事情啦。昨天，我跳完健身操，一个人在小区里晃悠。东边那块的
路灯不是坏了嘛，正巧，一辆外卖电瓶车直愣愣地就朝我撞过来，把我吓得
够呛，我啊地一叫，那送外卖的也被吓着了，一个急拐弯车就摔倒了。本来
啊，我肯定要找他们公司投诉的呀。但是我一看那送外卖的，年纪轻轻的，
也就二十来岁，就和我儿子差不多大，突然心就软了。我一想，都是年纪轻
轻就离家在外的孩子，要是我儿子犯了点错就被人揪着小辫子不放，那我可
不要难受坏了。我看他箱子里的盒饭全洒了，心想着这孩子辛苦一天的工资
可能全搭进去了，于是，就给了他两百块钱。"

"姜阿姨，您可真不愧是杭州的白娘子，朝阳区的活菩萨。"卓淳逗趣
地说。

"珍香，你瞧瞧这上海男人，嘴和抹了蜜似的，你沾一点啊，可能心就
要化了。"姜阿姨啧啧道。

珍香顿时一脸尴尬地低了低头，不知道该说什么。

"其实吧，我是在想，都说一报还一报。今天我帮了这个孩子，那以后

我儿子在异国他乡遇到什么困难了，说不定也有人上去帮他一把呢。我啊，真不是个大方的人，也压根谈不上什么助人为乐，我是在帮我儿子积德呢。"

姜阿姨瞅着她胳膊上的伤口，脸上却是一脸暖烘烘的柔光。

三个人坐在客厅里，就这样东一句西一句地闲扯着，一盘哈密瓜吃完了，夜也深了。排毒果汁还没榨呢，姜阿姨就说困了。

"唉，年纪大了，熬不动，困了就一定要去睡，拖不得。"她叹了口气。

她和珍香一起走到门口，突然说："小卓啊，你最近怎么不订阿姨做的饭了？"

"噢，最近经常在外面吃。"卓淳挠挠头。

"唉，外面的东西，哪有阿姨做的卫生啊。"姜阿姨有点失望地低了低头，但又不太好意思多说什么。

"没事姜阿姨，明天我订您的餐。"珍香突然说，"上次吃了您的杭派红烧肉，一直忘不了。"

"哎！好嘞，明天一大早我就去菜场买新鲜的猪肉去，这红烧肉啊，得久炖……对了，明天你几点下班？你下班了我给你送过来。"姜阿姨又开始絮絮叨叨起来。

"晚上7点送来就行。"珍香边说边打开手机软件，点进姜阿姨的页面里，然后将一份杭派红烧肉放进了购物车里。

然而，第二天。珍香却没能吃到姜阿姨做的红烧肉。

那天下班后，刚走进小区的大门，珍香就看到小区花园里挤满了阿姨。

她好奇地凑近一看，发现阿姨们正围着一辆闪着红灯的救护车。

"珍香！"才刚走近，就看到卓淳从人群里挤了出来。

"怎么回事啊？"珍香一愣，心里莫名地一沉。

"姜阿姨出事了，今天傍晚在花园里跳舞跳得好好的，不知为什么就突然晕倒了，好像情况不太好，一群大妈手忙脚乱地又是做急救又打120，人到现在还没有缓过来。我下楼倒垃圾，正好给我撞见。"卓淳焦急地说。

"昨晚人还好好的，怎么会突然晕过去啊？是不是姜阿姨以前就有什么病史啊？"珍香着急地问。

"哎，其实小姜的身体一直挺好的，今天的事……唉……"旁边的一位阿姨叹了一口气。

珍香一看，原来是上次缠着姜阿姨咨询保健品的鱼肝油大妈。

话说，今天姜阿姨还是像往常一样在晚饭过后，下楼和大妈们一起跳健身操。

和以前一样，大妈们热火朝天地跳完之后，就开始天南地北地聊。

"唉，红姐啊，这几天怎么见您气色那么好啊，容光焕发的，吃了回春药啦？"一群大妈中，总有那么几个嘴巴很毒的大妈，比如这位烫着超级波浪卷的大妈。

"哎呀，什么乱七八糟的。也就前几天儿子升职而已啦。"红姐满面春光。

"你儿子之前不就是经理吗？还往哪儿升啊？"另外一个大妈故意装作大惊小怪的样子。

"之前那是部门经理，现在是整个华北区的经理，什么河北河南那块儿的业务都归他管。我就说嘛，揽那么大的摊子干吗，咱房子、车子都有了，还图啥？不就图个安稳过日子吗？这小子现在倒好，昨儿个跑天津，明天又跑石家庄，下周又要去太原。搞得我这心神不宁的。"红姐得意扬扬地说着。

"红姐啊，这就是你想多了啦，你儿子这叫有上，进，心，是有出息的表现好吧？你就等着享清福好了啦。"姜阿姨拗着腰。

红姐的眼一瞥，嘴角露出了一丝不易察觉的微笑，今儿个这南方女人的话倒还算顺耳。

谁料到，姜阿姨突然话锋一转："像我呀，我对我儿子的态度就是，儿子你勇敢地去飞！去闯！男人嘛，就是要拼事业的呀，有了套房子就满足啦？不够的好吗，人家国外的有钱人，不光要有住的房子，什么度假屋，写字楼的投资，都是要有的呀。红姐啊，眼光得长远一点，格局得大一点嘛。"

白娘子袖子里的剑渐渐露了出来。

"您这意思是说我井底之蛙还是讽刺我小市民？"红姐冷笑一声。

"哎哟，红姐，你这是什么意思？我哪有那个心啦，咱们不就是闲聊嘛，你用得着那么上纲上线的吗？"姜阿姨一愣。

"我也和您闲聊，和您开个玩笑啊。"红姐眯着眼睛，挤出了一个生硬的笑容。

说完后，她轻蔑地转回了头，心想着，得了，今儿个就是来给大家报个喜，就不和你计较了，你那南方女人肚里的那点小九九，我还琢磨不透吗？不就是犯红眼病吗？

"红姐，您说您是不是该请咱们姐们儿吃饭？上次春梅她儿子考上大学，就请咱们几个吃饭了。"波浪卷大妈一瞅气氛尴尬，赶紧跳出来转移话题。

"成啊，明儿个晚上就来我家，我请你们吃我最拿手的猪肉炖粉条。"红姐豪气地一挥手。

扑哧。姜阿姨突然捂着嘴，笑出了声。

红姐皱了皱眉头："你笑啥呢？"

"我说红姐啊，敢情您请客吃饭就端一大盆猪肉炖粉条啊？那东西都从改革开放前吃到现在了，还吃不厌啊？"

红姐的脸唰地一下就红了，嘴巴微微颤抖着。

姜阿姨脸上的笑容也突然收了起来，她也意识到自己的话有点过，尴尬地笑了笑："要不这样吧，我来给你搭把手，我做菜行，中式西式的我都会做。"

红姐停顿了两秒钟，然后冷笑了一下："您那么会做菜，还不就是做给自己吃。"

"你……你说这话是什么意思？是在嘲笑我孤家寡人吗？"姜阿姨哆嗦着嘴唇，手也在颤抖。

"小姜啊，我告诉你，咱北京人吃饭图的就是个热乎劲儿，就算是个猪肉炖粉条，咱也吃得热热乎乎，团团圆圆。你那些花里胡哨的手艺啊，留着给你自己尝吧，咱都是粗人，消受不起。"

"你要不要这样说话啊，我……我也是一片好意啊……"姜阿姨一脸被冤枉的样子，越说越急，气得直喘气。

旁边的几个大妈也愣住了，假笑着想缓和一下气氛却不知道该说什么。

"还有啊，以后别不管说什么都扯到您那留洋的儿子，现在什么年代了，出个国，留个学，还搞得和拿了奥运冠军似的。我堂妹她儿子高考就考了两百多分现在也在美国念大学呢，交了钱就能进，还保你有文凭。还真以为咱什么都不懂了是不？别把咱当土包子！"

"红姐，算啦……算啦……"波浪卷大妈拉了拉红姐的胳膊，小声地说。

"我就看不惯她那崇洋媚外的样子！"红姐赌气地说。

而姜阿姨面色有些苍白，嘴巴哆哆嗦嗦的，停顿了好几秒钟愣是没吭声。

"你……你太缺德了……你凭什么这样说我儿子……"话音还未落，姜阿姨两眼一黑，砰的一声倒在了地上。

"事情就是这样的。"鱼肝油大妈望着正驶向小区大门的救护车，叹了口气。

正在这时，不远处一阵小骚动，领头的大妈正点着人数，打算一起叫出租车到医院去。

"我先不和你们说了，我得去医院看看小姜去。"鱼肝油大妈朝远处挥挥手，"张姐，算我一个！"

"我们也去医院看看姜阿姨吧。"珍香看了看卓淳。

"嗯，我们都去。"卓淳点了点头。

"那也好，有年轻人在，我们心里有底。"话音刚落，鱼肝油大妈就朝远处扯了扯嗓子，"张姐啊，你们先走，我和小姜的那两个小邻居一起去医院。"

出租车上，卓淳坐在副驾驶，珍香和鱼肝油大妈坐在后座。窗外是东四环川流不息的夜色，朝阳北路上已经车鸣声一片。

"唉……"鱼肝油大妈突然对着窗外叹了一口长气，"小姜这人，其实不容易啊。"

"嗯？"珍香别过头。

"瞧瞧，一个人过日子，出了事旁边搭把手的都没有。咱们中老年人，经不起这磕磕碰碰的，2 单元的李阿姨，就因为低血糖在家门口晕倒了，没人瞅着，到了傍晚才被发现。现在还在医院躺着呢。"鱼肝油大妈的眼神闪过一丝疲惫。

珍香和卓淳坐在这里，应和了几声，却不知道该说些什么。

"不过啊，我觉得这次小姜准没什么大事，她这人啊，可妙着呢。"鱼肝油大妈的语气一转，轻松地笑了出来。

"嗯？"

"虽然她和咱们年纪差不多，但是，在我眼里啊，她和我们都不一样。"

"不一样？"珍香好奇地问。

"我总觉得吧，她就还像是个大姑娘似的。咱们这年纪的女人，每天操劳着家里的大事小事，对穿着打扮也不像年轻时那么在意了，归置得干净就行。小姜她可不一样，平常出门把自己捯饬得可体面了，昨儿个围个丝巾，今天又换件大衣。就她前天穿的那件橘色大衣，还和我说是什么韩国爆款。就她那样子，哪儿像 60 多岁的女人啊。"鱼肝油大妈边说边笑。

"你们年轻人可能不懂，人老了之后，这日子啊，表面上过得忙忙碌碌，骨子里却是浑浑噩噩的，每天都活得差不多。虽然咱们这帮姐们儿里面挺多人不喜欢她的，觉得她矫情。但是，我挺喜欢她的，和她聊天的时候，总觉得自己的世界变大了，心变宽了，我家老头儿子那些闹心的事也都变小了。什么韩国的洗头皂、日本的洗衣液、土耳其的沐浴露，都是因为她的推荐才用上的。"鱼肝油大妈说这些话的时候，眼睛里有光。

人老了之后，对世界的好奇心变小了，对生活里的一些小变化却变得敏感。

别人眼里姜阿姨的"矫情""崇洋媚外""孤芳自赏"，对鱼肝油大妈来说，却或多或少地改变了她迟暮之年平淡的人生。

只有鱼肝油大妈自己才懂这种无能为力，才懂这种珍贵。

车停在了医院门口，三个人匆匆下车，往急诊大楼赶。

先到的大妈们被拦在急诊室外，正叽叽喳喳地讨论着。

"你们说会不会就中风了，我那二姨的干女儿的表姑就是这么一晕过去，就再也站不起来了。"一个嘴比较欠的大妈叹着气说。

"你就别乌鸦嘴了，我看小姜平日里没病没灾的，咱们里面最活跃的就是她，哪会因为这一次小小的意外就落下大病啊。"另一位绿色高领大妈走向前。

大妈们又议论了开来，然而，作为当事人之一的红姐却在人群一旁，微微皱着眉头，涨红着脸不说话。

正在这时，急诊室的大门被推开，一位医生边扯着口罩，边从里面走了出来。

"你们谁是姜宝丽的家属？这里签个字，然后去二楼拿着单子取药。"医生在单子上签着字，几个大妈七嘴八舌地围了上去。

"人没事，已经醒了，但是最好还是做个 CT，保险一点。"

"我们可以进去瞅瞅吗？"鱼肝油大妈走上前。

"可以。但是，注意别太大声啊，别影响了其他病人休息。"医生有点犹豫地点了点头。

"好嘞。"一群大妈风风火火地拥进了病房。

病床上的姜阿姨已经醒了，她看到有人进来了，虚弱地撑着身子坐了起来。

"你们……没打电话给我儿子吧？"

这是姜阿姨醒来之后的第一句话。

"没呢，还没来得及。"大妈们围上前。

"噢，那就好。他最近忙期末考试呢……"姜阿姨放心地舒了口气。

姜阿姨说完后，场面出现了几秒钟空白的尴尬，大妈们围在病床旁也不知道说什么。有大妈用手拉了拉红姐的衣服，示意她该说几句。但红姐依旧涨红着脸站在最外围，她微微皱眉，抖了抖嘴唇。

"那个……我……"性格向来强硬的她虽然心怀歉意，但是还是支支吾吾的，开不了口。

"红姐啊。"姜阿姨突然开口了。

她低了低头，笑了笑，然后抿了抿苍白的嘴唇继续说："其实吧，我也知道自己说话不好听。但我真的没什么恶意，我不过就是羡慕你，真的羡慕你。因为你什么都有，老公，儿子，都在你身边。而我身边什么人都没有。红姐啊，看在我比你小几岁的分儿上，你就让让我呗，就让我说几句呗。我也只能和你们说说了，不然我心里苦啊……红姐啊，我真的没有坏心思……"

红姐被姜阿姨的这一番话给说愣住了，站在那儿一动不动。

姜阿姨看了一眼周围的大妈们，继续缓缓地说："你们知道我为什么每天都来和你们跳舞吗？因为，我在想，如果哪天我突然没了，这样就有人知道我不在了。我老公就是这样突然走的，还好，他走的时候有我。而在这里，确定我还活着的人，只有你们啊。"

珍香听到这段话的时候，心像是被击中一样。她看到红姐缓缓地从人群中走出来，站到姜阿姨的病床前。

"你说你羡慕我，其实，我也不过是羡慕你啊。你瞧你虽然一个人过日子，但还是过得那么多姿多彩的。我操劳了一辈子，都不知道能落个啥。你儿子在国外，我儿子就在北京，但是现在一个月也见不着一次。这年头能指望上谁啊，咱们，其实都一样。"红姐的眼睛红红的。

"你儿子好歹还在北京呢，我闺女都嫁到上海去了。一年也就见个一两回。当时就不该让她报外地的学校，都怪我那老头，现在后悔了吧？"又一位大妈跳出来说。

大妈们的话匣子突然被打开了，她们围拢在姜阿姨的病床前，开始滔滔不绝地诉起了苦。

"唉，都说养儿防老，但是我和老伴的退休金都够用，真不用我儿子养我，我就希望他多回家看看，每次回来啊，多住几天就行。我们就满足了。"

"我儿子是做工程的，去年去了内蒙古，到现在还没回过家呢。前几天我看老伴在翻相册，愣愣地掉眼泪，八成是想儿子了。所以啊，我合计合计打算自个儿买火车票带老伴去内蒙古看儿子去。"

说这话的大妈的老伴已经老年痴呆四年多了。

"昨儿个啊，我又梦见我儿子了。我梦见他背着光，坐在厨房的餐桌上边吃饺子边说，妈，你咋每次都包韭菜饺子呢，我爱吃白菜馅的啊。我说，你一个大小伙子咋还那么挑食呢，给你吃你就咽下去，别挑三拣四的。说完这话，天好像就亮了，我迷迷糊糊地好像就要醒过来了。然后啊，我就趁自己还在半醒半梦那间隙里，对我儿子说，儿子啊，妈错了，妈下次一定给你包白菜馅的，不，妈现在就给你去买白菜……"

场面突然安静了一下，气氛突然变了。这个爱吃白菜馅饺子的儿子，已经在三年前的一场车祸中去世了。

突然，一位胳膊上绑着社区红袖章的大妈打破了此刻悲伤的氛围。

"我觉得吧，咱们都得看开点，孩子们的生活，他们的人生，都是他们自己的事。他们想去哪儿就随他们去，想怎么过咱们也别瞎掺和。我们做父母的，在他们跌倒的时候搭把手，添把火就够了。他们有他们的活法，我们也要有我们自己的活法。"

"对！咱们也得为了自己活！"红袖章大妈的发言得到了大家的热烈响应。

"咱们都是好姐妹！"一群大妈紧紧地围在姜阿姨的病床前。

"你们也都是我的小姐妹……"姜阿姨的眼睛湿湿的。

人生何处不相撕，同苦相尝泯恩仇。

这就是大妈们直白又干净的情谊。

珍香被眼前的这一幕感动了，她别过头，看到卓淳的眼睛也红红的。

"我们走吧。"卓淳有点不好意思地吸了吸鼻子。

两人轻声地从病房里退了出来，刚走出急诊大楼，发现天空已经飘起了雪花。

"啊，下雪了啊？"卓淳有点兴奋地抬着头。

2015 年冬天的第一场雪，好像来得有点早。

珍香突然想起来，在她还是个胖子的时候，她曾经在熄灯后的寝室里，独自一人对着手机屏幕肿着眼睛读完一本网络小说，其实也就是狗血的二流韩剧情节而已，但从来没有谈过恋爱的她却入戏很深，在被窝里痛哭流涕。她记得里面有一句话就是，下雪的时候，就要对身边的人表白啊。

"珍香啊。"耳边突然响起了卓淳的声音。

"啊？"珍香扭过头，看到路灯下卓淳那张棱角分明的脸，片片雪花轻轻地落了下来，好像一个梦。

"我以前读过一本小说。"卓淳缓缓地说。

"书里面说，下雪的时候……"卓淳说到一半，然后转过身，一对水汪汪的眼睛深沉地望着珍香，珍香觉得自己快要窒息了。

"就要去吃涮肉啊。"

Chapter 21

那一句原本离我很遥远的，
"我喜欢你"

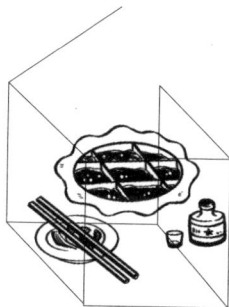

窗外大雪纷飞，一九二九不出手，三九四九冰上走。
北京真正的冬天来了。
涮肉店里热气腾腾。

对珍香而言，人生大多数的烦恼除了"钱太少"，还有一点就是"想太多"。

比如此刻的出租车上，卓淳又像话痨一般念叨着那家涮肉店有多正宗，有多好吃，等位有多可怕，而珍香只是怅然若失地在脑海中冒出一个大写的——So？

但是，要说"朝阳区最倒霉的女人"为什么能顽强地活到现在，除了有一颗无坚不摧的心，还有一张比夜间护垫还厚的脸皮。

在珍香心里，一直有一张人生未完成的愿望清单，从第一条开始分别是"出国旅行一次""升职加薪""抽到年会大奖"……最后一条是"再瘦10斤，突破100大关"。

这张清单已经在珍香心里列了三四年了，但是每年都亘古不变地滚动到下一年。珍香总是能变相地在那一条条的愿望后面，打一个心虚的小钩。

比如出国旅行——今年也和公司去了一次密云水库呢。

比如升职加薪——这条底气十足，确实加了 120 块的月薪！

比如抽到年会大奖——其实抽到一对 20 公斤的哑铃也还不错啊。

比如再瘦 10 斤——这条珍香实在找不到理由来说服自己了。自从被饭团附身之后，自己恐怕是肥了 10 斤都不止吧。

但是，珍香就是靠这副厚脸皮活下去的，她灵机一动，脸皮一抖，虽然没有瘦，但是至少要吃到心心念念很久的涮肉了！

"就是那家吗？"珍香指了指不远处那栋古色古香的建筑，招牌下面是一排大红灯笼，在迷蒙的雪夜里格外醒目。

"对。师傅靠边停就行。"卓淳一边付钱，一边打开车门。

"呼，好冷啊。"珍香提了提围巾，两人一起朝护城河边的涮肉店走去。

哪怕是工作日的夜晚，涮肉店里依旧食客满满，到处都是腾腾的热气。珍香一边咽着口水，一边跟在服务员身后上了二楼。

两人找了靠窗的二人桌坐下。

卓淳翻着菜单："喝点什么呢？啤酒？"

"来老北京涮肉店喝啤酒多逊啊，服务员，一瓶二锅头。"珍香略带鄙视地看了卓淳一眼，"再加一份脑花和猪肚！"

卓淳欲言又止地眨了眨眼睛，沉默地翻着菜单。

"你也尝尝嘛，你吃的也太世界和平了。"珍香朝卓淳挤挤眼睛。

"别别……你自己吃就行，我会反胃。"卓淳拒绝道。

服务员点完菜后，从柜台拿了两瓶酸梅汁走了过来："这几天搞店庆，这是今天赠送的。"

"谢谢啊。"珍香顺手拿起酸梅汁，用力一拧，却怎么都拧不开。正当卓淳伸出手，想说"我来帮你"的时候，珍香眼皮都没抬一下，然后把瓶盖放进嘴里，咧着嘴用力将瓶盖咬住，然后用手一转，瓶开了。

"哎⋯⋯"卓淳惊讶地看着眼前的一幕，"我帮你不就好了。"

"噢。"珍香愣愣地抬起头，"没有想到呢。"

她看了一眼塑料瓶盖上那个狼狈的齿印，尴尬地笑了笑。

正当珍香尴尬得不知道该说什么的时候，卓淳从口袋里摸出一副耳机，然后插在手机上，把一只耳机递给珍香。

"什么？"珍香一愣。

"你听听。"卓淳边说边把一只耳塞塞进了珍香的耳朵里。

耳机里传来了略微嘈杂的歌声："去年我回来，你们刚穿新棉袍。今年我来看你们，你们变胖又变高。你们可记得，池里荷花变莲蓬。花少不愁没有颜色，我把树叶都染红⋯⋯"

"那首《西风的话》？"珍香问。

"嗯，我录的。上海市徐汇区嘉善居委会合唱团，我妈是领唱。想我妈的时候，我就会打开来听听。刚才在车上，我就一直在听。"

"你还未成年吧？怎么那么肉麻啊。"珍香起了一身鸡皮疙瘩。她托着下巴，然后拿起筷子嘭的一声戳开了餐具外面的塑料膜。

卓淳冷不丁被吓了一跳，猛地抖了一下身子。

正在这时，一老师傅推着车慢悠悠地走到了桌前："锅和肉一起给您上了啊。"身旁的一个年轻的服务员小心地将铜锅端上了桌。

"哇，这种锅子的火锅，好像古装片啊。"卓淳惊叹道。

"这小伙儿不是北京人吧？"老师傅笑着问道。

"嗯，我是上海来的。"卓淳点点头。

"那就和您唠几句，给您介绍介绍。"老师傅边说边把推车上七七八八的盛满调料的小碟挨个儿放在了桌上。

"这涮羊肉的小料儿啊也有讲究，您先放芝麻酱和酱豆腐，再放韭菜花，这韭菜花啊，咸，建议您少放。然后再勾兑些酱油和醋，您要喜欢吃辣，辣椒油也随意。卤虾油一点就行，借点味。再撒上葱、姜、蒜末儿，最后加上香菜，你们年轻人好像喜欢吃香菜的不多，但是对咱老北京人来说，撒香菜吃起来味道才鲜。"

卓淳和珍香愣愣地听着，也插不上嘴。

"然后给您上菜，百叶、猪肚、猪脑、冻豆腐、大白菜……最后是招牌手切羊肉。"老师傅一盘一盘地把菜在桌上摆得规规矩矩。

卓淳盯着盘子里大小厚度均匀的羊肉随口一问："真的是手切的吗？"

"那是，咱们店里的羊肉都是我亲自切的，这厚度啊，不到一毫米。一斤肉我能给切个七八十片出来。我干这行也几十年了，不是自夸，我们店的羊肉都是切得薄如纸、匀如晶、齐如线、美如花，您尝尝便知道，和那些用机器切出来，吃到嘴里木渣渣的，没一点活泛劲儿的羊肉片，完全不是一回事。"

老师傅说完后潇洒利落地一摆手："菜都给您上齐了，你们慢慢吃。"

"老师傅，您这切羊肉的手艺，是和谁学的啊？"卓淳还沉浸在那一口流利的京片子里。

老师傅回过头，微微一笑："我爷爷，于德龙。"然后头也不回地走向厨房。

卓淳好奇地打开手机，把"于德龙"三个字在搜索栏上一敲，然后惊讶地把手机凑到珍香眼前，两人面面相觑。

——于德龙，江湖人称"京城两把刀"。

锅里的火炭烧得噼啪噼啪的，水也开始咕嘟咕嘟冒泡。

卓淳迫不及待地夹起几片羊肉，放到锅里涮了两下，然后蘸上麻酱，直接趁着烫乎劲儿送进嘴里。

"真好吃啊。"嘴里的羊肉肉质细腻，无腥不膻。

珍香倒了两杯二锅头，把一杯推到卓淳面前："一口干啊！别磨叽。"

"我不能喝太多啊，晚上还要做节目呢。"卓淳放下筷子，两个人举起杯子，双目对视，尴尬地僵持在举杯的那一瞬间。

"快！快祝我来年发大财！"珍香朝卓淳挤挤眼。

"祝你当上跑步机女王！"两人碰杯，卓淳闭着眼睛，皱着眉头将火辣辣的二锅头一口喝干。

"啊……呼！"珍香眨眨眼睛，深深地吐了口气。

"你和男生在一起，怎么都这样……"卓淳清了清喉咙。

"怎样啊？"

"发出一些……奇怪的声音。"

珍香尴尬地呆滞着，内心一群黑乌鸦扑腾着飞过。

窗外大雪纷飞，一九二九不出手，三九四九冰上走。北京真正的冬天来了。

涮肉店里热气腾腾，几杯二锅头下肚子后，珍香的脸变得红红的，脑袋也有些晕晕的。

"来，告诉你一个秘密。"珍香醉眼惺忪地用手钩了钩卓淳。

"什么？"卓淳有点好奇地放下筷子，靠了过来。

"我能看见另外一个世界的东西。"珍香小声地说。

"你能看到鬼？"卓淳一愣。

"你以为拍电影呢！怎么说呢，我能看到灵魂。"珍香扬了扬下巴。

"灵魂？"

珍香点点头，然后指了指火锅桌："其实也没什么特别的，它可能是一张桌子，也可能是一只碗，一双筷子。"

卓淳听得更迷糊了。

"总之啊，人在死之后，他的灵魂就会附到他生前最喜欢的那件东西上去。比如，从前有一个贪吃的小女孩，她生前最喜欢的东西，就是妈妈送给她的卡通玩偶。然后，因为一次意外，小女孩去世了。她爱吃的灵魂，就附身在了那只玩偶上。于是啊，她就变成了一只贪吃精灵。"珍香说完，忍不住打了一个嗝。

"珍香，你醉了。"卓淳听完了这个"故事"，停顿了几秒钟才开口。

"我醉？早着呢！话说去年我和东北的客户谈生意，陪三个大老爷们。我一个人干了大半瓶五粮液都没倒。"话正说着，不知道从哪里吹来一股暖风，饭团嗖的一声出现在了水汽腾腾的餐桌上。

"哎？"珍香眼睛一亮，只见饭团晃悠着圆滚滚的身子盘旋在卓淳的头顶，犹如音乐盒里的天鹅一样在半空中笨拙地旋转了起来，一圈银白色的光晕闪耀在了半空中。然后，饭团蹦跶到了卓淳的肩上，那圈光晕变成了无数的光点，在卓淳的头顶洒了下来，就好像……

"就好像一个奇迹啊。"不知道为什么，珍香的脑海里冒出了这句话。

"喂，珍香，你这样色眯眯地盯着我干吗呢？"卓淳别扭地耸了耸肩。

"咦？"

从火锅店走出来的时候，窗外的雪依旧在下。卓淳像往常一样，利索地把卫衣的帽子扣在头上，像个夜归少年一样在灯红酒绿的老胡同里走。

"这一顿吃得真的太满足了。"珍香裹紧羽绒服，然后仰天长叹。

"嘿，我发现你现在好像是不减肥了？"卓淳侧过头，露出半张脸。

"我不是和你说过了，我被精灵附身了啊！"珍香打了一个饱嗝，理直气壮地说。

"新理由 get ！"卓淳做了一个手势，"以后我播新闻念错稿子，也和领导说自己被精灵附身好了。"

"听说你们电视台那块儿是很邪乎，以前据说是坟场。"珍香突然压低声音。

"真的假的？你……你没开玩笑吧？我每天半夜从那里下班呢……"卓淳突然沉下脸，一脸惊愕地看着珍香。

珍香看着他面目惨白的样子，忍不住扑哧一声笑了出来："你一大老爷们怎么还害怕这种神神怪怪的啊？"

"以前小时候我淘气，我外婆总拿一些鬼故事来吓唬我，弄得我现在有点心理阴影。"卓淳弱弱地说。然后，他掏出手机看了看时间，"现在离我上班还有个把小时呢，我不管，你陪我在附近转转。"他说完，停下来，用手摆了摆珍香歪在一边的毛线帽。

"我们去哪儿啊，大下雪天的。"珍香看着他认真的样子，不好意思地低了低头。

"大雪天走着才特别啊。"

珍香跟在卓淳旁边拐进了附近的五道营胡同，似乎因为下雪天的关系，这条胡同在今晚显得格外冷清。酒吧里空空荡荡的，小舞台上没有人弹唱，只有三三两两的人坐在吧台旁喝酒。街边的工艺品商店基本上都打烊了。

大雪缓缓地落了下来，珍香瞅了一眼旁边的卓淳，他把手插在口袋里。大片的雪花时不时地落在他的鼻翼上，他冷不丁地吸了吸鼻子。

"哎，你就穿一件外套不冷吗？"珍香问。

"没事，我精气足，内火旺。"卓淳抖抖身子。

"你就那么关心我啊？"他突然低下头。

"我是怕你冻坏了，把嗓子冻哑了，然后把新闻播坏了，要知道，小区的那些大爷大妈们都等着看完你的新闻才睡觉呢。"珍香白了卓淳一眼。

"那你还是关心我。"卓淳憨憨地笑着。

"对了，我从下个月开始，开始播傍晚时段的新闻，就不用深更半夜地去上班了。"卓淳突然说。

"噢，那挺好啊。"珍香在一旁应和着。

"嗯。"卓淳停顿了好一会儿，然后有些吞吞吐吐地说，"是，挺好的。"

两人突然沉默了，气氛变得有些微妙起来。珍香隐约觉得有些尴尬，支支吾吾地想找话题，脑子却被刚才的大半瓶二锅头灌得有些短路，想了半天却不知道该说什么。而走在旁边的卓淳，一脸平静地走在雪夜里，一副有所思的样子。

就这样，两个人沉默地走到了胡同的尽头。往左一拐，便是护城河。

迷蒙的雪夜里，河对岸的灯火显得柔光发亮。

"珍香，和你说个事。"卓淳顿了顿，他的声音，在雪夜里显得格外温柔。

"怎么了？"珍香停住了脚步。

"我妈那儿有一只狗，养了好多好多年了，但是特别不听话，我妈都快烦死它了。所以啊，我妈打算把它送到北京来。你看看，你方便不？要不给你养好了。"卓淳说。

"我？"珍香一愣，"我连自己都养不起。"珍香尴尬地笑着说。

卓淳不说话了，他转过身，对着珍香，指了指自己。

"是我，单身狗。"他缓缓地挨近珍香。

"你……你说什么呢。"珍香僵着身子，呆呆地看着卓淳。

"珍香，我喜欢你。"

大雪落得无声无息，珍香满脸通红，脑袋是蒙的。一定是喝下去的那半瓶二锅头开始上头了。

"本来没准备这么快就对你说的，但是，我下个月开始要播傍晚时段的新闻了。"

"这……有什么关系吗？"珍香的大脑还是一片空白。

"我以后就不能和你一起吃晚饭了，如果你被别的男人用美食拐走了怎么办？你那么能吃，又那么馋。"卓淳低着头，一本正经地说。

珍香愣愣地站着，她面向卓淳，但是眼神涣散，不知道为什么，她始终不敢看着卓淳的眼睛。但是他靠得那么近，她都能感觉到他说话的气息，捕捉到他身体里散发出来的，温暖又细微的水汽。

"我……我好像有点想上厕所……"珍香支支吾吾地说。

"啊？"

"我……我尿急。"珍香边说边用手僵硬地捂了捂肚子。

"那，要不要找一下附近的厕所？"卓淳也被弄得一愣一愣的。

"不用了，我自己打车回家解决吧。"珍香突然招手拦下了一辆出租车，然后嗖地一下就钻进了车里。

"喂，珍香！你这算什么鬼啊……"卓淳被独自一人撂在大街上，不知所措地看着珍香上了出租车，然后在雪夜里呼啸离去。

"李珍香，你是不是一个正常的女人啊！"

"小姐，您去哪儿啊？"司机转过头问一脸木讷的珍香。

"您往前开就行。"珍香还没有从刚才的那一幕里缓过来，呆滞地说。

"好嘞。"司机一踩油门，往前方那片灯火通明的雪夜里驶去。

"小姐，和男朋友吵架了吧？"司机忍不住瞅了后视镜一眼，好奇地问。

珍香依旧默不作声，她伸出手，按了一下旁边的按钮，车窗缓缓地摇了

下来。一股寒风夹杂着大雪往珍香的脸上扑来。不知道为什么，两行眼泪像
是憋了好久，唰地一下从眼眶里滑了下来。然后，她咧开嘴，耸着肩，抽搐
着哈哈大笑起来。

眼泪顺着嘴角，流进嘴里，她也顾不得伸手擦一擦，像失心疯似的在车
里又哭又笑。

在珍香心里的那张人生未完成的清单里，那些她觉得基本可以归类为幻
想的事情，都被她排在最后几位。比如，成为可以包养小狼狗的富婆。比
如，变成一个靠脸吃饭的女神。

又比如，被一个觉得离自己很遥远的男生，说，我喜欢你。

"小姐，小两口拌个小嘴吵个小架挺正常的。没事，今儿个我就陪您兜
风，就算开到天亮我都陪您！"司机瞅了一眼计价器，乐呵呵地想，瞅这丫
头半疯半癫的样子，说不定这单可以绕北京城好几圈。

"师傅……"珍香抹了一把鼻涕，指了指前方，"前面那个路口的地铁站
靠边停就行。"

Chapter 22

那年冬天，
北京的第一场大雪

几个小时之前还套着帽衫，一身松松垮垮的卓淳，已经变成了屏幕上穿着西装，正襟危坐的禁欲系男主播，一口标准的播音腔也完全没有了平日里的上海口音。

2015 年 11 月 6 日，北京下了第一场雪。

2015 年 11 月 6 日，罗马尼亚发生反政府大规模示威游行。韩国新政治民主联合党拒绝出席所有国会议事日程，韩国政局陷入困境。中国援助巴基斯坦地震救灾，价值 1 亿元人民币物资飞抵巴基斯坦。美国中央司令部发言人表示，美国在叙利亚将继续与俄罗斯军方进行接触。

2015 年 11 月 6 日，朝阳区城管在凌晨 1 点突袭青年路朝阳北路路口的流动摊贩，缴获三轮车两辆，烤冷面 20 斤。

2015 年 11 月 6 日，物业阿姨在各家各户的门上贴上了上个月的水费单。

这一天和以往任何一天一样暗潮汹涌，又稀松平常。

但是，对李珍香来说，这一天过得简直是惊心动魄，她觉得自己差点就要魂飞魄散了。

此刻，她正裹着厚厚的睡衣，坐在没有暖气的房间里，目不转睛地盯着电视屏幕。饭团又像睡着似的躺在她身旁，周围一圈温暖的柔光，嘴里时不时呜咽着奇怪的声音。

11点整的《整点新闻》开始播放片头了，珍香毫无睡意，像是打了兴奋剂似的虎躯一震，搂起一旁的饭团。

"babooooooooooooo——"饭团被吓了一跳，哐当一声从床上弹了起来，然后啪的一声落在了珍香的头顶。

"全球新闻，整点播报。各位好，欢迎收看正在直播的《整点新闻》，来看详细内容……"

几个小时之前还套着帽衫，一身松松垮垮的卓淳，已经变成了屏幕上穿着西装，正襟危坐的禁欲系男主播，一口标准的播音腔也完全没有了平日里的上海口音。

然而，无论卓淳以哪种形象示人，珍香都觉得没什么违和感。

原因很简单，因为他好看啊。好看即合理。

电视画面从主播间切到了新闻现场，珍香恍惚的思绪也从那张英俊的脸上被抽离了回来。

"他长得那么好看，怎么会喜欢我呢？"珍香渐渐冷静了下来。

这真是一个无比悲伤的问题。

刚才还在浴室里哼着歌欣喜若狂的珍香，突然被一股灰色的沮丧笼罩。

饭团挪动着身体，轻轻一弹跳到了珍香的大腿上，像个呼吸的气球一般安静地上下起伏。珍香失落地低下头，侧过脸，把右脸贴在饭团有些冰凉的身体上。

突然，她看到了落地镜中的自己。

不是现在 110 斤的自己。

而是，四五年前的自己，那个 150 斤的自己。

那个穿着起球的珊瑚绒睡衣，头发油腻地贴在额头上，脸上冒着青春痘，下巴和脖子连成一片的自己。

那个除了对吃两眼放光，其他时间都浑浑噩噩的自己。

那个觉得自己不被任何人觉得重要，毫无存在感的自己。

而现在的珍香，却坦然地接受着此刻的幻觉。

长久以来，那个 150 斤的自己，就像一个幽灵一般，始终阴魂不散地游离在珍香的生活里。当她多吃的时候，郁闷的时候，恐惧的时候，犹豫的时候，那个肥胖的灵魂就会冒出来，企图与她对视，对话。而之前，珍香总能在瞬间打醒自己的意识，对那个 150 斤的女人大声地说一个"滚"，总能坚定地告诉自己已经和那个肥胖的灵魂没有一点关系了。

唯独这一次，她沮丧地对着镜子里的那个自己投降，投降得那么彻底。就这样一个简单又俗气的理由，就可以让她轻而易举地败下阵来。

"是啊，他长得那么好看，为什么会喜欢我啊？"

一夜无梦。第二天的清晨阳光普照，天空依旧和往常一样晴朗的，除了路边的层层积雪，昨晚的一切都像是没有发生过那般平静。

当珍香稀里糊涂地洗完脸，穿好衣服准备上班的时候，她下意识地轻轻地打开了门，然后蹑手蹑脚地，心虚得像个贼似的走过卓淳的家门。钻进电梯的那一刹那，她才放心地吐了一口气。

她也不明白，自己究竟在躲什么。是卓淳？还是卓淳要的那个答案？

匆匆忙忙地提着早餐赶到公司，刚踏进公司大门，珍香就感觉到了一股诡异紧张的气场，还没等她反应过来，她就一脸迷茫地被吴霜霜拉到一边。

"今天有福利，大清早就有好戏看。"吴霜霜一脸兴奋地压低声音对珍香窃窃私语。

还没等珍香开口问怎么回事，吴霜霜就迫不及待与珍香分享："咱们部门的 Lily 和 Lucy 正在茶水间吵架呢！你猜怎么着，Lily 抢了 Lucy 的男朋友，原本嘛只是私底下偷偷情，结果现在，不是小三按捺不住，而是那个男的爱到深处 hold 不住了，直接向 Lucy 全盘托出，这下好了，一大早的火星撞地球，原配对峙小三，好戏连台！"

"这么狗血……"珍香也好奇地往里面张望。

只见 Lucy 和 Lily 僵持在饮水机前，"吴佩丽！"Lucy 一字一顿咬牙切齿地叫着 Lily 的名字，"大学的时候，咱俩就是最好的姐妹。你还记得你是怎么说的吗，你说我们就是初一英语课本里的 Lily 和 Lucy，你名字里有个丽所以就是 Lily，我刚好姓鲁所以就叫 Lucy，我们是义务教育界的姐妹花。你说你是贝塔，我就是舒克。现在可好了，你的宫心计玩到我头上来了！"

Lucy 越说越气，她环顾了一下四周，然后一个跨步走到饮水机前，拎起水桶上那一丛被保洁阿姨精心浸养在玻璃罐里的绿萝，劈头盖脸地朝 Lily 的头上摔了过去。

"啊——"Lily 一声尖叫，那株茂盛的绿萝甩过她的脸，然后啪的一声掉落在地，她的脸上满是水滴和根须。

"鲁凤英！"刚才还蔫蔫巴巴的 Lily 顿时爆发了，"你别一副理直气壮的样子，什么抢你男朋友？你在演哪出呢？我告诉你，就你这副德行，每天和保洁阿姨拼素颜，脸上的痘痘都要流脓了也不肯挤一挤，穿的就像是要去廊坊上班似的。他愿意和你在一起本身就是一个奇迹。我告诉你，和丑八怪的爱情就像一盘沙，都不用风吹，多见几个母的就散了！"

"你说谁是丑八怪？！你别忘了当初你隆鼻割双眼皮的钱是问谁借的！" Lucy 气急败坏地说。

在场一片哗然。

"你……你就是嫉妒我美！"两人顿时扭成一团。

正当众人在一旁手足无措的时候，背后传来了牛老大中气十足的声音。

"是在看二人转还是围观猴子打架呢？！"

珍香和吴霜霜从前面低着头退了下来，两位女主角披头散发，看到牛老大也不约而同地消停了下来。

"大清早的是来公司寻仇还是吵架啊？现在电视台那些调解节目挺火的，要不给你们两个报个名？车马费我出。你们光在公司闹这哪儿成啊，得让全国观众帮你们评评理，是不？"牛老大一脸嫌弃。

"我……我们……" Lily 和 Lucy 一时语塞。

"行了，都别上班了，先回家把那些破事理清楚再回来！"牛老大的声音铿锵有力，一边的女同事们都感觉有些迷醉了。

"还不快滚！"牛老大一声令下，Lily 和 Lucy 猛地一抖，挂在 Lily 头发上的那半条绿萝的长须也被抖了下来，"你们俩最好别让保洁阿姨碰见，这株绿萝在公司四五年了，在公司里，可比你们的资历还久，保洁阿姨一直把它当儿子养。"

大清早的一场闹剧就在牛老大的三令五申下，快刀斩乱麻地结束了。

围观的群众也在牛老大一个犀利的眼神之下，鬼鬼祟祟地回到了各自的格子间，心不在焉地开始了一天的工作。

而珍香的心不在焉，却有着其他的原因。

上午的间休时间，格子间里的女人们开始分散到公司的各个角落，迫不及待地议论早上发生的八卦。

珍香无精打采地端着陶瓷杯朝茶水间走去，今天的她恍惚得有些异常，她居然意外地没有开始盘算午饭吃什么。

刚走进茶水间，就看到吴霜霜和薛璐两人坐在拐角处的那个老据点，津津有味地议论着什么。

"哎，珍香，快坐过来。"吴霜霜一边招手，一边夹了一块纸杯里的甜不辣塞进嘴里。但凡吴霜霜出现在茶水间里，她的手里就一定有食物。

"说实话，Lily 这妞吧，虽然长得是不错，但是平时也挺低调的，我还真没看出来她原来还有当小三的潜质。而且，她和 Lucy 那么好，你们还记得去年 Lucy 报合同然后算错了一个数字，让公司损失了好几万的事吗？当时 Lily 可是主动在牛老大的办公室里提出要和 Lucy 一起承担，那大义凛然的样子真的和琼瑶剧一模一样，搞得我在外面鸡皮疙瘩掉了一地。"吴霜霜一边吐槽，一边吃着碗里的麻辣烫。

"不过啊，我听说上个月 Lucy 的男朋友刚升职。"薛璐抿了一口杯里的咖啡。

"这有什么关系吗？"珍香疑惑不解。

薛璐冷笑了一声，然后朝珍香和吴霜霜投来了一个"你们的思想境界毕竟没有我高深"的眼神。

"有一句话叫男人有钱就变坏，你们应该都听过吧？"

"当然啊，男人的本质就是坏！"吴霜霜斩钉截铁地说。

"错！"薛璐食指一挥，开始娓娓道来，"物竞天择的淘汰论才是男人的本质。什么样的牛就该耕什么样的田，什么样的男人就该和什么样的女人在一起，是土豆就该长在黑土里，这是几万年进化下来的自然规律，也是社会现实。这世界上没那么多韩剧，也没那么多慈善家。"薛璐一边说，一边慢条斯理地搅着杯里的咖啡。

"你们都见过 Lucy 的男朋友吧？觉得特普通特一般是吧，但是呢，他和 Lucy 在一起就有一种说不出来的般配。为什么呢？因为 Lucy 也和他一样普通。他们这对儿呢，在我看来就属于周末一起吃碗拉面，看个团购电影，逛个街最终只在屈臣氏里买了打折洗发水的普通情侣。但是，我们的 Lily 可就不同了，虽然也是个北漂，但是听说她爸在当地也算是个小企业家，所以嘛，她一个人住在双井的公寓里，背的包虽然不是特奢华但也值个一两万。"

"所以说，Lucy 的男朋友现在升了职加了薪，就开始选择更好的女朋友？"吴霜霜露出了一个恍然大悟的表情。

"也许，maybe，谁知道呢。"薛璐摆了摆手，做了一个事不关己的表情。

"所以啊，男人的本质就是坏！"吴霜霜总结陈词。

在珍香的眼里，吴霜霜有着一套比薛璐更加百毒不侵，更加坚固的世界观。

"珍香，外面有人找。"门口突然传来了同事的声音。

"谁啊？"珍香疑惑地站起身，吴霜霜和薛璐也好奇地往外张望。

"还是个帅哥哦。"传话的女同事压低声音，朝珍香挤了挤眼睛。

珍香走到了走廊外面，背着光，她看到了一个高大的身影。

"卓淳？你……你怎么来了？"珍香一惊。

"瞧我这记性好吧，你就和我提过你公司一次，我就自己找上来了。"卓淳咧着嘴笑着，好像昨天的事没发生过似的，倒是珍香一脸尴尬。

"给，你的午饭。"他将手里的饭盒递给珍香，"姜阿姨做的，还热乎着呢。糖醋排骨，东坡肉，还有炒时蔬。"

"啊？谢谢啊。"珍香接过沉沉的饭盒。

场面在刹那间冷却了两秒，珍香不知道接下去该说些什么，她的脑子都快要短路了。

"珍香，晚上和我吃饭吧。"卓淳突然说。

"啊？"

还没等珍香反应过来，卓淳接着说："我都定好了，这个是地址。你下班的时候我来接你，我们一起去。"

"好……好吧。"珍香攥了攥衣角，手心里都是汗。

"快进去吃饭吧。"卓淳做了一个手势，然后朝珍香挥了挥手。

"那我进去了。"珍香僵着身子转过身。

珍香拎着饭盒刚走进茶水间，吴霜霜就冲了上来："你点的哪个餐厅的午餐啊？外卖员长那么帅！"

Chapter 23

那些为了生活拼得
没脸没皮的人

入夜了，长安街两旁高大的路灯亮了起来，宽敞的马路笔直地通往前方，好像没有尽头。

整个下午，珍香都有点心神不宁。

这期间，她已经自导自演了无数场内心戏。比如，吃饭尴尬冷场了该找什么样的话题。比如，该用怎样的表情和动作来佯装出若无其事的样子。然而，她却无法直视那些萦绕在她心头最核心的问题——他为什么会喜欢我？他为什么还要找我吃饭？他会在吃饭的时候问我什么？

珍香已经想了八百个在饭桌上解闷的段子，却始终不敢去想这几个问题。

"7、6、5、4……"

珍香忐忑地盯着电梯间里不断跳动的数字。

她随着人流踏出电梯间，一眼就看到了卓淳。他换了一身休闲的格纹西装，双手插在黑色的牛仔裤里，整个人像棵树似的立在那儿。

"嘿，时间还真巧，我刚叫了车。"

"噢。"珍香傻乎乎地跟了过去。

写字楼外的马路边，珍香和卓淳并排站着。

"晚上我们吃什么？"珍香找话题。

"我在东华门那儿订了一家法餐厅。你喜欢吃西餐吗？"卓淳说。

"还行。"珍香点点头，"不就是三明治比萨那些吗？"

卓淳愣了一下，然后捂了捂嘴，控制住没让自己笑出声来。

车子缓慢地驶出拥堵的三环，然后驶进长安街。入夜了，长安街两旁高大的路灯亮了起来，宽敞的马路笔直地通往前方，好像没有尽头。珍香望着窗外，她有些陶醉了，她几乎没有在北京看到过如此美丽的傍晚，她的下午六点，属于拥挤充满着异味的晚高峰。

"往前面开，是不是就会到天安门？"珍香突然问卓淳。

"好像是吧。"卓淳点点头。

"我还没有去过天安门，故宫也没有去过。"

"你都来北京那么久了啊。"卓淳惊讶地转过头。

珍香淡然地笑了笑："没什么时间，也没那个闲情逸致一个人去玩。"

卓淳沉默地点点头。

车子左拐进入了南池子大街，街上顿时暗了下来，路的两旁是低矮的灰色胡同，空荡的大街显得有些冷清。

卓淳定的那家西餐厅在故宫东华门附近，只是一栋不起眼的灰色老北京建筑，从外观来看，完全看不出是一家西餐厅。推门而入，里面却别有洞天。低调的轻音乐，服务员不紧不慢地来来去去，灯光幽暗得恰到好处。

卓淳脱下外套，熟练地递给服务员。

珍香跟在后面，笨手笨脚地脱下外衣，噼里啪啦一阵静电在幽暗的餐厅门口炸了开来，刚才还一脸温柔准备上前接过客人大衣的女服务员冷不丁地往后退了一小步。

正当珍香一脸尴尬地拿着大衣僵在原地时，卓淳靠了过来，然后轻轻地说："我现在总算明白，为什么你总是能电到我。"

两人在靠窗的位置坐了下来，透过落地窗，可以在黑夜中依稀看到故宫褐红色的城墙和城门。服务员微笑着递上菜单，珍香装模作样地看了起来。

菜单上的中文要比上排的英文小好几个字号，近视的珍香吃力地看了半天，也没看出个所以然。

"要不，你来点好了。我都可以。"珍香轻轻地推了推菜单。

卓淳倒是也爽快，拿起菜单看了一圈，就对着服务员熟练地点起了菜。

卓淳点菜的时候，珍香好奇又百无聊赖地环顾着四周，除了有一两桌服务员正拿着熨斗烫着桌布，其余的都座无虚席。比如坐在珍香旁边的那一桌，三个女生，两个穿着露肩的小礼服，另一位身上裸着肩披着水貂披肩。三个人谈笑风生，一看就知道是名媛姐妹们的聚会。

其中那位脖子上挂着四叶草吊坠项链的女生，优雅地端起红酒杯，对着坐在对面的姐妹慵懒地说："有的人呀，看我现在嫁了有钱的老公，就背地里说我物质。其实嘛，说就说呗，我不在乎。但是，你们是知道的，你们觉得我是个物质的人吗？之前上大学的时候，有个学长追我，把他辛辛苦苦在暑期打工赚的钱全攒起来，给我买了部手机。我们最终在一起了吗？我被物质打动了吗？没有呀！后来在公司里，有个广告部的男同事为了追我，把父母积攒了大半辈子留给他买车的钱拿出来，给我买了一枚钻戒。我在物质面前动摇了吗？也没有呀！直到后来，我遇到了我老公。有一次，深更半夜的他开着凯迪拉克专程来我的公寓楼下，说要送我个礼物，结果我打开一看，是一个葱油饼。他说特好吃，是这辈子吃到最好吃的葱油饼，所以一定要买来给我吃。当时，就这么一瞬间，我觉得他特可爱，就爱上他了。"

其他的两位，一边切着盘子里的牛肉，一边愣愣地听着。

"所以呀，你们说，我是那种物质的人吗？欸，对了，你看我的耳环好看吗？老公昨天从美国回来带给我的，梵克雅宝，比国内便宜太多了，也就一万多点美金吧。"她边说边将起头发。

对面的两位大惊小怪地凑近，然后连连惊叹："太便宜了吧！"

"珍香，可以抹上黄油吃。"卓淳看着啃着餐前面包，一脸神游的珍香，然后把那一小碟黄油推到了珍香的面前。

"噢。"珍香从那三个闺密重塑的世界观对话里抽离了出来。还没等卓淳的那句"用黄油刀吧"说出口，她就拿起了那小半截法棍直接在黄油上一抹，然后塞进了嘴里。

服务员端上了前菜，一盘是淋上了辣根奶油的腌制三文鱼，旁边精致地点缀着酸豆和红葱头。另一盘是配着杧果和香菜的法式虾饺。

卓淳有点迫不及待地拿起刀叉，而珍香却一脸欲言又止的样子愣在一旁。

"怎么了？不喜欢？"卓淳问。

珍香沉了一口气："昨天你问我的问题……"

酝酿了一个下午的话才刚说了一个开头，就被卓淳打断了。他拿起刀叉，笑着说："其实这家餐厅我在两个星期之前就预订了，所以嘛，有些话等吃完饭再说吧，现在我们就像以前这样吃顿饭，好吗？"

他边说边把那盘精致的虾饺推到珍香的面前："来，尝尝，虾是从西班牙空运过来的海虾，特别新鲜。"

珍香用叉子别别扭扭地叉了一小只放进嘴里。

"好吃吗？"

"太小口了，还没尝出味道就全咽肚子里去了。"珍香皱皱眉头，西班牙海虾的不同之处，她愣是没有尝出来。

"这家的西餐，和我想象中的，挺不一样的。"珍香抿了抿嘴，看了看这精致的摆盘和量少得可怜的食物。

"嗯，是啊。这家算是创意西餐，很火爆。一般都要提前几周才能订到呢。"卓淳解释说。

接下来的主菜是一盘搭配着时蔬的小牛里脊和小龙虾。刚一端上桌，珍香整个人就震惊了。且不说摆盘和香味，那三块小牛里脊，也就小区楼下那家川菜馆的小炒牛肉丁那般大小吧，至于那五六只小龙虾，excuse me？是从蛋花汤里捞出来的吗？

"这是一家以前菜为主题的餐厅吗？！"珍香已经完全忽略了骨瓷盘里精美的摆盘。

正当珍香纠结的时候，坐在对面的卓淳突然认真地说："这是我专门为你点的，是这里最受欢迎的一道菜。而且，我知道你喜欢吃肉。"

珍香的后脑勺闪过三道黑线，她硬挤出一个笑容，然后用叉子轻轻地叉了一小块小牛里脊放进嘴里。

"这里的小牛里脊都是从澳洲进口的，关键是做这道菜的厨师原本在巴黎的米其林餐厅工作……怎么样？口感是不是特别棒？"卓淳一脸期待地盯着珍香。

珍香小心翼翼地咀嚼着这块漂洋过海而来的牛里脊，然后认真地说："好像……有点淡？"

"真的吗？不会吧？"卓淳皱了皱眉头，然后拿起叉子戳了一块肉放进嘴里，边咀嚼边说，"不会啊，我觉得味道刚刚好，挺好吃的啊。"

珍香愣住了，其实，她一点都不关心肉的味道。她在乎的是，盘子里仅有的三块牛肉，现在只剩下一小块了。然而，主食差不多就要结束了。

幸好还有一道素食，三朵配有咖喱葡萄干，并淋上咖喱胡萝卜汁的花菜。

正当珍香在咀嚼着这一朵珍贵的花菜的时候，旁边的三朵京城姐妹花的谈话又无意间飘了过来。

"真的好喜欢这家餐厅的环境，灯光衬得我的脸好美哦。"白色蕾丝外套女拿起手机左右调着角度自拍。

"那是，你也不想想这家餐厅的人均价格，这就是，用价格过滤人群，你付多少钱，享受怎样的环境，等价交换。"旁边的那位身着紧身黑色礼服的红唇女慵懒地抿了一口红酒。

"俗！"

刚才发表着"我是那种物质的人吗"理论的梵克雅宝女朝对面的那两位翻了一个白眼："你呀，别在国外念个经济的硕士回来，就把什么都和钱挂钩。我告诉你们，这其实和钱也没多大关系，区别在于人的生活态度。说实话，就算这里的西餐20块钱一顿，那些每天挤着地铁上下班，为了生活拼得没脸没皮的人照样不会来这里吃饭。他们的格局就是火锅和川菜，在他们的世界里，花菜就该放在干锅里。"梵克雅宝女一边说，一边凝视了一眼叉子上的那一朵花菜，然后慢条斯理地放进了嘴里。

珍香瞅了一眼自己盘子里，那一朵一模一样的花菜，脸不知道为什么唰地一下就红了。她一走神，手里的叉子"咣当"一声掉在了白色的骨瓷盘上，然后又咚的一声掉在了地板上。

坐在隔壁桌的梵克雅宝女一惊，似乎被吓了一跳。

然后，她侧过脸，用一个极其嫌弃又轻蔑的眼神对着珍香从上到下扫了一遍，然后笑着对坐在对面的两个姐妹说："这家餐厅什么时候也开始卖团购券了？"

卓淳切了一半牛肉的手也停住了，他像是听到了旁边桌嬉笑的对话。他冷笑了一声，然后转过身，礼貌地对着梵克雅宝女露出了一个微笑。

"小姐，不好意思刚才无意间听到了你对生活态度的看法。我觉得吧，你说得太对了，我太佩服你了。"

"是吗？"梵克雅宝女被这半路杀出的美男惊了一下下，她不太好意思地低了低头，然后朝着对面的两个姐妹使了一个嘚瑟的眼色。

"我这个人吧，特俗。我之前觉得吧，一个人活得开不开心，完全就是看长相。你美，你先吃。你丑，请等位。但是啊，现在看看你，长成这样依然对生活充满着态度，我觉得我的世界观都要被你颠覆了。"卓淳不紧不慢地继续说。

"你……你有病吧？什么意思啊你！"梵克雅宝女啪的一声把叉子甩在了桌上。

"别别别，别生气啊，皇冠会掉，玻尿酸会爆。"卓淳"好心"地上前安慰道。

"服务员！我要换桌！我不想这个人坐我旁边！"梵克雅宝女被刺激得在餐厅里大喊大叫，周围的顾客齐齐地向她投来了异样鄙视的目光，就连餐厅的主厨也闻声从厨房里走了出来。

意大利大胡子主厨上前向服务员询问情况，这个时候，卓淳站起身，礼貌地走到了主厨的旁边，然后用一口流利的英文小声地和主厨交流着什么。主厨边听边点头，然后转身和服务员商量了一会儿。

两位服务员走上前，然后开始礼貌地端起珍香桌上的餐盘。

"现在……是怎样？"珍香一脸迷茫地看着服务员。

"小姐，刚才主厨说，给你们换个位置。请跟我来。"服务员微笑着朝珍香做了一个手势。

"怎么变成他们换桌了？是我们要换桌啊。"梵克雅宝女质问服务员。

"小姐，不是您的意思，不想和这位先生坐一起吗？"

梵克雅宝女被服务员礼貌的回应噎住了，一脸不爽地在位置上坐了下来。

"我们走吧。"卓淳走了过来，接过了珍香的包。

"你刚才和那个厨师说了什么啊？"珍香在卓淳身后小声问道。

"我啊，就把那个女生刚才的言论和厨师复述了一遍。然后，主厨就说，应该换桌的，不是她们，而是我们。我们不应该和这样傲慢无理的顾客坐在一起。"卓淳微微回过头。

"先生，这是我们店特别预留的 VIP 包间，您请慢用。另外，为了表达歉意，我们特别赠送给两位两杯红酒和一道甜品。"服务员边说，边领着珍香和卓淳走进一个安静的小包间。

餐桌紧挨着落地窗，坐拥着这家餐厅最好的位置，透过窗外，可以一览夜色下月光粼粼的护城河和故宫东门。

"其实吧，刚才那个女生说的话，我都听习惯了，我觉得没什么。之前有一次，我陪一个客户吃饭，约在一间茶餐厅。结果点菜的时候，那客户对旁边的助理说，多点几道肉，这些做销售工作的可辛苦了，他们估计只有和咱们吃饭才能吃得像样点。"珍香喝了一口服务员端上的红酒，释然地说。

卓淳沉默了一会儿："我没有为你说话啊，我压根就没有联想到你啊。我只是有一种本能的不爽，我就是讨厌人臭嘚瑟。"

"拦违规行驶的机动车，投诉在楼道里堆放垃圾的邻居，整顿歪风邪气，弘扬社会主义核心价值观，你真应该去居委会工作。"珍香笑着说。

"没准，我真的行。"卓淳有点不好意思地挠挠头。

后半段的晚餐气氛变得轻松了起来，两个人有一搭没一搭地聊着天，菜还是上得很慢，量对珍香来说只够暖个胃。但是，有酒就够了。只要饭局里有了酒，故事就会渐渐浮出水面。

最后上的是甜品，当服务员端着托盘，把大大小小的盘子和碗依次放在桌上的时候，珍香情不自禁地发出了哇的惊叹声。

前甜品薄荷雪葩配巧克力酱盛在两个精致的小碗里，擦得发亮的大盘里的是主甜品，焦糖奶油布丁和糖渍蓝莓的巧克力慕斯。后甜品则是摆放精致的树莓马卡龙和馒头棉花糖。

"你先吃吧。"卓淳把小碗挪到珍香的面前。珍香拿起勺，舀了一小勺淡绿色的薄荷冰淇淋，好奇地放进了嘴里。

一种冰凉又美妙的感觉开始在舌尖蔓延。

"哎？怎么味道有点熟悉呢？"珍香的心咯噔一下，她再舀了一小勺，仔细回味着那凉薄的口感。

然后，她整个人呆住了，拿着勺子的手僵持在半空中。她终于想起来了，这个味道在她人生的某一个片段里，曾经出现过。

"珍香？"卓淳一脸疑惑地看着此刻表情呆滞的珍香。

珍香微微抖动着嘴唇，然后断断续续地说："这个味道……好像小时候我妈给我挤的牙膏啊。"

"啊？"

"小时候，晚上睡觉前刷牙，我妈每次都会给我挤好牙膏。那个时候，我贪吃，连牙膏的味道也要尝一尝……后来，我妈死了，就再也没有人给我挤牙膏了，那个味道，不知道为什么，好像就消失了。"珍香边说，眼眶渐渐湿润了。

然后，她用力地舀了一大勺，"真的就是这个味道，怎么会这么像啊？怎么回事啊？"她说话的时候，淡绿色的冰淇淋狼狈地从嘴角流了下来，她尴尬地伸出手去擦，"我现在是不是就像一个傻瓜一样？"

卓淳笑了，他摇摇头，然后轻轻地说："是的，特傻。但是，又特可爱。"

"没关系，以后我给你挤牙膏，我去买那种可以吃的儿童牙膏，你可以边刷牙边吃，然后我们接吻的时候，你的嘴里就会不由得吐出肥皂泡。"卓淳认真又逗趣地说。

"卓淳，你好恶心啊。"珍香边笑边擦了擦眼角的泪水。

卓淳也傻笑着，他们一边笑一边舀着盘子和碗里的甜品。

其实，他们也不知道自己究竟在笑什么，好像你在笑，那我也就跟着笑了。相对无言，好像又不需要语言。因为你嘴巴里的那个味道，其实我也懂了。

Chapter 24

你是有故事的女同学，可我
不是那个没血没肉的男一号

她这二十多年，就是靠自卑撑过来的。别人不知道，
但是她很清楚，自卑是她对抗所有不公平的武器，也
是她的躯壳，她的盔甲。

北京的冬天，一到了夜晚，气温就开始骤降。珍香刚走出西餐厅，就被迎面的寒风吹得起了一身鸡皮疙瘩，她哆哆嗦嗦地从包里翻出毛线帽准备戴上。

"我来。"卓淳很自然地走上前，拿过她手里的毛线帽，轻轻地戴在了珍香的头上，然后用两只温暖的手掌，轻轻地捂着珍香的耳朵。

"不冷了吧？"

西餐厅门口昏暗的路灯下，珍香不敢抬头。

冬夜的北池子大街人车稀少，明亮的月光透过空荡荡干枯的树枝洒出了一条坑坑洼洼的路。

珍香和卓淳就在这样一条忽明忽暗的路上走，路上的商店几乎都关门了，空荡荡的马路上也没有出租车经过。卓淳也不说话，这样一条乏味的夜路，他却走得一本正经。

正当珍香想掏出手机，用 App 叫个车的时候，一阵悠长的咕噜——声从珍香的肚子里悠扬地传了出来，打破了这片刻尴尬的寂静。

卓淳冷不丁地回了头，与此刻尴尬得万念俱灰的珍香四目相对。

"嗯？"珍香拼尽了脑容量里的所有演技，努力地装出了一个"发生了什么"的表情。

"是不是没有吃饱？"卓淳笑着问，眼睛温柔地眯成一条线。

"嗯？可能是吃的时间有点长……"珍香点点头，弱弱地说。

"没事啊，那咱们再去吃点什么？我看看这附近有什么餐厅。"卓淳边说边掏出手机。

"这附近好像都关门了啊。咦，那边是不是有一家还开着？"珍香指了指前面那个路口处的亮光。

"嗯，过去看看吧。"卓淳点点头。

两人走近，然后在狭小的店铺前抬起头，破旧的匾额上印着五个已经脱色的金色大字"老北京炸酱面"。店里冷冷清清的，没有一个顾客。一个大爷不知道是老板还是厨师，拿着一张皱巴巴的报纸坐在里面闲来无事地翻着。

"要不……换一家？这儿过去四百米好像有一个川菜店。"卓淳看了一眼手机，有点犹豫。

"没事啊，就这家吧。不走了，太冷了。"珍香边说边推开门。

店里的大爷一听到推门声，像根弹簧似的抖了抖身子，站了起来。

"二位来点什么？小菜都卖完了，只有炸酱面了，八块一碗。"

"两碗炸酱面！对了大爷，还有酒吗？"珍香把包甩在凳子上，大大咧咧地坐了下来。

"还喝啊？"卓淳小声地嘟囔了一句。

"我请客，你随意。"珍香朝卓淳挤了一下眼。

"有燕京，还有二锅头，姑娘想要哪个？"大爷弯着身子，在柜台里捣鼓着。

"一瓶二锅头。谢谢大爷。"

"好嘞。"

珍香拧开瓶盖，然后拿起一个小杯子斟上，二话不说，先一饮而尽。卓淳见势也勉强在桌上拿起一小酒杯，瞅了一眼里面有些斑驳的杯底，随手扯了一张餐巾纸擦了擦，然后倒上了小半杯，勉勉强强地喝了一口。

"面来喽。"大爷麻利地从厨房里端着托盘走了出来，然后利索地将青瓷大碗放了桌上。热气腾腾的手擀面上盖着黄酱和甜面酱，旁边配着红红绿绿的黄豆嘴儿、黄瓜丝、胡萝卜丝、韭菜……

卓淳拿起筷子，有些笨拙地开始搅拌了起来。谁知那大爷叹了一声，然后一把夺过卓淳的筷子："这小伙儿太秀气了，咱家老北京的炸酱面没那么多规矩，咣里咔嚓地往里一搅和就成了，这样的味道才香。来，您尝尝。"

卓淳愣愣地拿起筷子，夹起一筷子面，放进嘴里咀嚼了起来。

"嗯，好吃，好吃。"酱香味十足，面也嚼劲十足。

大爷乐呵呵地回到了原来的位置，继续拿起报纸翻了起来。

珍香麻利地拌着面，然后吸溜吸溜地吃了起来。两个人像饿了很久似的，默不作声地吃着面。吃完面，珍香随手抽了张纸巾擦了擦嘴，在抬头的那一瞬间，她和卓淳在无言中四目相对。

在那一秒的尴尬过后，珍香的心里却突然一阵释然，像是准备了很久的答案，终于要写到答卷上了。这一次，她好像真的准备好了。

"卓淳，你知道我去年的生日愿望是什么吗？"珍香缓缓地说。

"变瘦？还是升职？"卓淳抬了抬头。

"我想结婚。"珍香淡淡地说，"我想结婚，哪怕之前和吴大毅恋爱也是为了想早点结婚。"

"噢……是吗？"卓淳愣了一下，表情有点尴尬。

珍香自嘲地轻声笑了笑，然后继续说："说为了结婚而恋爱的人根本就不配拥有爱情也好，说那些要陪伴的女人怎么不去养条狗也好，说一个女人该有多么窝囊多么无能才会每天想着，被一个男人来领走也好。其实，我觉这些话都对，因为她们有底气这样说。她们有底气为了爱情而去选择婚姻，选择她们想要的。而我没有，我可以选择的太少太少，这就是我的现实。所以啊，对于爱情，我想要的其实并不是过程，我要的是结果。"

珍香有点醉了，借着酒意，她直勾勾地盯着卓淳的眼睛。这个男孩的眼睛真好看啊，比此刻北京城斑斓的夜色还好看。

"所以，你觉得我们不会有结果是吗？"卓淳停顿了下，然后认真地问。

珍香突然笑了，她的醉意渐渐上脑了，或许，她也不知道自己此刻在笑。

"看到那家餐厅了没？"珍香抬起手，往不远处的那家西餐厅指了指，

"你的油盐酱醋在那家餐厅里，而我属于这里。"

说什么"在不同的世界"太缥缈，其实我们就身处在同一条街，但我们的酸甜苦辣本不应该有交集。

"我知道你的意思。"卓淳一本正经地说，"但是，你觉得我有嫌弃过吗？"他认真地问。

"你不嫌弃，那是因为你性格好。而我，没那么好，没那么可爱。你来吃炸酱面也可以吃得津津有味，而我却不知道该怎么拿刀拿叉，不知道牛肉几分熟才好吃，不知道高级瓷盘里的豌豆是该用叉子叉还是用勺盛。你来我的世界很随意，可我却会感到自卑。"

终于说出了那个词，她从来没有想在自己的人生里画掉它。她这二十多年，就是靠自卑撑过来的。别人不知道，但是她很清楚，自卑是她对抗所有不公平的武器，也是她的躯壳，她的盔甲。

"珍香。"卓淳低着头，"你把我说得那么完美，好像我就是那老派偶像剧里没血没肉的男一号似的。"

"你，就是啊。"珍香抬起头，看着卓淳脸上淡淡的笑容想。

"如果你知道13岁之前的我是个什么样子，你应该会吓一跳。"卓淳的语气犹如过眼云烟般淡定。

"你……整容了？"珍香惊讶地问道。

卓淳扑哧一声笑了出来："我上初中之前，是个结巴。"

"啊？"

"嗯，可能是天生的原因吧，我从小就说话磕巴。从幼儿园开始，我就

没什么朋友。小学的时候，我最怕的就是语文课接龙朗读课文，每次轮到我
的时候，还没开口，就可以听到周围人窃窃私语的笑声。我记得有一次，我
很紧张，越紧张舌头就越打不直，最后狼狈地冲出教室，一个人躲在了男厕
所里。"卓淳拿起酒杯，轻轻地抿了一口二锅头。

"后来，升初中的那年暑假，爸妈带我去了矫正中心，接受了专业的矫
正治疗。那年夏天，我每天醒来的第一件事情就是冲到楼下的报箱拿报纸，
然后一版一版地开始读，读到喉咙都哑了。就这样，我口吃的毛病渐渐矫正
过来了。"卓淳边说，脑中边浮现出 13 岁那年的自己。

瘦小的他拿着报纸，汗涔涔地坐在天台的水箱下面吃力地读着手里皱巴
巴的《今日早报》，然后，他咳咳火辣辣的嗓子，拿起旁边的矿泉水咕噜咕
噜地喝起来。他疲惫地把头靠在膝盖上，然后顺手拿起台阶旁的一根枯树
枝，在地上画着什么。干巴巴的水泥地上没有留下什么痕迹，但是，他知道
自己在写什么。

"真的不想再被人看不起啊。"

"不想再这样总是一个人啊。"

"但是……你的经历和现在的职业也太违和了。"珍香有点不敢置信。

"就是因为我以前话都说不清楚，所以我后来才想当新闻主播啊。"卓淳
平静地说，"其实，说什么'使命感''新闻责任感'，都有些冠冕堂皇。高
中的时候我加入了学校的电视台，当时的我，第一次站在摄影机前，我就
想，我一定要让那些曾经欺负我，嘲笑我的人看看，我也可以这样流利地说

话，而且说得比你们都要字正腔圆。"

此刻的珍香微张着嘴，她不知道该说些什么。她只是觉得，自己的心好像被眼前的这个男生加了一块透明的筹码，没有重量，却沉沉地打动了自己。

"所以啊，我喜欢你，并不是我好奇你的世界。我喜欢你，是因为，我觉得我们都一样。我们都是独自一人从那个世界里跳出来的人，我不想再一个人了，我想拉上一个人，和我一起往前走，然后就不要回头了。

"珍香啊，我想有那么一个人，天冷的时候能一起吃个涮肉，怄气的时候能一起干杯小酒，看电影的时候能分享同一桶的爆米花，我想和这样一个平凡，但是真真切切的人在一起，吃到饱，吃到老。这个人，我就选定是你了，你逃不掉的。"

珍香安静地看着卓淳的眼睛，听他一字一句地把话说完。50 度的二锅头开始上脑了，此刻的她有些微醉。但是，她还是清晰地感觉到，卓淳眼睛里那两片干净又斑斓的夜色，正在温柔地包裹着她。

"珍香，我就问你，不要管以后，你喜欢我吗？就现在，这一秒，你喜欢我吗？"

她的内心有一堵墙，有的人走到墙边，在墙上敲了敲，发现没有回应就走了。而有的人，一直坚持地敲啊敲，敲啊敲，直到胆小自卑的她，终于有勇气给予墙外一点点的回应。她没有想到那个人会是卓淳，甚至没有想过，自己的生命里，真的会出现这样一个敲墙人。

"喜欢。"珍香用力地点着头。

"我喜欢你，你对我那么好。你在我一个人下班回家的时候，带我去吃饭。你在公司楼下等我下班。你还给我送饭……我妈都没有给我送过饭……
你对我那么好，我真的好喜欢你。但是……但是……"珍香不由得开始抖着
肩，抽泣了起来。

"但是什么？"

"但是……你长得的那么好看。"珍香哇的一声，像个孩子一样呜咽着哭
了出来。

卓淳的眼泪也溢了出来，他紧紧地抱住了珍香，然后说："对不起，我
长得那么好看，都是我的错，都是我的错。"

午夜的老北京炸酱面店，两个抱头痛哭的年轻人，一个在厨房门口打
盹的老大爷，还有一个躺在餐桌上，散发着红色的光晕，来自另一个世界
的精灵。

北京冬天寒冷，柔光彤彤的夜。

Chapter 25

恋爱中的宝贝，
现实中的胆小鬼

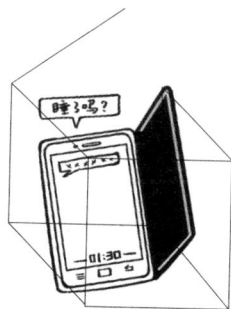

这样的一段爱情，如果发生在那些老土狗血的偶像剧里，或许可以轰轰烈烈。但是，它发生在这座冷冰冰的城市，发生在她李珍香的身上。

如果用一个词来形容那个对于珍香的人生具有颠覆性的夜晚，珍香可能会用——魔幻。

珍香裹在被窝里，回想着今晚发生的一切，觉得这并不是一部撕心裂肺的爱情片，而是一部魔幻片。因为今晚发生的一切，都太超脱，太梦幻，太美好，太让她有绝处逢生的心惊肉跳之感了。

她在被窝里傻笑着，突然，饭团轻轻地从沙发上飘了起来，然后缓缓地停到了她的面前。珍香伸出手，轻轻地抱住散发着蓝色光晕的饭团，把它抱在怀里。

"饭团，以后除了你，还会有另外一个人陪我了。"她轻轻地摸着饭团像块棉花糖似的脑袋。

饭团轻轻地抖了抖身体，蓝色的小光点像萤火虫似的散了开来。

"饭团，我恋爱了。"珍香看到饭团那黑油油的小眼睛缓缓地转了转，它似乎困了，一副无精打采的样子。

　　她傻笑着摸了摸怀里的饭团。困意伴着浓浓的幸福感袭来，哪怕是经历了这样一个魔幻之夜，她还是像往常那般迅速地进入了梦乡。

　　直到第二天醒来，当她打开手机，才发现里面已经有了四条未读信息，全部来自卓淳。

　　第一条，凌晨1点20分，简简单单的三个字，"睡了吗？"

　　第二条，凌晨1点50分，"看来是睡着了。"后面还有一个亲亲的表情符号。

　　第三条，早晨7点，"宝贝，醒了吗？带你去吃早餐吧。"

　　第四条，早晨7点半，"早餐给你挂门上了，你记得带上。别迟到啦。"后面是一个吐舌头的表情符号。

　　翻完信息之后，珍香懊恼地拍了拍额头。就算昨晚发生的一切是一部爱情魔幻剧，但是也不该以她的昏昏欲睡而收场啊。难道不应该是他们浓情蜜意地发着短信打着电话，在彼此亲昵的晚安声中睡去，然后第二天手拉着手一起去吃一个早餐吗？自己果然是个恋爱白痴。

　　第二遍闹铃刺耳地响了起来，珍香来不及多想，飞速冲到洗手间，像往常一样争分夺秒地洗漱。

　　当她穿上鞋子，准备出门的时候，突然想起了卓淳挂在门上的早餐。她小心翼翼地推开门，发现门外的把手上，果然挂着一个热乎乎的鸡蛋灌饼和一袋无糖鲜豆浆。袋子外面还贴着一张黄色的便签——"早上好，wink wink"。

似乎是因为吃了卓淳的爱心早餐。整个上午，珍香都精神抖擞的。她把牛老大交给自己的报表审核了一遍之后，又把吴霜霜的报表拿过来核对了一遍。若是平常，到了午休时间，珍香总是充满了睡意。但是今天，她觉得崭新的一天才刚刚开始。

"珍香，听说公司旁边新开了一家日料店，而且午餐定食半价。你陪我去吃呗？我在网上把优惠券都下好了。"吴霜霜伸着懒腰走到了珍香的座位边。

"噢，好啊。"

还没等珍香站起身，穿着新一季 Moschino 淘宝定制仿款的薛璐就犹如一只花蝴蝶从门口飘了进来："珍香，外面有人找。"

吴霜霜的眼睛立马八卦地朝走廊上瞟了出去。

"唉，这不就是上次来公司送外卖的小哥吗？"吴霜霜的眼睛一亮。

"什么外卖小哥？"薛璐把吴霜霜往身边一拉，"他呀，认识珍香的，而且，这次又是来给珍香送饭的。"薛璐一副故作神秘的表情。

"真的啊？！"

正当吴霜霜想拉住珍香八卦一番的时候，珍香果断地朝门外快步走去。

正值午饭时间，走廊上的电梯口围满了同事，卓淳穿着一件干净的灰色大衣，手里拎着白色的饭盒，安静地站在角落。他看到珍香走出来了，微笑着挥了挥手。

"你……怎么又来给我送饭啊，多麻烦啊。"珍香低着头，有点不好意思地走了过去。

"给女朋友送饭天经地义。"他理直气壮地说，然后，他拉了拉珍香的手，用一种亲昵的，却带着命令式的语气说，"走，我们一起吃饭去。"

公司楼下有一个咖啡馆，卓淳在柜台前点了两杯拿铁，然后和珍香一起找了靠窗的位置坐了下来。

"今天带了什么呢？"珍香看着桌上的饭盒。

"还是姜阿姨家常菜，干煸四季豆，酸辣脆莲藕，钱江肉丝。我和她特意说了，让她加点辣，因为你是四川人嘛。"卓淳轻轻地打开饭盒，然后拿出袋子里的筷子，用湿纸巾认真地擦了擦，递给珍香，"来，尝尝辣味的杭帮菜。"

"嗯。"珍香用筷子夹了一筷钱江肉丝，"很好吃啊，姜阿姨的厨艺真是不错。"

"咦？你怎么不吃？"珍香抬起头，看了卓淳一眼。

"我先认真地看一会儿你吃饭，然后我再吃。你吃饭的样子最可爱了。"卓淳用手托着脸，认真地说。

"你这样盯着我，像逛动物园似的，我吃不下去。"珍香害羞地放下筷子。

"好了好了，不看你了。"卓淳也拿起筷子，他夹了一片莲藕放在自己的饭盒里，停顿了一会儿，然后缓缓地说："我是觉得，以后咱们吃饭的机会就不多了。我不是马上就要调岗去播傍晚时段的新闻嘛，这样，刚好把咱们晚餐的时间给错开了。"

"错开就错开呗，播傍晚的新闻多好啊，黄金时段。"

"我是……不想再让你一个人吃饭了。"卓淳低着头，眼睫毛长长的像个孩子，"而且，而且……"卓淳突然支支吾吾的，"算了算了，没什么，说出来又会被你说肉麻。"卓淳摆摆手。

"瞧你神神道道的样子。"珍香看着卓淳自说自话的样子，不禁笑了。

那句在卓淳脑海里徘徊了好久，却又说不出口的话——

"而且，我们就是在这饭桌上的酸甜苦辣，柴米油盐里相遇的啊。"

午间休息的时间很短。吃完饭，送走卓淳之后，珍香便匆匆上了楼。她哼着小区阿姨们健身操的招牌曲《金梭和银梭》，欢快地走进了公司。忘乎所以地沉浸在刚才充满粉红色气泡午餐里的她，都没有注意到此刻一脸诧异，同样对这首歌充满共鸣的保洁大妈。

直到眼前突然晃过吴霜霜的那张大脸。

"李、珍、香。"吴霜霜扬着她上个星期刚花了180块团购的韩式文眉，一脸魅惑的怪表情。

"你想干吗？"珍香不自觉地捂了捂自己的胸口。

"别装了，我们都知道刚才那男的是谁了。"还没等吴霜霜说完，薛璐就走了上来，然后把手机一举，"是他吧？电视台新上任的鲜肉主播，最近在微博里炒得很火啊，前阵子都是他的热搜。"

"是……是吗？"珍香好奇地看着手机屏幕，上面全是一些"最火鲜肉主播""为他深夜看新闻"这样的话题。

"原来卓淳那么红啊。"珍香吃惊地盯着屏幕。

"可以啊李珍香，真是人不可貌相，你可真是我们销售部之光啊。快，来和我们说说，你是怎么撩到他的啊。"薛璐收起手机，激动地把珍香往茶水间里拉。

"我和他……并不是那种关系啦。"珍香尴尬地摆着手。

"别装了李珍香，前台的苏州小妹都告诉我们了，说那男的来找你的时候，说的是，我来给我女朋友送饭。我靠，那声音啊，简直堪比春药，前台小妹差点当场就双腿一开晕过去了。"薛璐说得眉飞色舞。

"他……他是我的邻居。"

"邻居？难怪了！我们正纳闷你们是怎么认识的呢。"吴霜霜恍然大悟上前，用力挽住了珍香的另一只手。

"原来这找房子也和投胎一样，是个技术活！"

"对了珍香，你家住哪儿呀？话说你也真不够意思，都认识那么久了，也不邀请我去你家玩玩，还拿不拿我们当姐妹了！"

"周末我们去你家玩吧？我最近发现了一家超好吃的卤煮店，我打包去你家，咱们一起吃。"

就这样，珍香被吴霜霜和薛璐左臂右膀架到了茶水间。

"我们真的只是邻居而已。"珍香的内心有些崩溃，"他怕前台小妹不让他进公司，随便编的理由说是我男朋友。今天下午他在附近的德国使馆办事，只是顺道来给我送个饭而已。而我嘛，也不知道他是什么主持人，他们那些职业，一般都藏得蛮深的嘛。"珍香有些语无伦次地胡乱编着理由。

"这样啊。"吴霜霜和薛璐依旧半信半疑。

"真的，他……不是我男朋友！你们不要再逼问我了！"珍香突然涨红着脸，挣脱开两边的左臂右膀，小跑到自己的办公间坐了下来。

"不是就不是呗，搞得那么紧张干吗，好像我们在严刑逼供她似的。"

吴霜霜和薛璐面面相觑，摊了摊手，然后纳闷地把头转向情绪有些反常的珍香。

珍香坐在电脑桌前，有那么一两秒钟，她的大脑像缺氧似的处于放空状态。她伸出手摸了摸自己热辣辣的脸，然后深吸了一口气，让自己平静下来。

她回想着自己刚才的反应，然后默默地低下了头。

"对啊，我在紧张什么呢？不过是谈了恋爱，交了男朋友，这有什么好隐藏的呢？有什么见不得人的呢？况且，对方是卓淳，自己应该普天同庆与茶水间的这帮女人同乐才对啊！"

而自己，却在第一时间，选择了狼狈地逃避。

是因为这一切来得太快，发生得太玄幻了，以至于自己还没有准备好吗？还是因为自己依然像第一段失败的恋爱时那样，担忧未来，害怕失去？又或许自己只是不自信，是啊，自己和热搜榜上的人恋爱了，她们会不会嫉妒自己？毕竟，这样的嫉妒也是理所当然顺理成章的，谁让自己只是李珍香呢？

珍香心里其实很明白。这些，其实都是自己逃避的理由。

这样的一段爱情，如果发生在那些老土狗血的偶像剧里，或许可以轰轰烈烈。

但是，它发生在这座冷冰冰的城市，发生在她李珍香的身上。饭桌上两个人的世界里，她感觉很梦幻。而现在，当她回归到这间狭小的写字间，她原形毕露，茫然失措。

整个下午，除了帮牛老大核对了一份报表之外，就没什么事了。珍香用手托着下巴，混混沌沌地点着鼠标。她环顾了一下四周，然后偷偷地在搜索栏里输入了"女生如何变美"这几个字，在刷了两页的整形广告之后，她无意中点进了一个美妆博主的微博里。

最热门的那条微博，是一个关于如何化妆的视频。珍香看着视频里博主犹如监狱女囚般的大素颜，内心感慨这绝对是个良心博主，而且在她把视频定格仔细观察了之后，她发现，这张素颜，好像还不如自己平时的样子！她顿时燃起了鸡血，继续看了下去。

博主操着一口东北口音的台湾腔："哎哟妈呀我和你们说吼，这个粉底霜是贼好用的吼，就这么轻轻一抹，就很轻松地晕开来了耶，现在我的肤色是不是变得贼亮贼亮了吼？"

珍香在这样一口诡异的口音下，愣是目不转睛地看完了长达十五分钟的视频，而女博主也从刚才的女囚犯，摇身进阶成了当下最流行的蜜桃网红脸，珍香的内心突然澎湃起一股叫作"化妆改变命运"的热血。

"不过吼，主播也要在这里提醒大家，这套妆容的最大诀窍，就是主播用的这一套化妆品。不是主播瞎唠瑟吼，这一整套下来也要四千多人民币呢吼。不！过！如果各位姐们儿在 ×× 网买的话，只要三千块哦！"

视频的最后半分钟瞬间浇灭了珍香刚才燃起的热情，"打折还要三千多，而且，这分明就是一个硬硬的软广！还想骗过做销售的我？！"珍香翻了一个可以前空翻 360 度稳稳落在天津的大白眼，愤愤地关上了视频。

下班，刚走出写字楼，珍香就接到了卓淳的电话。

"下班了吗？"电话里卓淳的声音可以让人暂时忘却周围的嘈杂。

"嗯，你呢？是不是去台里了？"

"嗯，刚到，还没换衣服呢。你晚饭吃什么呢？"卓淳温柔地问。

"随便应付下呗，你不用操心我。"

"委屈你了。等下了节目，我去买点夜宵回来一起吃。上次编导带我去了一家碳烤羊腿店特别好吃。"

"嗯，好啊。"

"那我先去换衣服了，待会儿还要和编导对台本。晚上见。"

卓淳温柔地挂了电话之后，珍香的心里却依然惆怅。她茫然地走进地铁口拥挤的人群里，和往常一样，像流水线上的零件一样刷卡，过安检，进站。

然而，当她随着人群挤进地铁的时候，她的心突然咯噔了一下。

如果是往常，那些美食夹带着澎湃的饥饿感，已经像太鼓达人里的大鼓一样轰轰烈烈地在她脑海里掠过了。而今天，她摸了摸自己空空的小腹，居然并不觉得饿。

真的，就像回到了之前刚瘦下来的那个状态。她对晚餐的欲望，只是一份不加凯撒酱的生菜沙拉。

她悄悄地拉开背包，里面的饭团耷拉着脑袋，像一个泄了气的皮球。

"饭团，饭团。"珍香低下头，轻轻地拍了拍它的头。

只见饭团的眼睛懒洋洋地转了一圈，然后又像睡着了似的，继续瘫软在了背包里。

"batooooooooooo——"

珍香没有意识到，这个小怪物的叫声已经越来越虚弱了。

Chapter 26

姜阿姨的二字箴言

人这一辈子，总有如意的时候，也有落魄的时候，年轻的时候再好看，老了还不是一脸皱纹。谈不上什么坚强，遇到坎儿了，忍一忍就会过去。

　　小区门口新开了一个生鲜超市。一到傍晚时分，那些新鲜的蔬菜，现蒸的包子馒头之类就开始打折处理。小区的大妈们也挺精明，平时超市里冷冷清清，一到了打折的点，就三五成群地组队往里面拥。

　　没什么食欲的珍香走进超市，准备随便买点什么打发一下晚饭。一进去才发现里面已经被大妈们占领，大伙正三五成群七嘴八舌地挑选着折价的蔬果。

　　珍香避开人群，往熟食区走去。

　　熟食区里卖着当日新鲜做好的凉菜、酱肉和一些家常小菜。珍香弯下腰盯着它们很久，依旧毫无食欲。

　　"小李？"突然，一个熟悉的声音从身后传来。

　　珍香转过头，只见姜阿姨拎着满满的一只购物筐，和平常不同的是，今天的她还戴着一副眼镜。

"姜阿姨？您出院啦？"

"第二天就回家啦，没什么大毛病，该做的检查都做啦，就是有点低血糖。唉，让你们看笑话啦。"姜阿姨的脖子上，依旧围着那条粉紫色的丝巾，全身上下，一如往常地装扮得体，只是眉宇间依旧透着一丝疲惫。

"没……没有啦。"珍香摆摆手。

"你在这儿买什么呢？"姜阿姨瞅了瞅熟食区的那些敷着保鲜膜的各式酱肉。

"噢，随便逛逛。"

"我也是吃了晚饭觉得怪闷的，就出来走走。顺便买点食材回家做桂花糕去，你陪我转转呗。"姜阿姨走上前，像个闺密似的搂了搂珍香的胳膊。

"好啊。"

两人结伴才刚走几步，姜阿姨就凑到珍香耳边，小声地说："我和你说哦，那些卤的啊，或者油炸的食物，别看闻起来香，其实都是加了添加剂的，对身体很不好的。所以千万不要买。"

姜阿姨顺着话题就开始念叨她的养生经，从为什么要吃五谷杂粮到鉴别真假紫薯，珍香只能在一旁像被牛老大教训一样哈腰点头地听着，插不上任何话。

经过水果区，姜阿姨突然有些激动地说："啊，烟台大苹果今天半价呢。正好今天你在，我多买一些。"

"不用了……姜阿姨我不吃苹果。"珍香连忙不好意思地推辞。

"我是想让你帮我提呢！"姜阿姨直截了当地说。

珍香跟在姜阿姨身后，两人拎着大包小包上了楼。姜阿姨放下满当当的购物袋，打开了门。

这是珍香第一次来姜阿姨的家。当姜阿姨按亮客厅的灯时，珍香情不自禁哇的一声叫了出来。只见客厅宽敞整洁，沙发是极具设计感的淡灰色布艺沙发，茶几上杂志、水果摆放得整整齐齐，就如同样板间那样地整洁。更让珍香吃惊的是，光亮的玻璃西餐桌上摆着满满的两瓶鲜花，就连电视柜旁边也都摆满了鲜花，花的种类有百合、白玫瑰、满天星，但都是配色统一的淡色系。整个屋子，宛如一个朴素却精致的花房。

"姜阿姨，这些花都是谁送你的啊，真好看。"扑鼻而来的淡淡花香让珍香有点陶醉。

"孤家寡人的，有谁会送？都是自己买的啦。"姜阿姨边说边把袋子往厨房里提。

"自己买的？"珍香有点惊讶，"您可真有生活情趣啊。"

"嘿，我嘛，没什么别的爱好，就爱布置布置家里。把家里弄得漂漂亮亮的，我心里就舒服。我隔几天就会去十里堡那儿附近的花卉市场，离咱这儿不远的，两站路就到。那里的花啊，又便宜又新鲜。你要去的话，下次带你一起。"姜阿姨边说边把环保袋里的食材拿出来，摆在了桌上。

"姜阿姨，您这是要做什么呢？"珍香走进厨房。

"桂花糕。带给我儿子吃。"姜阿姨边说边从抽屉拿出电子秤和各种模具。

"给你儿子？"

"嗯，签证下来啦。我要去加拿大看儿子啦，这周末就走。"

"这么突然……"

"嗯，都一年多没见着儿子了，想他了。反正我在北京也没什么事，还不如早点过去。那边什么都好，听说中国超市里什么都有，就是天冷。"姜阿姨小心翼翼地将白砂糖倒进温水里，然后仔细地搅拌。

"对了，汉文呢？"珍香突然意识到，家里不见了上次被救的猫咪的踪迹。

"在红姐家呢。"姜阿姨笑着说，"我不是要去加拿大嘛，红姐就说可以帮看猫，但她从来没养过宠物，说不放心趁我还在北京就先养起来，这样有什么不懂的地方还可以问我。嘿，这老姐妹。"姜阿姨笑着舒了一口气。

"对了。"姜阿姨用胳膊碰了碰珍香，"你和小卓好着呢？"

"啊？"珍香一时语塞，"是……是啊，他和你说的？"

"嗯，今天中午我去送饭给他的时候说的，他这孩子，有什么事就是藏不住。不过啊，小卓这孩子，挺踏实的，你们要好好处。"

"嗯。"珍香有点羞涩地点了点头。

"我看人最准了，那孩子眼睛里，单纯，没杂念头。"

"嗯，他是挺好的。或许有点太好了，我总觉得，我们俩不太搭。"珍香突然脑子一热，脱口而出了。

姜阿姨一愣，然后更直截了当地说："你的意思，就是觉得自己配不上他呗。"

珍香没觉得尴尬，心里那层纸像是被姜阿姨点破似的，反而觉得一阵舒畅。

"姜阿姨，我觉我这个人吧，虽然没什么大出息。但是，对于很多事情，我都想得很明白，自己是什么样的人，该过什么样的生活。我心里有杆秤，这些年一个人在北京，无论多苦多累，这杆秤始终没有倾斜过。但是，自从遇见卓淳之后，我觉得自己的这杆秤渐渐开始斜了，他那头那么好，而我这边空落落的，我怕我摔下来。前几天啊，我在朋友圈里看到一篇文章，叫作《势均力敌的爱情，才是最好的爱情》。大概就是说，两个人旗鼓相当，才能爱得安稳。你看看卓淳，再看看我，和他在一起，我该举什么旗敲什么鼓呢？"珍香终于一口气把憋在心里的话说出来了，突然有一种释然的感觉。

"我有点害怕了。"她低了低头。

她李珍香，一个可以硬生生地减掉 50 公斤肥肉，连人类最基本的食欲都可以战胜的女人，面对卓淳，却泄了气。

厨房里的气氛像是凝固了几秒钟，然后姜阿姨不紧不慢地说："来，过来帮我倒 300 克的糯米粉，然后和碗里的澄粉搅匀了。"

"噢。"珍香老老实实地走了过去。

"想知道你阿姨当年是怎么嫁到北京来的吗？"姜阿姨一边搅拌着色拉油和水，一边笑着说。

"嗯？"

"那是 1980 年吧，刚改革开放不久。我在杭州拱宸桥那边的老丝联厂工作，还是厂里的'三八红旗手'嘞。你杨大叔当年是从北京外派过来的技术员，要说我们是怎么好上的呀，其实算是我追的你杨大叔。那年他刚来厂里，做演讲汇报，我就想，哎呀，他说话真好听。你知道的，北京人嘛，那一口普通话字正腔圆的，特别中气十足。就因为那次演讲汇报，我就注意上他了。那个时候，他们那一批北京的技术员住在工厂的宿舍里，条件不是很好，特别是吃的，总是吃食堂，也吃不好。于是啊，我就时不时从家里带一些家常菜过去给他们吃。记得第一次给他带饭的时候，我问他味道好不好，他笑着说，太甜了，吃不太习惯。你看看他多不会说话，人家女孩子给他带饭吃，他还挑三拣四的。后来啊，给他带的那份饭菜，我都单独做，不放糖。"姜大妈搅动着搅拌棒，满脸的笑容。

"后来呢？杨大叔一定向你表白了吧？"

"才没有呢！后来啊，他都约我去了好几次西湖，爬了好几次宝石山，却总是那个死样子，就连牵手也没有。虽然我的个性也不是羞羞答答的那种，但我好歹是个女的呀，给他送饭帮他洗衣服这种事情我可以主动，牵手表白这种事，我怎么好意思主动啦。"姜大妈一脸嫌弃傲娇的样子。

"所以，就一直僵着？"

"直到他外派快结束了，就要回北京的前一个礼拜，他约我去吴山逛夜市。我们俩买了吴山脚下的桂花糕，然后就是这么漫无目的地走着。当时的西湖有很大一片区域都是没有被开发的，那年秋老虎，闷热得厉害。我俩就坐在西湖边，如果是以前嘛，他都会找话题和我聊，更何况他那么能说会道。但是那天，他特别沉默，于是啊，我打了打心里的小算盘，就知道他肯定是要和我表白了。我坐在他旁边，尴尬地等啊等。终于，他似乎要说出口了。但是你猜怎么着，因为刚才吃了太多的桂花糕，他说了一半突然打了一个超大声的嗝。我当场就笑死了，就直截了当地说你是不是要和我谈对象。他噎着喉咙点点头。我们就是这样好上了。你看看，最终还是我对他表白，真是的。后来啊，他在杭州多留了半年，然后，我就跟着他，来北京了。一来就是 30 多年。"

珍香愣愣地点着头，她有点听入迷了。

"所以嘛，我就觉得，怎么现在的年轻人谈恋爱，居然还不如当年的我呢！"姜阿姨朝珍香挤挤眼睛，然后，她在容器壁上刷了一层色拉油，然后把混合的糯米粉和油倒入容器里，小心翼翼地搅拌均匀，"好了，再放置半个小时，就可以放入锅里蒸喽。"

然后，姜阿姨用保鲜膜把容器仔细地围好，擦了擦手，转过身看了一脸沮丧的珍香，然后说："来，过来，我给你看看老杨的照片。"

姜阿姨招呼珍香坐到客厅的沙发上，从口袋里掏出钱包，轻轻地打开，里面的透明夹层里，有一张略显陈旧的一寸照。珍香凑过身，只见照片上的男人大概中年模样，有些微胖，但是眉宇宽阔，依旧透着年轻时期的器宇轩昂。

"这就是你杨大叔，五十岁那年走的，脑淤血，送到医院第二天就走了。没在医院里受太多的罪。"姜阿姨看着钱包里的旧照片，平静地说。

"你知道吗？那年我跟着他来到了北京，第二天，他就告诉我，以后做菜清淡些，多放些糖吧。我说，为什么呀？他说，因为以后，我们就要一起过日子了。嫁给他 20 来年，也吵过架生过气，但是，从来没有因为他真正地伤到心。因为，每当我吃着那一口合着我胃口的饭菜，我就知道，他是真心对我好。你杨大叔，一个北京人，吃了 20 多年甜腻腻的食物。"姜大妈伸出手，轻轻地擦了擦透明塑料封皮上的斑驳。

"后来啊，他走了，家里的亲戚朋友都挺担心我的。因为，他们都知道我这个人，有点作，又有点矫情。现在没有人来将就我照顾我，他们怕我的日子过不下去。但是，你瞧我现在，日子不是过得挺好，身体没什么大毛病，把儿子送出国了，现在快毕业了，出息了。"

"姜大妈，你真的很坚强。"珍香看着姜大妈云淡风轻的样子，有些肃然起敬。

"坚强？"姜大妈一愣，然后摇了摇头，"还真的不是。我这人，可胆小了。都说我们那个年代的女人自立自强，可我上初中那会儿还不敢一个人在屋里睡呢。没办法，家里三个大哥，都让着我，我从小就是被宠坏的。"

"我就是觉得吧，无论是穷是富，是丑是美，做人最重要的，就是得体面。"

姜阿姨认真地说出了那两个字，体面。

"哦？"珍香一愣。

"人这一辈子，总有如意的时候，也有落魄的时候，年轻的时候再好看，老了还不是一脸皱纹。谈不上什么坚强，遇到坎儿了，忍一忍就会过去，这是一个人最起码的本能嘛。跌倒不起的才不正常呢。我知道，小区里的很多大妈都不是很喜欢我，觉得我矫情，事多。但是其实吧，我真不是爱炫耀，我就是想过得体面一些。虽然我丈夫死得早，我又一个人过，但我也不能每天苦大仇深的你说是不是？心里的苦和泪谁没有，把它挂在脸上就太难看了。我才不要让在天上的老杨看到我一脸黄脸婆的样子。我嘛，还是要像以前那样，虽然现在没人陪着，年纪也大了，但是我还是要把自己收拾得漂漂亮亮的再出门。做顿饭，虽然没人和我一起吃，但我也不能马虎，以前我吃什么，现在也要吃什么，还要吃得更好，过得更好。前阵子我去社区报了英语班，就是为了入加拿大海关的时候，不像一个傻瓜一样在那边戳着。因为，我觉得那样太不体面了。小李啊，这谈恋爱和做人一样，在任何时候，都要活得理直气壮些，都不要让自己觉得狼狈。"姜大妈合上了钱包，看着茶几上花瓶里锦簇的鲜花，缓缓地说。

珍香在一旁安静地听着，她的心却像被击中了似的，感受着轰轰的回音。

"所以，小李啊。如果你是真心实意地喜欢小卓，那就体面地爱呗。他带你吃饭，你就大口地吃，他给你买花，你就欢欢喜喜地收下。你也知道小卓人好看又聪明，所以，那么聪明的男孩子，怎么可能会无缘无故喜欢一个女孩呢？你的每一点好，在他心里的小算盘里，其实都算得清清楚楚，只是没告诉你罢了，他可精着嘞。"姜大妈笑着说。

珍香点着头，突然有一种如释重负的感觉，她压在心上的石头，被姜阿姨云淡风轻地卸下来了。

"哎呀，突然就 7 点多了，不和你说了，我追的电视剧马上要开始了。"姜大妈拿起茶几上的遥控器，打开了电视。

"呀，还好没开始。"是浙江卫视的爱情都市肥皂剧，正开始放片头曲。

珍香看着对着电视屏幕兴致勃勃的姜阿姨，又环视了一下这个飘着淡淡鲜花清香的屋子。她觉得自己已经听懂了姜大妈所说的，那种体面又坦荡的人生。

她拿起茶几上的苹果，啃了一大口，然后一起和姜阿姨看起了电视剧。

珍香离开的时候，正好是广告时间。姜阿姨关上房门，像往常一样反锁了两圈之后，独自一人走进厨房。她轻轻地在已经发酵好的面糊上撒上干桂花和些许白糖，然后小心翼翼地把面糊放进不锈钢的蒸笼里。

打开火，水咕噜咕噜地滚了起来。一会儿，淡淡的桂香夹杂着糕点的香味就从厨房里飘出来。

姜阿姨闻着桂花糕的淡淡香味，望了一眼暖光彤彤的厨房，一种奇妙的，似曾相识的感觉把她拉回到了 1983 年的那辆杭州开往北京的绿皮火车上。

深夜，通宵往北行驶的列车。昏暗的车厢里，周围的人都昏昏欲睡，28 岁的姜阿姨一刻都没有合眼，这是她第一次坐长途火车，要去一个对她而言很遥远，很陌生的城市。杨大叔在一旁摇了摇她的胳膊，小声地问她要不要喝水。姜阿姨看着窗外，摇摇头。他问她饿不饿，姜阿姨默默地，点了点头。

然后，杨大叔从那只老旧的黑皮公文包里，拿出了一块已经被压扁的桂花糕，轻轻地塞给姜阿姨。姜阿姨低着头，闻着淡淡的桂花香，看着包着桂花糕的塑料袋，以及不断掠过的忽明忽暗的光影，突然觉得，这样的味道，以后或许就再也吃不到了，又想到离别前站台上说着乡音的亲人，也无风雨也无晴。人生像条大河，她顺流而下，然后，就再也游不回去了。她拿起桂花糕，微微颤抖地咬了一口，把头靠在了杨大叔的肩上，轻轻地哭了出来。

现在的姜阿姨，独自一人坐在这空落落的客厅。但是，那香味回来了，就像是置身在南方多雨潮湿的故乡，就好像，那个让她依靠流泪的肩膀还在。

她轻轻地取出了钱包，看着杨大叔的那张一寸照。照片上的他精神抖擞，而拿照片的人眼角已经布满了鱼尾纹。

她轻轻地将照片翻过去，背面，是几年前她写的那行字，淡淡的墨迹已经有些看不清楚了。

"生当复来归，死当长相思。"

Chapter 27

清晨的粥，
深夜的酒

她的爱情，是清晨的粥和深夜的酒。平淡，却有回味。而那种味道，只有自己的味蕾才能体会。

或许是受韩剧的"荼毒"太久，认识卓淳之前，在珍香的想象里，那些发生在冬天里的爱情，总是带着迷幻的浪漫色彩。

比如《冬日恋歌》，济州岛的皑皑白雪，裴勇俊骑着自行车载着崔智友，然后转过头对她说，无论这个世界怎样变化，只要我守在原地，你就不会迷路。

比如《那年冬天，风在吹》，长腿尤物赵寅成带着盲女宋慧乔到了雪山顶上，在宋慧乔的耳边对她呢喃，我来带你听听风的声音。然后，一阵风吹来，晶莹的雪像一场钻石雨般在树上飘散抖落，犹如魔幻片般梦幻。在剧中饰演盲女的宋慧乔仿佛感受到了天地之灵气，耳边响起了犹如风铃般的，风的声音，然后憔悴又美丽地笑了。虽然珍香也不懂这个桥段的科学依据在哪里，但她还是哭成了狗。

今年冬天，她的爱情也来了。居然，也来了。

但是，属于她的场景，却是北京有史以来最严重的一场雾霾。这个城

市，第一次拉响了空气污染的红色预警，整个城市一连几天都笼罩在一片诡
异又负能量的灰蒙之中。工厂停工，学校放假，单双号限行……除了珍香依
旧要上班。

卓淳依旧在每个工作日的早晨，在她还在睡梦中的时候，悄悄地在她的
门把上挂上当日的早饭。这几天，除了广式滑鸡粥，里面还多了一个有塑料
呼吸闸门的防霾口罩。上面贴着一张小纸条：记得戴口罩哦，雾霾吸多了会
变胖。末尾还画了一个爱心加笑脸。

"什么嘛，胖可是我人生里最不吉利的一个字。"珍香看着纸条上歪歪扭
扭的字迹，甜滋滋地想。

到了周末，珍香终于可以睡到自然醒了，卓淳就会变着花样地带她去吃
早餐。有时是去三里屯吃美式的 brunch（注：早午餐），有时是在家附近吃
广东早茶。

还有一次，卓淳带她去故宫旁边的一家餐厅吃早餐，那家餐厅是一个古
色古香的四合院，菜单犹如皇帝的奏折那般包装华丽，但是身为上海人的卓
淳，完全不知道菜单上的那些豌豆黄、艾窝窝、驴打滚是个什么东西。

"先生，要不要给您推荐一些地道的老北京小吃？"一旁身着古装的服
务员看着毫无头绪的卓淳，热情地走上前。

"好啊。"卓淳点头。

然后，服务员唰唰地把菜单往回翻，然后对着图片上褐黄色，类似虾片
的东西儿说："给您推荐这个，灌肠。"

"灌……灌肠？！"

"对呀，灌肠，您肯定喜欢。"服务员一本正经地说。

"你怎么知道我喜欢灌肠啊？"卓淳脸一绿。

"我没觉得您喜欢灌肠啊，我只是给您推荐灌肠啊。"服务员一脸尴尬的样子。

"你不觉得我会喜欢灌肠，那你为什么要给我推荐灌肠啊？"

"我只是建议您试试灌肠，您愿意吗？"

"愿意。"

"好咧。"

珍香听着卓淳和服务员之间诡异的对话，顿时脑洞大开，觉得自己快要爆炸了。

吃完了老北京早餐，卓淳突然从口袋里掏出两张电影兑换券。

"昨天台里发的，我们一起去看电影吧。"

"好啊。"珍香点点头，心想着，这才是情侣之间该做的事嘛。而且，最近好像还蛮多爱情片上映的。

两人风尘仆仆地来到了附近的电影院，卓淳买了一大桶爆米花，然后轻轻地搂了搂珍香的胳膊："你先在这儿坐着，我去换电影票。"周围有咬着可乐吸管的女生不断侧目，瞄了瞄卓淳，又一脸羡慕地看了看珍香。珍香捧着爆米花，假装不经意地抬了抬下巴，理所当然又扬眉吐气。

不一会儿，卓淳拿着两张电影票从柜台走来，脸上却一脸尴尬。

"我们台里发的电影券，只能兑换这个电影……"他边说边把票递给珍香。

珍香低头一看，《百团大战》。

"要不……我再去买两张其他电影的吧。"卓淳挠挠头。

珍香有点哭笑不得，她摆摆手："没关系，就看这个吧。"

这个"没关系"，是实话。因为看什么都无所谓，哪怕看的是 20 世纪 30 年代的无声默剧也行，关键的，是和你一起看。

两人走进影院的时候才发现，整个放映厅只有他们两个人。

他们找了最中间的位置坐了下来，在整个影厅暗下来的那一刹那，卓淳突然握紧了珍香的手，然后，大屏幕开始播放影片前的预告宣传片。

珍香捧着爆米花默默地想，那些韩剧里的唯美桥段在哪里？那都是别人的爱情啊！宋慧乔是在雪山顶上听风声，而自己听到的却是震耳欲聋的枪林弹雨。

整个影片，珍香都有点昏昏欲睡，但卓淳却看得很认真，眼睛炯炯有神地盯着屏幕。

里面有一段，军人们奋勇争先地战斗在战火纷飞的最前线。卓淳突然紧紧地抓住珍香的手，然后在战火轰鸣声中，轻轻地在她耳边说："也想这样为你赴汤蹈火啊。"

珍香条件反射地起了一身鸡皮疙瘩。但是，几乎要脱口而出的那句"你也太肉麻了吧"却不知道为什么卡在了喉咙里，她的心突然沉了下来，然后脸变得通红通红，这是她长那么大以来，第一次因为爱情，而变得脸红。珍香也不会想象到，自己觉得最幸福的一个周末，发生在一部战争片里。

平时的工作日晚上，卓淳的新闻结束差不多一个半小时后，珍香就会拎着垃圾袋下楼，倒完垃圾后，她会绕到小区大门口，卓淳差不多就回来了。像是有心电感应似的，每次时间都掐得挺准。

出现在小区门口的卓淳，和电视里西装笔挺的他截然不同，他套着厚厚的羽绒服，头戴毛线帽，手里拎着一袋夜宵，一副邻家男孩的模样。

"天那么冷，你怎么又在门口等我啊？"卓淳摘下口罩，伸出手搓了搓珍香冰冷的手指，生怕她冻着似的。

"没等多久，才刚来一会儿，你就出现了。"珍香有点羞涩地说。

"走，咱们回家去。今天我买了小龙虾，簋街那儿的都没有电视台旁边的那家好吃。"卓淳晃了晃手里的塑料袋，"对了，上次买的日本清酒还有吗？"

"还有两瓶呢！"

小区昏暗的路灯下，两个人有说有笑地提着小龙虾和清酒一起回家。

这就是珍香从那年冬天开始的爱情。没在妄想地久天长，能在空气污染指数爆表的北京活下去已是不易。没在期待跌宕起伏的情话，现实生活已经够惊心动魄，下个月就要交一整个季度的取暖费。也不再惶恐自己的不完美，她李珍香活了 20 多年了，除非打回娘胎回炉重造，否则这辈子可能都是这个样子了。

更何况，她也没有娘了。

她的爱情，是清晨的粥和深夜的酒。平淡，却有回味。而那种味道，只有自己的味蕾才能体会。

生活依旧平铺直叙地过着，好像也谈不上有多大的变化。但有一种感觉在一日三餐里提醒着自己——她的食欲已经没有之前那么夸张了。好像回到了最初的状态，每天的柴米油盐和酸甜苦辣都是平静的。

公司的茶水间里，她吃着中午的便当，没嚼几口便放下啃了一半的鸡腿，毫无胃口地扣上了盖子。她轻轻地打开了背包，把饭团捧在手里。现在的它，依旧像几天前那样软绵绵的，一副无精打采的样子。

"饭团，饭团。"珍香低下头，摸着它软塌塌的额头。

"hummmmmmmmmmm——"饭团发着微弱的喘息声，一圈淡淡的光晕在它的身体周围发散开来，然后又迅速消散了。

一个答案隐隐约约地在珍香的心里浮现了出来，但是不知道为什么，她毫无欣喜之情，她摸着饭团软软的身体，心里像是被抽空了一般。她抱着饭团，在茶水间里坐了好久，想了好久，直到饭盒里的鸡腿渐渐凉了。她决定去寻找一个确切的答案。

下班后，珍香搭上了往西驶去的 6 号线地铁。出了北海北地铁站，凭着之前模糊的记忆，在胡同里七拐八拐地寻找着。来回走了好几圈，终于找到了那家"朱仙女占卜坊"。

走近一看，却发现玻璃门上闩着一把锈迹斑斑的大铁锁。珍香往里面瞅，里面一片漆黑，应该是关门歇业了。

正当珍香失望地准备离开的时候，从不远处，蹿出一个矫捷的身影，犹如忍者瞬间平移一般，在珍香还没有反应过来的时候，快速飘移到了珍香身后，轻轻地拍了一下珍香的肩。

　　珍香一惊，回过头，发现是一个穿着军大衣的大妈。

　　"你是她朋友吧？"军大衣大妈开门见山，上下打量着珍香。

　　"我是……"还没等珍香说完，军大衣大妈就单手叉腰，另一只手开始在半空中挥舞起来，"你替我去告诉这妞，要是她再不交房租，我就叫人来把这锁给撬了，然后把里面这些装神弄鬼的东西拖到废品站给卖了！唉，真是世道变了，还有人敢欺负到我地安门十三姨的身上来了。"

　　珍香这才反应过来，这位"地安门十三姨"是朱仙女的房东。

　　"您自己打电话给她不就得了。"珍香弱弱地说。

　　"这妞一看是我电话就挂！真是气死我了，下次我就把她电话印成办证的卡片发到各个街道去！"

　　珍香突然灵机一动："那要不您把她电话给我，我打给她试试？"

　　在把地安门十三姨应付走之后，珍香拿出手机，拨通了那个电话。

　　嘟——嘟——的信号声响了近一分多钟才被接了起来。

　　"喂？"电话里，是朱仙女试探性的问候声。

　　珍香听到电话被接了起来有些激动，她努力控制好情绪，然后言简意赅地说明了自己的来意。

　　"成，你来找我吧，我在后海溜冰呢。"朱仙女倒是挺爽快。

　　或许是雾霾天气的缘故，今天的后海冷冷清清的，游人稀少。天色似乎是在一瞬间暗沉下来的，傍晚的夕阳在一片雾蒙蒙之中，眨眼之间就变成了一个暗红色的小光晕，显得毫无生气。

而住在这附近胡同里的老大爷们，也像珍香小区里的大妈们一样，坚持顶着雾霾天在寒风凛冽的湖上溜冰刀，打冰球。他们才是老北京的盖世英雄。

梳着脏辫，穿着厚厚牛仔衣的朱仙女在那一群大爷里格外显眼。她把双手放在背后，双腿一左一右熟练地在冰上滑着。

"你站着干什么呀，过来啊！放心，掉冰窟窿里了我把你捞上来，而且免费。"朱仙女挥着双手，朝站在桥上的珍香喊。

珍香犹豫了一下，然后小心翼翼地走下了冰面，以一个半蹲的姿势狼狈地往前摸着步子。

"说吧，大老远地来找我有什么事？"朱仙女的脚一撇，冰刀唰的一声，一个刹车在珍香面前停了下来。

"这个……"珍香哆哆嗦嗦地从背包里拿出饭团，放到了朱仙女的面前，"它最近好像有点怪怪的，你可以帮忙看看吗？"

"帮忙？"朱仙女头一歪，"那你得请我吃一顿涮肉，而且羊肉要是手切的。"

"好。"珍香没有犹豫地点头。

朱仙女看了一眼饭团，从牛仔衣里掏出一枚罗盘胸针，打开上面锈迹斑斑的盖子，然后把罗盘轻轻地放到了饭团的身上。

指针开始轻微地晃动，但是，一会儿便停了下来。

"它的欲望好微弱啊，罗盘几乎都感觉不到了。"朱仙女看着罗盘上的指针，若有所思地说。

"你的食欲最近是不是也渐渐恢复正常了？"她抬起头问珍香。

珍香默默地点点头。

"看来啊，你终于可以解脱了，它要走了。"

"走了？是转世吗？来人间？"

"你以为写童话故事拍电影啊？还转世人间呢。"朱仙女一脸嘲讽的表情，"其实啊，我也不知道它会去哪里。反正，就是从你的世界里消失了。"

"你能告诉我，它什么时候会消失吗？"珍香低声问。

"这就是我觉得奇怪的地方，按我之前的经验来说，欲望那么微弱的魂魄，其实已经没有能力附身在物体和人身上了，但是它怎么还没走呢？"朱仙女边说边收起罗盘胸针。

珍香低下头，没有再问下去。她轻轻地把饭团放回包里，好像已经确定了自己心里的那个答案了。

天色渐渐暗了下来，后海两旁的红灯笼在雾蒙蒙的夜色里亮了起来，卖冰糖葫芦的三轮车吱吱呀呀地在人迹冷清的老街上驶过。

"不过啊，你别担心。它的欲望基本上已经满足了，现在不过是在弥留之际。"朱仙女瞅了瞅那吱呀驶过的糖葫芦车，笑着说，"我觉得吧，你都不用吃饭，再吃串冰糖葫芦什么的，这玩意儿就和你没关系了。"

"我知道了。谢……谢谢啊。"珍香有点支支吾吾地抱起背包，转身就往回走。

"喂！说好的涮肉呢？"朱仙女在后面叫着。

"不是你说的，让我吃糖葫芦吗？"珍香说完便往岸上走，任由朱仙女在背后叫骂着。不知道为什么，这一次她走得晕晕乎乎的，也不怕会在冰上跌倒了。

回到家里，珍香把饭团从背包里拿了出来，轻轻地放在了床上。若是往常，它肯定会一溜烟地滚进被窝，或者像个水母一样晃晃悠悠地飘到半空中，然后扑通一声摔在地板上。但是今天，如果不是它的周围依旧散发着淡淡的粉红色光晕，它就和抓娃娃机器里面的普通玩偶没什么两样了。

珍香坐在床上，扯开包在糖葫芦外面的塑料纸，轻轻地咬了一口。

"饭团啊，你是不是特别舍不得我啊？"珍香转过头，看了一眼像是睡着了似的饭团。

像是喘了口气，饭团发出了轻微的啊呜声。

"好了，我知道了，你不是舍不得我，是舍不得人间的那么多美食。"珍香的心轻轻地沉了一下，这或许是她最后一次对着这个小怪物自言自语了。

"饭团，你知道吗？在回来的地铁里，我突然想到了一个构思。也许我可以写一个小说，讲一个女孩被贪吃鬼附身的故事。故事里的女主，就是我，那个贪吃鬼，就是你。女主好不容易减肥成功，但是为了摆脱贪吃鬼，她只能不停地吃啊吃。她以为自己的人生就要重蹈覆辙，她就要回归到一个胖子的生活里了。但是，就在这个过程中，因为吃饭，她居然恋爱了，找到了命中注定的那个人。这就是故事的结局。不过，要在末尾处洒一碗鸡汤，好好吃饭，才能拥有好的人生。怎么样？这个故事不错吧？以我小学的时候参加过文学社的水平，应该可以把它写出来，说不定还能发表呢。"珍香咬了一颗糖葫芦，边吃边笑。

"但是饭团，随心所欲地好好吃饭，真的就能拥有好的人生吗？我不觉得，真的不觉得。谁不想每顿都吃得饱饱的，每个晚上都有炸鸡和啤酒做夜宵，但是不能，因为吃多了人就会变胖，变胖了就一定会被这个社会的大部分人排斥和不喜欢。我的 20 多年，就是这么过来的。我没能力改变这个社会大部分人的审美。我只是很坦然地接受和明白，这就是事实，我的事实。哪怕给自己灌再多的鸡汤，把世界幻想得再美好，这还是事实。饭团，人生真的好难啊。"

不知道为什么，珍香突然淡淡地笑了一声，好像是在嘲笑自己的妥协和不可爱。

"所以啊，等你走了之后，我还是会像以前那样，每天计算着卡路里吃东西，在跑步机上跑得死去活来。尽管，我其实没有因此觉得快乐过。哪怕是刚瘦下来的那段时间，我都没有真正快乐过。"珍香看了一眼这个小屋子，她好像又看到 150 斤的自己，在瑜伽垫上气喘吁吁地做着仰卧起坐，在跑步机上晕头转向地盯着屏幕上的公里数，在体重秤上叹着气，在餐桌前吃着沙拉，胆战心惊地看着落地镜中的自己。

"但是，当你出现之后，可能是认命了吧，我好像暂时忘记了以前那个不快乐的自己了。现在想起来，被你附身的这段时间，尽管也曾觉得人生灰暗。但是这段日子里的喜怒哀乐，喜是真的欢喜，怒我也不像以前这样藏着掩着。所以啊，饭团，谢谢你。谢谢你让我这段日子里活得有泪有笑。"

"真的谢谢你。"

珍香吃完了竹串上的最后一颗糖葫芦。突然，在这个狭小的房间里，不知道从哪儿轻轻地掠过了一阵风，珍香忍不住揉了揉干涩的眼睛。饭团身边那一圈红色的光晕也在那一阵风里，渐渐地退散了。

"饭团？"珍香伸出手摸了摸它圆鼓鼓的身体，之前那种暖烘烘的触感消失了。它的小黑眼珠也不转了，变成了灰蒙蒙的塑料色。

它走了。

嗯，它走了。

珍香坐在床上深吸了一口气，然后蹲下身子，从床底翻出一个已经有点积灰的精致的礼品盒。那是去年年会的时候，她抽中的三等奖，奖品是一瓶澳洲产的沐浴露。沐浴露早就用完了，这只方形的旁边镶着白色蕾丝花边的礼盒她却留了下来想做收纳盒用。

她轻轻地用餐巾纸把上面的灰尘擦干净，把饭团放到了里面。然后，她抱着礼品盒，下了楼。

屋外的北京依旧被浓浓的雾霾笼罩着，珍香走到公寓楼对面的垃圾桶前，蹲下身，把纸盒轻轻地放在了垃圾桶的旁边。

"饭团啊，不管你有没有下辈子，也不管你现在是去了哪里，以后都请不要一个人，也找个人，找个灵魂，陪你一起吃一起喝吧。饭团，再见啦。"她轻轻地抚摸着纸盒里的饭团，然后轻轻地合上盖子。

上楼的电梯里，珍香安静地闭着眼睛。她的眼睛酸酸的，但是她不会哭，她李珍香，就是靠泪腺外的那层铜墙铁壁活下来的。她只是安静地祈祷着，祝福着。

"饭团，再见啦。"

真的再见啦。

Chapter 28

人生这顿饭

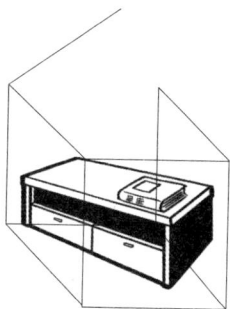

无论是饭盒里的沙拉，还是火锅里翻滚的红油，都好好地吃，慢慢地吃，体面地吃。

因为，人生这顿饭，得细嚼慢咽才有味。

那天和饭团告别了之后，珍香回到家的第一件事情，是把她的那个小屋子，里里外外打扫了一遍。

她在床底发现了前几个月丢失的公交卡，在餐桌的纸盒下面发现了已经过期的超市折扣券，在电视柜后面发现了一撮诡异的头发，在跑步机底下发现了一张自己在两年前写的健身计划表，在洗手台底下发现了一张已经过期的韩国面膜。

好像是在清理着过往的那些被遗忘的点点滴滴。她唯一没有发现的，是饭团存在过的痕迹。就好像是一个梦一样，明明存在得那么清晰，却在自己的生命里找不到任何踪迹。

整理完屋子，珍香给卓淳发了一条信息。

——下了节目直接来我家涮火锅吧。

——遵命！

卓淳的回复后面还有两个流口水的表情。

珍香在茶几上铺上桌布，从厨房的柜子里搬出已经好久没用的电磁炉，从冰箱里拿出肥牛和蔬菜，锅子有点小，但是两个人的火锅还是勉强够用。等全都张罗好，卓淳也风尘仆仆地到家了。

卓淳脱掉羽绒服，里面是播节目穿的白衬衫，还有点紧身，珍香忍不住多瞟了几眼。

两个人在茶几前席地而坐。

"啊，还真的有点饿了。"卓淳看着眼前珍香准备的丰盛的火锅，摸着肚子啧啧道。

"对了，蘸酱忘记调了。"珍香站起身，"你要什么调料呢？香油还是麻酱？"

"都行。"卓淳有点迫不及待地把电磁炉的挡位开到最大，水泡慢慢地从锅底浮了上来。

无意间，他瞅到茶几旁边的落地储物柜上，立着一本旧旧的相册。他好奇地把相册取了出来，才刚打开第一页，就扑哧一声笑了出来。

"你傻笑什么呢？"珍香端着两小碗蘸酱从厨房里走了出来。

"宝贝，你小时候的造型挺妖艳啊！这是 cos《西游记》里的女儿国国王呢还是蜘蛛精？"卓淳指着相册里，童年时珍香头戴大红花，脸涂着夸张的腮红，竖着兰花指，身着民族吊带服饰的 90 年代初影楼艺术照。

"喂！谁让你看的！"珍香唰地一下就脸红了，扑上去抢相册。

这本相册，是母亲的遗物，不过里面的照片，从自己 6 岁那年开始就没有再更新过了。算是留个纪念，珍香把它从四川带到北京。从大学的宿舍到现在的这个小出租屋，一直留在身边。但是，她几乎没有翻开来看过里面的照片，因为那些照片足以毁灭自己的三观。

　　而且……里面好像还有一张赤裸着在脚盆里洗澡的裸照？！

　　"再不给我，把麻酱糊你脸上了啊！"珍香又害羞又急。

　　卓淳像是较上劲玩上瘾似的，舞着他的长胳膊，把相册挥在半空中。

　　突然，一张发黄的纸，从相册中间落了下来，掉在了地板上。

　　不是照片，是一张对半折的，普通的素描纸。

　　"这是什么？"珍香一愣，好奇地把它捡了起来。

　　珍香轻轻地摊开那张已经发黄的素描纸，里面是一幅已经有点掉色的蜡笔画，上面歪歪扭扭地写着四个大字："妈妈，生日……"后面两个字好像不会写了，只画了一个笑脸来代替。

　　那是她画的。

　　尽管到底画了什么，珍香早已忘记了。但是，她记得那件事，那年她画了这幅画给妈妈做生日礼物，幼儿园老师当着全班小朋友的面奖励了她一袋大白兔奶糖。那么风光的事，她的人生里不太有，所以怎么舍得忘。

　　字下面的画，在现在看来，倒有点后现代主义的抽象风格。背景是杂乱无章的线条，画面中央画着一只圆形的小怪物，黑乎乎的眼睛，小怪物的旁边涂抹着红色的线条，像是会发光似的。珍香不由得笑了，也是佩服童年时的创造力。她现在已经完全不明白当时这幅画的寓意了。又或者，这根本只是童年胡乱的涂抹而已。

　　但是突然，她的心咯噔了一下。

　　"饭团？"

画面上的那个小怪物，不就是饭团吗？

她怔住了。

然后，她的脑中突然回闪过那个画面——

老北京胡同那间香味诡异的占卜室里，朱仙女一边用手绕着她的脏辫，一边说："一般人死之后是不会变成精灵的。只有那种在临死前欲望很强烈的人，灵魂才会游离出肉体，去寻找新的寄生处。而且，它们往往会附身到它们生前最喜欢的东西上面。"

灵魂？欲望？最喜欢的东西？

珍香拿画的手开始颤抖，片段式的记忆，像是碎片一样向她袭来。

20年前的四川小城，妈妈牵着珍香的手逛着熙熙攘攘的菜市场。

"李太，你手上拿的啥子哟？"卖菜大妈站在摊位前给眼前花花绿绿的蔬菜喷着水。

"那是我女儿给我的生日礼物，她亲手画的画。"珍香妈妈满脸笑容。

"你女儿好懂事，你以后有福喽。不过，这画的是啥子哟？"

"我女儿说，上面的这个小怪物就是我。你看看，这哪里像我吗？小孩子的想法我真是不懂。对了，再给我两斤土豆，我晚上做个土豆烧鸡给我女儿吃。"珍香妈妈小心翼翼地合上画。

"要得。"

"妈妈我还想吃雪糕。"珍香擦了擦额头上的汗，拉了拉妈妈的手。

"好的，妈妈结完账就去给你买。"

　　炎热的夏夜，屋外昏黄的路灯光暖暖地洒在了地板上。开着窗户的房间里，珍香睡在靠近电风扇的这一边，把脸埋进妈妈散发着洗发露香味的头发里，那是珍香童年觉得最好闻的味道。

　　"妈妈，以后我也想像琳琳姐姐那样，长得那么漂亮，又考上好的大学。"那一年，住在隔壁的漂亮姐姐金榜题名，成了整个社区的明星。

　　"我啊，希望你能好好吃饭，健健康康的就够啦。"妈妈的声音轻轻的，好像很困很困了。

　　然而，还有很多很多这样的片段。比如珍香坐在沙发上看《大风车》，当看到妈妈端着回锅肉从厨房里走出来的时候，她一下就站了起来，兴奋地冲了过去，一个踉跄，额头惨烈地磕在了桌子上。比如她在门的缝隙里，看见妈妈坐在床上，满脸幸福地看着自己送给她的画。比如每一次在饭桌上，妈妈都告诉自己，好好吃，慢慢吃。

　　她记忆里，妈妈说得最多的话，就是这六个字。

　　好好吃，慢慢吃。

　　但是，后来她忘记了，忘了二十多年。

　　"珍香？你怎么了？"卓淳看着全身僵硬的珍香。

　　珍香背对着他坐着不说话。然后，卓淳看到珍香的肩膀猛烈地颤抖了起来，刚想伸出手，珍香突然发疯似的从地板上站了起来，然后用胳膊堵着嘴夺门而出。

　　晚上10点之后，那些装载着各式各样货物的大卡车开始被允许进入五环内。像是给这个城市输送养料一般，它们排放着超标的尾气开始浩浩荡荡地进京。而那些垃圾车也在深夜开始出没，清空着白日里留下的肮脏。

一辆闪着红色尾灯的垃圾车缓缓地驶进小区，几个工人熟练地抬起公寓楼下的垃圾桶，把垃圾倒进车里。那个崭新的白色纸盒，也被工人随手甩进了垃圾车里，盖子掉了下来，里面的饭团滚落在了黑乎乎的垃圾堆里。

司机合上垃圾车的后盖，然后回到车里，启动了发动机，往小区大门驶去。他并没有注意到，一个女生正发疯似的从公寓里冲了出来。

"不要走，不要走……"珍香在心里疯狂地呐喊着。她眼睁睁地看到小区门口的栅栏缓缓地向上打开，垃圾车不紧不慢地开了出去。

"停一停！停一停！"她在保安一脸诧异的表情里，冲出小区大门，追在垃圾车后面。

"停一停！停下来！"珍香在深夜北京雾霾重重的街道上狂奔着。

垃圾车拐进了一条小路，然后，渐渐地消失在了一片灰蒙蒙的黑暗中。

珍香气喘吁吁地停了下来，好像瞬间泄了气，她披头散发地一屁股坐了下来，双手环抱着膝盖。哭了吗？她不知道。她的脑子空空的，只留下了那三个字：不要走。

就好像 6 岁那年，她跟在母亲后面，看着母亲被推上灵车。周围的人都在哭，世界嘈杂一片，而她的世界里，只有那三个字，不要走，不要走。

一阵风轻轻地吹过来，珍香微微抬起头。然后，那阵风越来越大，奇怪的是，原本在冬日里的寒风，吹在珍香的脸上，她却觉得有些暖暖的。

一个微小的光点出现在了半空中，珍香不由得站了起来。那个光点在珍香的头顶越变越大。然后，那团白色的柔光一晃，无数的小光点四散了开来，饭团的轮廓渐渐地浮现了出来。

珍香伸出微微颤抖的手，缓缓地伸了过去。她的手指刚一触碰到饭团，饭团的身体一颤，猛地往后一闪。然后，它的身体开始越变越大，越变越大。当它变得比珍香还要再高出一个头的时候，像是久别重逢般，缓缓地朝珍香走来。

珍香呆住了，只有眼泪在眼眶里打转。

"妈……"珍香刚一开口，饭团就缓缓地靠了过来，笨拙地把珍香搂住。

朱仙女说，游离在人间的那些灵魂，其实只是单纯的欲望，没有喜怒哀乐，也没有记忆。

只是这一刻，虽然饭团依旧像往常一样不说话，但是珍香看到饭团黑油油的眼睛，好像在泛着晶莹的泪光。

"香香……"

珍香听到了，好像是从另外一个空间里传来的声音，遥远记忆里的声音。

"你站在这儿别动，妈妈去街对面买了就回来。"

嘈杂的人声，车流声。

"老板，一只电烤鸡。"

"老板，快点喽，女儿还在马路对面等着呢，都饿着呢。"

然后，卡车刺耳的喇叭声，急刹车的声音，人群里的尖叫声。

珍香把头埋在妈妈的怀里，闭着眼睛，那些声音，她努力遗忘了 20 多年，她不愿意再从自己的记忆里回想起来。但是，那些声音，让她突然明白了一件事。

妈妈的欲望，饭团的欲望，并不是简单的食欲。而是，想让一个人好好地吃饭的欲望，想让一个人幸福的欲望。

"对不起。妈妈，对不起。"

起风了，饭团突然像一个被打碎的影子一样，变成了一团白光幻影。然后，那团幻影，缓缓地向上空飘散而去，像是真正的告别，消失得无影无踪。

珍香抬起头，这个城市的夜空依旧雾霾重重，但自己头顶上的那一块夜空像是被饭团的幻影吹散一般，蓝得透亮。她看到了星星，很多很多的星星，就像童年时的一样。

"妈妈，夜空好美啊。"她仰着头，看着那一片久违的星空，很久很久。

然后，她擦了擦眼角的泪水。看了一眼四周空空的街道，深呼吸了一口气。她要回家了，因为现在，在那个小出租屋里，还有一个爱她的人，在等着她吃火锅呢。

珍香刚想转身，却看到对面，街的尽头，缓缓地出现了一个黑影。

那个黑影，对她来说太过熟悉。臃肿的身材，油腻的刘海，驼着背，怯怯地望着她。那是在她变成 100 斤之后，依旧能时常看到的，那个 150 斤的自己。

只是，这一次，她坦然地凝视着那个怯怯的身影。因为，她不再害怕了。

　　或许是胖是瘦，这都不是最重要的。重要的，是你活在哪一个自己里面，选择了哪一个自己的人生。好好吃饭，无论是饭盒里的沙拉，还是火锅里翻滚的红油，都好好地吃，慢慢地吃，体面地吃。

　　因为，人生这顿饭，得细嚼慢咽才有味。

　　珍香对着那个臃肿的身影露出了一个微笑，然后转身，大步地往前走。

　　她没有再回头。

（全文完）

请和孤单的我吃饭吧

作者 | 陈晨

出版社 | 长江文艺出版社

出品 | 上海最世文化发展有限公司

官方网站 | www.zuibook.com

平台支持 | 最小说 ZUI Factor

ZUI Book
CAST

出品人 | 郭敬明

项目总监 | 痕痕

监 制 | 毛闽峰 与其

* 特约策划 | 卡卡 钟慧峥 周子琦

特约编辑 | 卡卡 孙鹤

封面设计 | 利锐

封面插图 | Lost7

内文插画 | Lost7

图书在版编目（CIP）数据

请和孤单的我吃饭吧 / 陈晨著 . — 长沙 : 湖南文艺出版社，2017.3
ISBN 978-7-5404-7940-4

Ⅰ . ①请… Ⅱ . ①陈… Ⅲ . ①长篇小说—中国—当代 Ⅳ . ① I247.5

中国版本图书馆 CIP 数据核字（2017）第 006409 号

©中南博集天卷文化传媒有限公司。本书版权受法律保护。未经权利人许可，任何人不得以任何方式使用本书包括正文、插图、封面、版式等任何部分内容，违者将受到法律制裁。

上架建议：畅销 | 长篇小说

QING HE GUDAN DE WO CHIFAN BA
请和孤单的我吃饭吧

作 者：	陈 晨		
出 版 人：	曾赛丰		
出 品 人：	郭敬明		
项目总监：	痕 痕		
责任编辑：	薛 健	刘诗哲	
监 制：	毛闽峰	与 其	
特约策划：	卡 卡	钟慧峥	周子琦
特约编辑：	卡 卡	孙 鹤	
营销编辑：	杨 帆	周怡文	
封面设计：	利 锐		
版式设计：	潘雪琴		
封面插图：	Lost7		
内文插画：	Lost7		

出版发行：湖南文艺出版社
　　　　　（长沙市雨花区东二环一段 508 号　邮编：410014）
网　　址：www.hnwy.net
印　　刷：北京京都六环印刷厂
经　　销：新华书店
开　　本：880mm×1270mm 1/32
字　　数：228 千字
印　　张：9.75
版　　次：2017 年 3 月第 1 版
印　　次：2017 年 3 月第 1 次印刷
书　　号：ISBN 978-7-5404-7940-4
定　　价：38.00 元

质量监督电话：010-59096394
团购电话：010-59320018